经典散文精华本

叶圣陶散文

没有秋虫的地方

三辰影库音像出版社

图书在版编目（CIP）数据

叶圣陶散文：没有秋虫的地方／叶圣陶著．－－北京：三辰影库电子音像出版社，2017.2
 ISBN 978-7-83000-249-7

Ⅰ．①叶… Ⅱ．①叶… Ⅲ．①散文集－中国－现代 Ⅳ．①I266

中国版本图书馆 CIP 数据核字（2017）第 022940 号

书　　名	叶圣陶散文：没有秋虫的地方
作　　者	叶圣陶　著
出版发行	三辰影库音像出版社
地　　址	北京市朝阳区北苑路媒体村天畅园2号楼
出 版 人	王六一
印　　制	北京市昌平新兴胶印厂
开　　本	880 毫米 ×1230 毫米　1／32
印　　张	10.5
版　　次	2017 年 4 月第 1 版
印　　次	2017 年 4 月第 1 次印刷
印　　数	1—5000
书　　号	ISBN 978-7-83000-249-7
定　　价	35.00 元

版权所有　翻版必究

凡购买本社图书，如有缺页、倒页、脱页，由发行公司负责退换

目　录

第一辑　没有秋虫的地方

生活 / 003

诗的泉源 / 007

第一口的蜜 / 012

在西安看的戏 / 015

骨牌声 / 023

藕与莼菜 / 027

没有秋虫的地方 / 030

卖白果 / 033

昆曲 / 036

牵牛花 / 040

看月 / 043

秋 / 045

暮 / 055

以画为喻 / 059

牛 / 063

客语 / 067

说书 / 073

桡夫子 / 077

三种船 / 080

天井里的种植 / 091

深夜的食品 / 096

骑马 / 100

几种赠品 / 106

掮枪的生活 / 110

过节 / 114

第二辑　一个少年的笔记

驾长 / 119

略谈雁冰兄的文学工作 / 122

夏丏尊先生逝世 / 126

"生活教育"——怀念陶行知先生 / 130

朱佩弦先生 / 132

纪念杨贤江先生 / 138

回忆瞿秋白先生 / 141

记徐玉诺 / 143

胡愈之先生的长处 / 149

邻舍吴老先生 / 152

好友宾若君 / 157

邻居 / 165

两法师 / 176

一个少年的笔记 / 184

书桌 / 190

我们的骄傲 / 197

第三辑　坐羊皮筏到雁滩

记游洞庭西山 / 205

过三峡 / 211

从西安到兰州 / 217

游临潼 / 225

记金华的两个岩洞 / 235

登赐儿山 / 240

我坐了木船 / 243

游了三个湖 / 246

坐羊皮筏到雁滩 / 251

林区二日记 / 257

游中山陵记 / 264

第四辑　诚实的自己的话

侮辱人们的人 / 267

中国人站起来了 / 270

我和儿童文学 / 272

莫遗忘 / 277

"今天天气好啊！" / 280

从焚书到读书 / 282

过去随谈 / 284

生命和小皮箱 / 292

诚实的自己的话 / 294

寒晓的琴歌 / 300

丛墓似的人间 / 303

我们与绅士 / 307

谈成都的树木 / 312

"瓶子观点" / 315

苍蝇 / 318

暴露 / 324

立志自学 / 328

第一辑

没有秋虫的地方

若是在鄙野的乡间,这时候满耳朵是虫声了。白天与夜间一样地安闲;一切人物或动或静,都有自得之趣;嫩暖的阳光和轻淡的云影覆盖在场上,到夜呢,明耀的星月和轻微的凉风看守着整夜,在这境界这时间里唯一足以感动心情的就是秋虫的合奏。它们高低洪细疾徐作歇,仿佛经过乐师的精心训练,所以这样地无可批评,踌躇满志。其实它们每一个都是神妙的乐师;众妙毕集,各抒灵趣,哪有不成人间绝响的呢。

生活

乡镇上有一种"来扇馆",就是茶馆,客人来了,才把炉子里的火扇旺,炖开了水冲茶,所以得了这个名称。每天上午九、十点钟的时候,"来扇馆"却名不副实了,急急忙忙扇炉子还嫌来不及应付,哪里有客来才扇那么清闲?原来这个时候,镇上称为某爷某爷的先生们睡得酣足了,醒了,从床上爬起来,一手扣着衣扣,一手托着水烟袋,就光降到"来扇馆"里。泥土地上点缀着浓黄的痰,露筋的桌子上满缀着油腻和糕饼的细屑;苍蝇时飞时止,忽集忽散,像荒野里的乌鸦;狭条板凳有的断了腿,有的裂了缝;两扇木板窗外射进一些光亮来。某爷某爷坐满了一屋子,他们觉得舒适极了,一口沸烫的茶使他们神清气爽,几管浓辣的水烟使他们精神百倍。于是一切声音开始散布开来:有的讲昨天的赌局,打出了一张什么牌,就赢了两底;有的讲自己的食谱,西瓜鸡汤下面,茶腿丁煮粥,还讲怎么做鸡肉虾仁水饺;有的讲本镇新闻,哪家女儿同某某有私情,哪家老头儿娶了个十五岁的侍妾;有的讲些异闻奇事,说鬼怪之事不可不信，不可全信。有几位不开口的，他们在那里默听，微笑、吐痰、吸烟、支颐、遐想，指头轻敲桌子，默唱三眼一板的雅曲。迷蒙的烟气弥漫一室，一切形一切声都像在云里雾里。午饭时候到了，他们慢慢地踱回家去。吃罢了饭依旧聚集在"来扇馆"里，直到晚上为止，一切和午前一样。岂止和午前一样，和昨天和前月和去年和去年的去年全都一样。他们的生活就是这样了！

城市里有一种茶社，比起"来扇馆"就像大辂之于椎轮了。有五色玻璃的窗，有仿西式的红砖砌的墙柱，有红木的桌子，有藤制的几和椅子，有白铜的水烟袋，有洁白而且洒上花露水的热的公用手巾，有江西产的茶壶茶杯。到这里来的先生们当然是非常大方，非常安闲，洪亮的语音表示上流人的声调，顾盼无禁的姿态表示绅士式的举止。他们的谈话和"来扇馆"里大不相同了。他们称他人不称"某老"就称"某翁"；报上的记载是他们谈话的资料，或表示多识，说明某事的因由，或好为推断，预测某事的转变；一个人偶然谈起了某一件事，这就是无穷的言语之藤的萌芽，由甲而及乙，由乙而及丙，一直蔓延到癸，癸和甲是决不可能牵连在一席谈里的，然而竟牵连在一起了；看破世情的话常常可以在这里听到，他们说什么都没有意思都是假，某人干某事是"有所为而为"，某事的内幕是怎样怎样的；而赞誉某妓女称扬某厨司也占了谈话的一部分。他们或是三三两两同来，或是一个人独来；电灯亮了，坐客倦了，依旧三三两两同去，或是一个人独去。这都不足为奇。可怪的是明天来的还是这许多人；发出洪亮的语音，做出顾盼无禁的姿态还同昨天一样；称"某老""某翁"，议论报上的记载，引长谈话之藤，说什么都没有意思都是假，赞美食色之欲，也还是重演昨天的老把戏！岂止是昨天的，也就是前月，去年，去年的去年的老把戏。他们的生活就是这样了！

上海的马路上，来来往往的，谁能计算他们的数目。车马的喧闹，屋宇的高大，相形之下，显出人们的混沌和微小。我们看蚂蚁纷纷往来，总不能相信他们是有思想的。马路上的行人和蚂蚁有什么分别呢？挺立的巡捕，挤满电车的乘客，忽然驰过的乘汽车者，急急忙忙横穿过马路的老人，徐步看玻璃窗内货品的游客，鲜衣自炫的妇女，谁不是一个蚂蚁？我们看蚂蚁个个一样，马路上的过客又哪里有各自的个性？我们倘若审视一会儿，且将不辨谁是巡捕，谁是乘客，谁是老人，谁是游客，谁是妇女，只见无数同样的没有思想的动物散布在一条大道上罢了。游戏场里的游客，谁不露一点笑容？露笑容的就是

煮茶

游客，正如黑而小的身体像蜂的就是蚂蚁。但是笑声里面，我们辨得出哀叹的气息；喜愉的脸庞，我们可以窥见寒噤的颦蹙。何以没有一天马路上会一个动物也没有？何以没有一天游戏场里会找不到一个笑容？他们的生活就是这样了。

我们丢开优裕阶级欺人阶级来看，有许许多多人从红绒绳编着小发辫的孩子时代直到皮色如酱须发如银的暮年，老是耕着一块地皮，眼见地利确是生生不息的，而自己只不过做了一柄锄头或者一张犁耙！雪样明耀的电灯光从高大的建筑里放射出来，机器的声响均匀而单调，许多撑着倦眼的人就在这里做那机器的帮手。那些是生产的利人的事业呀，但是……他们的生活就是这样了！

一切事情用时行的话说总希望它"经济"，用普通的话说起来就是"值得"。倘若有一个人用一把几十位的大算盘，将种种阶级的生活结一个总数出来，大家一定要大跳起来狂呼"不值得"。觉悟到"不值得"的时候就好了。

1921 年

诗的泉源

当"诗人"这两个音给我听到、"诗人"这两个字给我看见的时候,我总感觉不大自然,或者说于耳于目不大顺适。这或者是由于我的偏见。我以为"诗人"指的是一种特异的人,并且有把这种特异的人与一般大众区别开来的意思。人家或者说,"我们发出这两个音,写出这两个字,本意就是这样。"但是我感到不自然,不顺适。

人家又常说"作诗"或是"写诗",一样地足以立刻引起我的那种感觉。有些人时刻在那里搜寻和期待,他们的经心比猎人猎取野兽的还要加胜,这也使我代他们感到彷徨不安。他们看这个"作"或"写"好像也是生活中不可或缺的一件事,正如吃饭和做工。在一定的时间内没有新的诗篇产出,就觉得异样地不安宁,正如饥饿和闲散无聊的时候所感受的。

我的意思浅薄而固执,我认为"诗人"这个名字和"农人""工人"不一样,不配成立而用来指一种特异的人。世间没有除了"作诗""写诗"以外就无所事事的,仅仅名为一个"诗人"的人。"作诗"或"写诗"也和"吃饭""做工"不同,不是生活中不可或缺的事,不做就有感到缺少了什么的想念。换一句说,这算不得一回事。

我并非看轻"诗人",鄙薄到不愿意用这个名字来称呼谁;也不是厌恶"作诗"或"写诗",说无论如何我们不该这么做。我只不愿意我们做一个被特异称呼的"诗人",不愿意我们比猎人猎取野兽更经心地"作诗"或"写诗"。

诗是什么的问题,很惭愧不能明确地解答出来。但是也可以作护短的说辞:即解答出来了,于诗的世界又有什么益处?

还是回过来探索诗的泉源吧。假若没有所谓人类,没有人类这么生活着,就没有诗这种东西。这是一句幼稚可笑的话,聪明的人或者要冷笑着说:"何止是诗?哪一件人事不是这个样子?"固然,一切人事都是这个样子,都因为人类这么生活着所以才有。生活是一切的泉源,也就是诗的泉源。所以说到诗就要说到生活——并不为要达到作诗的目的才说到生活。我们生而为人,怎能不说到生活呢?

两个不同的形容词加到生活上去,表示出生活的相反的两端的,通用的是"空虚"和"充实"。判定生活的属于哪一端,由于各人的内观,而旁人为客观的观察,往往难得其真。我们常常欢喜代人家设想,说这个人的生活何等空虚,那个人的生活何等不充实。其实所谓这个人和那个人未必感到这等的缺憾,所以不一定同我们一样设想。现在欲避免这一层错误,只得就我们内观所得的来说。

听说佛宗有所谓"禅定"的一个法门，不声不见，不虑不思，用来注释空虚的生活或者是最适切的了。我们虽不讲什么禅定，却有时也入于相类的境界。不事工作，也不涉烦闷，不欣外物，也不动内情，一切只是淡漠和疏远，统可加上一个消极的"不"字。好的生活和坏的生活都是积极的，唯有这"一切不"的生活是异样地空虚。但是我们确有时过这一种生活，或者延绵下去，至于终身。

反过来说，别一种生活就是"不一切不"的。有工作则不绝地工作，倦于工作则深切地烦闷，强烈地颓废；对美善则热跃地欣赏赞美，对丑恶则悲悯地咒诅怜念；情感有所倾注，思虑有所系属。总之，一切都深浓和亲密。无论这是好的生活，足以欣喜恋慕的，或是坏的生活，足以悲伤厌弃的，但本身内观的当儿总觉得这生活的丰富和繁茂。明白地说，就是觉得里面包含着许多东西，好像一个饱满的袋子。这就是所谓充实的生活。

现在说到诗。空虚的生活是个干涸的泉源，也可说不成泉源，哪里会流出诗的泉来？因为它虽名为生活，而顺着它的消极的倾向，几乎退入于不生活了。唯有充实的生活是汩汩无尽的泉源。有了源，就有泉水了。所以充实的生活就是诗。这不只是写在纸面上的有字迹可见的诗啊。当然，写在纸面就是有字迹可见的诗。写出与不写出原没有什么紧要的关系，总之生活充实就是诗了。我常这么妄想：一个耕田的农妇或是一个悲苦的矿工的生活比一个绅士先生的或者充实得多，因而诗的泉源也比较的丰富。我又想，这或者不是妄想吧。

我们将以"诗人"两字加到哪一类人的身上去呢？若说凡是生活充实的人便是诗人，似乎有点奇怪；或者专以称呼曾经写出些诗来的人，又觉得不妥。固然，有些人从充实的生活的泉源里疏引些泉水，写出些诗篇来。这不过是他们高兴这样做，有写作的冲动，别的人只是没有这种冲动罢了。只将"诗人"称呼他们，对于同他们一样具有充实的生活的人又将怎样呢？

由高兴和冲动所引出的事似乎与生活中不可或缺的事有点区别。我们由于高兴而去游山，或者由于冲动而长啸一声，不能说游山和长啸就是不可或缺的事。我们若是具有充实的生活，可以不用经心，问什么要不要从那里疏引些泉水出来。忽然高兴，忽然冲动，就写出些字迹，成为纸面的诗篇。一辈子不高

蝴蝶

兴，不冲动，就一辈子不写，但我们的诗篇依然存在。特地当它一回事，像猎人那样搜寻和期待，这算什么呢？

这是从高兴写、有写的冲动的一方面说。因为生活充实，除非不写，写出来没有不真实、不恳切的，绝没有虚伪浮浅的弊病。丰盈澄澈的泉源自然流出清泉。所以描写工作，就表出厚实的力量；发抒烦闷，就成为切至的悲声；赞美则满含春意；咒诅则力显深痛；情感是深浓热烈的；思虑是周博正确的。这等的总称，便是"好诗"。好诗的成立不在乎写出的人被称为"诗人"，也不在乎写出的人有了这写出的努力，而在乎他有充实的生活的泉源啊。

生活空虚的人也可以写诗，但只是诗的形罢了。写了出来的好诗既然视而可见，诵而可听，自然凝固为一个形。形往往成为被模拟的。西子含颦，尚且有人仿效呢。所以到我们眼睛里的诗有满篇感慨，实际却浑无属寄的，有连呼爱美，实际却未尝直觉的；情感呢，没有，思虑呢，没有，仅仅具有诗的形而已。汲无源的泉水，未免徒劳；效西子的含颦，益显丑陋。人若不是愚笨，总不愿意这样做吧。

1922 年 7 月

第一口的蜜

　　欣赏力的必须养成，实已是不用说明的了。湖山的晨光与暮霭，舟子同樵夫未必都能够领略它们的佳趣。名家的绘画与乐曲，一般人或许只看见是一簇不同的色彩，只听见是一阵繁喧的音响。一定要有个机会，得将整个的心对着湖山绘画乐曲等，而且深入它们的底里，像蜂嘴深入花心一样。于是第一口的蜜就尝到了。一次的尝到往往引起难舍的密恋，因而更益去寻觅，更益去吸取，譬诸蜂儿，好花遍野，蜜亦无穷，就永永以蜜为生了。所以这个机会最得要。它若来时，随后的反复修炼，渐进高深，实与水流云行一样是自然的事。最坏的是始终没有这个机会；譬如无根之草，又怎能加什么培养之功呢！任你怎样好的艺术陈列在面前，总仿佛隔着一幅无形的黑幕，只有彼此全不相干罢了。可是这个机会并不是纯任因缘的，我们自己能够做得七八分儿的主；只要我们拿出整个的心来对着湖山等，同时我们就得到机会了。什么事情权柄在自己手里时，总不用忧虑。现在就文艺一端说，我们且不要斥责作家的太不

没有秋虫的地方

顾人家,且不要恨评家的不给人引路;我们还是使用固有的权柄,来养成自己的欣赏力罢。如果我们存着玩戏的心来对一切的文艺,我们就劫夺了自己的幸福了。玩戏的心只是一种残余的如灰的微力,只能浮在空际,附着表面,独不能深入一切的底里。更就实际生活里去看,只有庄严地诚挚地做一件事情才做得好。假若是玩戏的态度,便不能够写好一张字,画好一幅画,踢好一场球,种好一簇花,甚至不能够讲好一个笑话。对于文艺,当然终于不会欣赏了。我们应以教士跪在祭台前面的虔意,情人伏在所欢怀里的热诚,来对所读的文艺。这时不知有别的东西,只有我们的心与所读的文艺正通着电流。更进一步,我们不复知有心与文艺,只觉即心即文艺,浑和不分了。于是我们可以听到作者低细的叹,可以感到作者微妙的愉悦;就是这听到这感到,我们便仿佛有了全世界。于是我们尝到第一口的蜜了。

　　如果我们存着求得的心来对一切的文艺,我们就杜绝了精美的体味了。求得的心总要连带着伸出一只无形的手来,仿佛说:"给我一点什么。"心在手上,便不能再在对象上;即使在对象上还留着一点,总不能整个的注在上边了。如是,我们要求的是甲,而文艺又并不给我们甲,我们要求的是乙,而文艺又并不给我们乙;我们只觉得文艺是个吝啬不过的东西,不得不与它疏远了。其实我们先不该向文艺求得什么东西。我们不要希望在它那里得到一点知识,学会一些智慧,我们又不一定要从它那里晓得什么伟大的事情,但也不一定要晓得什么微细的生活。我们应当绝无要求,读文艺就只是读文艺。这时候我们的心如明镜一般，而且比明镜还要澄澈，不仅仅照得见一片的表面。而我们固有的知识、智慧、感情、经验与文艺里边的情事境界发生感应时，就使我们陶然如醉，恍然如悟，入于一种难以言说的快适的心态。于是我们尝到第一口的蜜了。

我们是读者，不要被玩戏的心求得的心使着魔法，把我们第一口的蜜藏过了。

1923 年 8 月 14 日作
原载 1923 年 8 月《时事新报·文学周刊》第 84 期

在西安看的戏

住西安不满二十天,倒看了八回戏,易俗社两回,香玉剧社两回,尚友社、西北歌舞剧团、郿鄠剧团、皮影戏各一回。西安人看戏的兴致似乎很高,除了我们看过的几处以外,还有好些剧团,听说处处满座,票不容易买。多数人能够哼两句秦腔或河南梆子,广播也常常播秦腔和河南梆子,喇叭底下聚集着低回不忍去的听众。

西安的戏院可以说属于旧形式。长方形,直里比横里长。长条椅一排排地正摆,挤得比较紧。两旁边栏杆以外也容纳观众,那是偏着身子站着看的,票价特别便宜。房屋不怎么讲究,有几座用席顶棚。易俗社舞台沿的上方仿敦煌壁画画两个大型的飞天,回身凌空,彩带飘拂,比随便画些图案好看多了。用飞天做舞台的装饰,在别处还没见过。

听说一九五四年要修一座戏院,当然是新式的,设计的时候一定会考虑到怎样让买便宜票的也有座位。

在易俗社看两回秦腔,一回是整本戏《游龟山》,一回是六个单出戏。戏都演得认真，排在前头的单出戏也没有从前戏院的习气，有气没力，敷敷衍衍，只顾陪着观众消磨时间。演员的地位和认识提高了固然有关系，另外的原因恐怕是观众老早到齐，一开场就坐得满满的，不像以前有些人那样直到末了一两出上场的时候才来，表示他们除了头牌的名角而外不屑一顾。既然有那么些人要看，而且是真心诚意地要看，就是戏排在前头，又怎么能草草了事？

小时候听秦腔，现在光记得贾碧云的《阴阳河》和《爽红梅阁》。贾碧云是京剧角色，带唱秦腔，当时很有些声名。只觉得那声音高亢极了，刺耳的胡琴和梆子之外就只是那么咿咿呀呀的，越顿越高，越顿越高，完全听不清唱些什么。不知道什么缘故，现在听秦腔不觉得那么高亢了，胡琴和梆子也不刺耳，演员唱得好，口齿清楚，我可以听懂七八成，唱得差的，也有三四成。

没有戏单，挂在两旁的黑板上写着白粉字——戏名和演员名，因而很难记住谁扮演谁。我光记住了一位女演员的名字，孟遏云，因为近旁的观众都在轻声屏气地说这个名字，她的演唱特别引人注意，还有我左手边一位老太太带着叹息的调子说她今晚来看戏就为看这个孟遏云。

外行人不能说内行话，况且唱歌是声音的事情，用语言来描摹很难见效，往往描摹了一大堆，人家还是捉摸不到什么，我也不预备描摹了。我只觉得孟遏云的声音有天分又有训练，训练达到了极端纯熟的境界，能够自由操纵，随心所欲，随时随地恰当地表达出剧中人的感情，因而她的唱有风格，有自己的东西，虽然别人唱起来，唱词和曲谱也全都是那么样。听她一句一句唱下去，你心中再不起旁的杂念，光受她的唱的支配。她的风格含着种种味道，领略那味道是一种愉快、一种享受，你唯恐错过了一丝半毫的愉快和享受，哪还有工夫想旁的？她的声音那么一转，一转之后又像游丝一样袅上去，你就默默点头，认为非那么一转袅上去不可。她把一个语音斩钉截铁地喷出来，才喷出来就戛然刹住，你就咂咂嘴唇，认为唯有那样喷出来就刹住才恰到好处。这里所谓"认为"并非思维活动，简直是不意识，不过耳朵里感觉顺适，心里感觉舒服罢了。我们看了好的书画、精美的雕刻，同样会感觉到那种顺适和舒服。凡是艺术作品，合乎规格，又不仅合乎规格，还有独自的风格、独自的味道的，都能叫人感觉到那种顺适和舒服——我说了这么些话并没有传出孟遏云的唱的好处，这是没有办法的事，要领略好处怕只有用耳朵去听。我很想听听内行家的意见，不知道内行家对于孟遏云的唱怎么说。至于她的演技，我不再多说外行话了，总之，妥帖，老到，全身有戏，随时是戏。在《游龟山》里，她演江夏县的太太，又一回她演《探窑》里的王宝钏。《探窑》尤其酣畅淋漓。

常香玉的河南梆子，我看过她的《断桥》。她也有她的风格，能把感情充分地发挥。白娘娘的爱恋、怨恨、悲痛，听了她的唱似乎可以把实质给抓住。这回看了她的《花木兰》，印象当然也挺好。我的一位朋友发表他的"读后感"，他说《花木兰》的道白做工似乎过于京戏化了，减少了河南梆子的本色——某一剧种的某些本色应该保留还是改掉，该多保留还是少保留，是戏剧工作里值得讨究的题目。他又说花木兰胜利之后帐前独唱的时候如果有个舞蹈场面,戏也许更出色些。外行人不能下什么判断,愿意把朋友的意见记下来,供香玉剧社参考。

巧得很,在易俗社看了《拷红》,在香玉剧社也看了《拷红》。易俗社的《拷红》,饰红娘的是一位男角——很抱歉,没有记住他的姓名,一出场就看得出他是个守着旧典型的。所谓旧典型,就是传统的规范,一举一动,一颦一笑,全有程式。可是他能不让程式拘住,把程式演活了,于是观众面前出现一个活泼伶俐、随机应变的小红娘。我想,我国各种旧戏都有它

空空涛声

没有秋虫的地方

的程式，凡是成功的演员都是把程式演活了的——不知道这样说是不是切当。香玉剧社的《拷红》，老夫人、莺莺、红娘、张生四个角色铢两悉称，彼此配合得挺紧凑，一个在那里唱呀说的，跟另外一个或几个息息相关。这一层不太容易做到。可是观众爱看的是整台的戏，不是一个角色演戏，另外一个或几个只在旁边坐一坐，站一站。为了满足观众的要求，演员当然应当尽力做到这一层。

没有戏剧源流的知识，不知道秦腔和河南梆子的关系怎么样。推想起来，该是近房兄弟吧。不然，为什么西安人喜爱河南梆子那么强，只望香玉剧社老留在西安？再说，陕西跟河南接壤，一在关内，一在关外，地理上的关系也实在密切。据我想，这两种戏剧，还有其他几种地方戏，有个共通之点，就是唱句的音乐性很够味，可是听起来还是语言。音乐性够味，所以熟极的戏也愿意再去听一听，听那唱歌，听那演员的独自的风格——当然指有风格的而言。听起来还是语言，所以听歌唱同时领略戏的细微曲折，比较单就音乐方面听，感觉更见深切。在我国各种戏剧里头，音乐性够味可是听起来几乎不成语言的，该数昆曲里的南曲了——北曲好一些。固然，曲词多用文言辞藻，造句又属诗词一路，那是不容易一听就明白的一个原因。可是，更重要的原因在每唱一个字袅呀袅呀地转折太多了，叫人家光听见一连串的工尺上四合。就是能唱的曲家，要是请他听一支生曲子，恐怕除了一连串的工尺上四合也领略不多吧。曲词明明是语言（诗词一路的语言），可是听起来只是一连串的工尺上四合，不成语言。在戏曲界"百花齐放，推陈出新"的今天，各种剧种都在那里发展呀改革的，情形热闹非凡，可是昆曲只有抱残守缺的份儿，道理也许就在这里。京戏旦角的某些唱段，我听起来也有一连串工尺上四合之感，就是说不知道说些什么，虽然觉得悦耳。我听秦腔和河南梆子就不然，一方面居然能欣赏唱的好处，另一方面又能听清它的语言，欣赏就包括戏剧的内容，不仅在音乐。凡有这个特征——音乐性够味，可是听起来还是语言——的歌剧，我想，前途都是光明的、乐观的。什么根据呢？根据就在我能够接受，非但能够接受，还能够欣赏。而我呢，至少可以代表一大部分并不内行可是喜欢看戏的观众。

看了西北歌舞剧团的《小二黑结婚》，我就想到一部分新歌剧似乎还没有前边所说的特征，唱词配了音乐，当然不像话剧那样，句句跟实际生活里的语言一致，而那音乐，不知道什么缘故，又不像秦腔和河南梆子那样，能使有天分的演员唱成独自的风格。于是，就语言方面听，不如话剧干脆、爽利、有实感；就音乐方面听，不如秦腔、河南梆子的耐人寻味，禁得起咀嚼。有些新歌剧，我们看过一回，知道有那么一回事就算了，再不想看第二回，原由恐怕在此。新歌剧正在成长的阶段，得从各方面努力，是不是该在争取我所说的特征上多注点儿意，希望戏剧界考虑。

现在谈皮影戏。我们看的全本《火焰驹》。皮影戏各个登场人物的唱词道白大部分由一个人担任，只有少数几处由另外一个人搭配。唱的什么调我不知道，似乎属于"说唱"一路。

那皮人、皮道具的雕刻工细极了，饰色鲜艳极了，陈列在民间艺术品展览会里准可以列入上选。一切全用繁复的线条画成，只有人物的面部很简单，几笔勾出了生旦净丑，当然也有繁复的花脸。生的袍服，旦的衣裙……全有图案花纹。一张桌子，一把椅子，也不厌其烦地尽量细雕，好像红木作里制成的精制品。小到一把扇子（要知道皮人只一尺来高，可以想象扇子多大了），并不剪成扇形就算，还要把它镂空，让扇面上有画。有几幅布景，那花丛全用工笔，那假山有宋元入画山石的意味，又古茂，又艳丽。

没看过皮影戏的也许不大明白那是怎么回事，现在大略说几句。可以拿傀儡戏作比方，傀儡戏是傀儡演戏，皮影戏是皮人演戏，举止行动同样由藏在背后的人操纵。不过皮人不像傀儡那样成个立体的形象，那是皮雕成的，只是一片，而且是侧影的一片，不朝左就朝右。后面亮着灯光，活动的皮人的影子映在垂直张挂的白布上，观众在白布前面就可以看戏了。

我们看戏看傀儡戏都在台前看，看正面。舞台有深度，因而有远近。元帅升帐，他的位置距离我们远些，帐前两旁站着四将，距离我们近些。看皮影戏可不然。我们虽然坐在白布前面，实际上等于坐在舞台侧边。只能看个侧面。无所谓远近，侧形的皮人全在一个平面上活动———一个平面就是那垂直张挂的白布。

看皮影戏得在意想中"除外"一些形象。换句话说，有些影子你得当作没看见。要让皮人的身躯跟四肢活动，不能不用几根细木签支使它，细木签的影子不能不映在白布上。要是不在意想中当作没看见那些细木签的影子，就觉得场面上的人物牵牵挂挂的，很不顺眼。还有，皮人本来朝左，一会儿要它朝右，这只有一个办法，把它翻转来。翻转来当然很快，真可以说"一刹那"，在"一刹那"间，侧面的人形成了稀奇古怪的形象。那稀奇古怪的形象也得"除外"，当作没看见，意想中只当它朝左的人物慢慢地转过身来朝右边。还有，皮影必须贴着白布，轮廓和线条才显得清楚，色彩才显得鲜明。可是，皮人究竟拿在人的手里，总不免有些时候离开白布些儿，于是轮廓和线条朦胧了，色彩模糊了。那时候你最好闭一闭眼睛养养神，待皮人贴着了白布再看下去。

这些全是特质的条件的限制，既然要让"只是一片"的皮人演戏，就没法超越这些限制。我们只要想一想，所有登场的皮人全都由一个人的两只手操纵，居然可以演出整本的戏，模仿真人的活动相当到家，也就不会有什么苛求了。

一个唱的，一个操纵皮人的，三四个奏音乐的，大概五六个人就可以搞一个皮影戏的班子。这样的简单，旁的戏班子无论如何赶不上。跟傀儡戏比起来似乎差不多，可是皮人比傀儡轻巧多了。在无戏可看的地区，皮影戏靠它的简单，四处流动，满足群众的需要。现在戏剧的供应已经比较普遍，今后更将普遍，僻远的农村也可以看到话剧、歌剧。我想，在换换口味的意义之下，那时候皮影戏还会是群众所喜见乐闻的。

1954 年 1 月 4 日

骨牌声

走进里里,总弄的靠墙角的一盏盏电灯全都亮了,在第四盏灯底下,一张轻便的桌子斜角摆着,四个女人围着"打麻将"。她们不用扇扇子,也不在周身乱拍乱搔,像其他乘凉的人那样,大概暑气与蚊虫都与她们疏远了。

这使我想起伯祥近来的一夜的失眠。伯祥的屋子是带"跨街楼"的,就把跨街楼作为卧室。那一晚他上床睡了,来了!就在楼底下送来倒出一盒骨牌的声音,接着就是抹牌的声音,碰牌的声音,人的说笑,惊喜,埋怨,随口骂詈,种种的声音。先前医生给伯祥诊察过,说他的血浆比较薄,心脏不很强健;影响到心理,就形成感觉敏锐。这楼下的声音并不细微,当然立刻引起他的注意,朦胧的倦意就消失了。声音继续不绝,他似乎被强迫地一一去听,同时对于将要失眠了又怀着越来越凶的惴惴。楼下的人兴致不衰,一圈一圈打下去,直到炮车似的粪车动地震耳地推进弄里来了,他们方才歇手。谁输谁赢自然是确定了,或者大家还觉得有点儿软软的倦意;但是他们必然料不到楼上的伯祥也陪着他们一夜不曾合眼。

在我家听力所及的四围的邻居中，也常常有通宵打牌的。我是出名的贪睡汉，并不曾因此失眠过一回，像伯祥那样。在我还没有睡的时候，听见他们抹牌，很不经意地想，"他们打牌了"，随后也就安然，躺下不多时，就睡熟了。偶尔半夜里醒来，又听见他们抹牌，朦朦胧胧地想，"他们还没有歇手呢"，一转身，又睡熟了。直到小女孩醒了，我似乎被她闹醒，看窗上已经布满含有希望的青光，这时候又听见他们抹牌，轻轻地，慢慢地，似乎乏力的样子，这才知道他们打了通宵的牌。

不是没有白天打牌的，据家里人说，日里头也常听见骨牌桌子相击的声音；不过我日里头在家的时候少，就觉得打牌的事总是夜里发生的多了，然而有几回回家吃午饭的时候，也曾听得啪啪噼噼的骨牌响。

有人说："游戏而至于打麻将，可说最没有趣味的了；组织这么简单，一点儿用不着费心思，有什么好玩！"说这句话如果意在劝人不要打麻将，简直是不通世务的读书官人说的，明白的人绝不会这么说。

现在先讲趣味。趣味是须经旁人判定的呢，还是在于本身的体会？这似乎无须讨论，当然，在于本身的体会；别人固然可以代我判定，但是没有办法使我与他同感。譬如别人尽可以向我说大蒜是最爽口的东西，但是我总觉得大蒜的恶臭不堪向迩；别人又可以向我说这西瓜不好，不要吃吧，但是我总不肯舍弃，因为凡西瓜不论好坏我都爱吃。这有什么办法呢？

那些朝打牌夜打牌的男人，大概有个职业，他们认定职业

没有秋虫的地方

是为着吃饭的,天生就一张嘴一副肠胃,就不能不从职业上弄到一点消费的材料。这里头颇含勉强的意思,即使有趣味也淡得很了;不然,为什么工人喜欢歇工,教员爱听放假呢?那些女人,大概担负大部的家务,她们认定家务是自己先天注定的重负,为男人,为孩子,为全家族,都是不可推诿的;这就未必是心甘情愿的了,似乎说不上有什么趣味;不然,为什么弄口电灯底下,常常有两三个女人在那里互诉家务的辛劳呢?至于一些游手好闲的男女,东家靠一靠就是一两点钟,西家坐一坐就是半天,谈些捉到几个臭虫,昨夜给蚊虫扰了一夜的事,实在也是莫可奈何,才做这种无聊的消遣,如果要他们说一声"这很有趣味",我猜想他们未必愿意答应吧。

人总爱做点有趣味的事,借以消解种种的劳困与无聊。他们有什么事情可做呢?你说,为什么不去欣赏艺术?不错;但是欣赏须得有素养,他们有吗?你又说,为什么不去逛公园?不错;但是逛公园男的须穿起洋服,女的也须打扮得体面一点,这岂是人人办得到的事?房屋是丛墓的样子,三家四家的人统统砌在一楼一底里,身也转不得,更不用说北窗消暑,月院乘凉了。好在桌子是现成摆在那里的,骨牌是祖传或新置的,倒不如就此坐拢来,打这么八圈十二圈。心有所注,暑气全消了,蝇蚊也似乎远引了,趣味一。大家说打牌是写意("写意"是苏沪一带人常说的,含有漂亮、舒服、轻快、推开责任等意思,这里指舒服)的事,现在居然身为写意的事,同大大小小的写意人一样,趣味二。或者幸运光临,还可以有赢到几个铜元几个银角子的希望,如同中了什么奖券的小彩,趣味三。谁说是没有趣味呢!

其次讲用心思,这尤其是简单不过的。你以用心思为有味,也许人家以不用心思为有味;彼此如果因此争论起来,结果当是谁也不能折服谁。况且向来不曾用过心思的,你定要他非用心思不可,岂不叫他心痛?他们说,麻将之所以使我们欢喜,就在于一点儿用不着费心思,你又有什么话说?

世间不通世务的读书官人究竟不多,做点有趣味的事这个观念究竟是普遍的,于是我们常常听见骨牌声了。

1924 年 8 月 16 日

藕与莼菜

同朋友喝酒，嚼着薄片的雪藕，忽然怀念起故乡来了。若在故乡，每当新秋的早晨，门前经过许多乡人：男的紫赤的胳膊和小腿肌肉突起，躯干高大且挺直，使人起健康的感觉；女的往往裹着白地青花的头巾，虽然赤脚，却穿短短的夏布裙，躯干固然不及男的那样高，但是别有一种健康的美的风致。他们各挑着一副担子，盛着鲜嫩的玉色的长节的藕。在产藕的池塘里，在城外曲曲弯弯的小河边，他们把这些藕一再洗濯，所以这样洁白。仿佛他们以为这是供人品味的珍品，这是清晨的画境里的重要题材，倘若涂满污泥，就把人家欣赏的浑凝之感打破了；这是一件罪过的事，他们不愿意担在身上，故而先把它们洗濯得这样洁白，才挑进城里来。他们要稍稍休息的时候，就把竹扁担横在地上，自己坐在上面，随便拣择担里过嫩的"藕枪"或是较老的"藕朴"，大口地嚼着解渴。过路的人就站住了，红衣衫的小姑娘拣一节，白头发的老公公买两支。清淡的甘美的滋味于是普遍于家家户户了。这样情形差不多是平常

丝瓜昆虫

的日课,直到叶落秋深的时候。

在这里上海,藕这东西几乎是珍品了。大概也是从我们故乡运来的,但是数量不多,自有那些伺候豪华公子硕腹巨贾的帮闲茶房们把大部分抢去了;其余的就要供在较大的水果铺里,位置在金山苹果吕宋香芒之间,专待善价而沽。至于挑着担子在街上叫卖的,也并不是没有,但不是瘦得像乞丐的臂和腿,就是涩得像未熟的柿子,实在无从欣羡。因此,除了仅有的一回,我们今年竟不曾吃过藕。

这仅有的一回不是买来吃的,是邻舍送给我们吃的。他们也不是自己买的,是从故乡来的亲戚带来的。这藕离开它的家乡大约有好些时候了,所以不复呈玉样的颜色,却满被着许多锈斑。削去皮的时候,刀锋过处,很不爽利。切成片送进嘴里

没有秋虫的地方

嚼着,有些儿甘味,但是没有那种鲜嫩的感觉,而且似乎含了满口的渣,第二片就不想吃了。只有孩子很高兴,他把这许多片嚼完,居然有半点钟工夫不再作别的要求。

想起了藕就联想到莼菜。在故乡的春天,几乎天天吃莼菜。莼菜本身没有味道,味道全在于好的汤。但是嫩绿的颜色与丰富的诗意,无味之味真足令人心醉。在每条街旁的小河里,石埠头总歇着一两条没篷的船,满舱盛着莼菜,是从太湖里捞来的。取得这样方便,当然能日餐一碗了。

而在这里上海又不然,非上馆子就难以吃到这东西。我们当然不上馆子,偶然有一两口去叨扰朋友的酒席,恰又不是莼菜上市的时候,所以今年竟不曾吃过。直到最近,伯祥的杭州亲戚来了,送他瓶装的西湖莼菜,他送给我一瓶,我才算也尝了新。

向来不恋故乡的我,想到这里,觉得故乡可爱极了。我自己也不明白,为什么会起这么深浓的情绪?再一思索,实在很浅显:因为在故乡有所恋,而所恋又只在故乡有,就萦系着不能割舍了。譬如亲密的家人在那里,知心的朋友在那里,怎得不恋恋?怎得不怀念?但是仅仅为了爱故乡吗?不是的,不过在故乡的几个人把我们牵系着罢了。若无所牵系,更何所恋念?像我现在,偶然被藕与莼菜所牵系,所以就怀念起故乡来了。

所恋在哪里,哪里就是我们的故乡了。

1923 年 4 月 7 日

没有秋虫的地方

阶前看不见一茎绿草,窗外望不见一只蝴蝶,谁说是鹁鸪箱里的生活?鹁鸪未必这样枯燥无味呢。秋天来了,记忆就轻轻提示道:"凄凄切切的秋虫又要响起来了。"可是一点影响也没有,邻舍儿啼人闹弦歌杂作的深夜,街上轮震石响邪许并起的清晨,无论你靠着枕头听,凭着窗沿听,甚至贴着墙角听,总听不到一丝秋虫的声音。并不是被那些欢乐的、劳困的、洪大的、清亮的声音淹没了,以至听不出来,乃是这里根本没有秋虫。啊,不容留秋虫的地方!秋虫所不屑居留的地方!

若是在鄙野的乡间,这时候满耳朵是虫声了。白天与夜间一样地安闲;一切人物或动或静,都有自得之趣;嫩暖的阳光和轻淡的云影覆盖在场上,到夜呢,明耀的星月和轻微的凉风看守着整夜,在这境界这时间里唯一足以感动心情的就是秋虫的合奏。它们高低洪细疾徐作歇,仿佛经过乐师的精心训练,所以这样地无可批评,踌躇满志。其实它们每一个都是神妙的乐师,众妙毕集,各抒灵趣,哪有不成人间绝响的呢。

没有秋虫的地方

菊花秋虫

虽然这些虫声会引起劳人的感叹、秋士的伤怀、独客的微喟、思妇的低泣，但是这正是无上的美的境界，绝好的自然诗篇，不独是旁人最欢喜吟味的，就是当境者也感受一种酸酸的麻麻的味道，这种味道在另一方面是非常隽永的。

大概我们所祈求的不在于某种味道，只要时时有点儿味道尝尝，就自诩为生活不空虚了。假若这味道是甜美的，我们固然含着笑来体味它；若是酸苦的，我们也要皱着眉头来辨尝它：这总比淡漠无味胜过百倍。我们以为最难堪而极欲逃避的，唯有这个淡漠无味！

所以心如槁木不如工愁多感，迷蒙的醒不如热烈的梦，一口苦水胜于一盏白汤，一场痛哭胜于哀乐两忘。这里并不是说愉快乐观是要不得的，清健的醒是不必求的，甜汤是罪恶的，狂笑是魔道的；这里只是说有味远胜于淡漠罢了。

所以虫声终于是足系恋念的东西。何况劳人秋士独客思妇以外还有无量数的人，他们当然也是酷嗜趣味的，当这凉意微逗的时候，谁能不忆起那美妙的秋之音乐？

可是没有，绝对没有！井底似的庭院，铅色的水门汀地，秋虫早已避去唯恐不速了。而我们没有它们的翅膀与大腿，不能飞又不能跳，还是死守在这里。想到"井底"与"铅色"，觉得象征的意味丰富极了。

1923 年 8 月 31 日

卖白果

总弄里边不知不觉笼上黄昏的暮色,一列电灯亮起来了。三三两两的男子和妇女站在各弄的口头,似乎很正经的样子,不知在谈些什么。几个孩子,穿鞋没拔上跟,他们互相追赶,鞋底擦着水门汀地,作"替替"的音响。

这时候,一个挑担的慢慢地走进弄来,他向左右观看,顿一顿再向前走两三步。他探认主顾的习惯就是如此;主顾确是必须探认的,不然,挑着担子出来难道是闲耍吗?走到第四弄的口头,他把担子歇下来了。我们试看看他的担子。后头有一个木桶,盖着盖子,看不见盛的是什么东西。前头却很有趣,装着个小小的炉子,同我们烹茶用的差不多,上面承着一只小镬子;瓣状的火焰从镬子旁边舔出来,烧得不很旺。在这暮色已浓的弄口,便构成个异样的情景。

他开了镬子的盖子,用一片蚌壳在镬子里拨动,同时不很协调地唱起来了:"新鲜热白果,要买就来数。"发音很高,又含有急促的意味。这一唱影响可不小,左弄右弄里的小孩子陆续奔出来了,他们已经神往于镬子里的小颗粒,大人在后面喊着"慢点儿跑"的声音,对于他们只是微茫的喃喃了。

据平昔的经验,听到叫卖白果的声音时,新凉已经接替了酷暑;扇子虽不至于就此遭到捐弃,总不是十二分时髦的了。因此,这叫卖声里似乎带着一阵凉意。今年入秋转热,回家来什么也不做,还是气闷,还是出汗。正在默默相对,仿佛要叹息着说无可奈何之际,忽然送来这么带着凉意的一声两声,引起我片刻的幻想的快感,我真要感谢了。

这声音又使我回想到故乡的卖白果的。做这营生的当然不只是一个,但叫卖的声调却大致相似,悠扬而轻清,恰配作新凉的象征;比较这里上海的卖白果的叫卖声有味得多了。他们的唱句差不多成为儿歌,我小时候曾经受教于大人,也模仿着他们的声调唱:

烫手热白果,
香又香来糯又糯;
一个铜钱买三颗,
三个铜钱买十颗。
要买就来数,
不买就挑过。

这真是粗俗的通常话,可是在静寂的夜间的深巷中,这样不徐不疾、不刚劲也不太柔软地唱出来,简直可以使人息心静虑,沉入享受美感的境界。本来,除开文艺,单从声音方面讲,

没有秋虫的地方

凡是工人所唱一切的歌，小贩呼唤的一切叫卖声，以及戏台上红面孔白面孔青衫长胡子所唱的戏曲，中间都颇有足以移情的。我们不必辨认他们唱的是些什么话，含着什么意思，单就那调声的抑扬徐疾送渡转折等去吟味；也不必如考据家内行家那样用心，推究某种俚歌源于什么，某种腔调是从前某老板的新声，特别可贵；只取足以悦我们的耳的，就多听它一会儿；这样，也就可以获得不少赏美的乐趣。如果歌唱的也就是极好的文艺，那当然更好，原是不待说明的。

这里上海的卖白果的叫卖声所以不及我故乡的，声调不怎么好自然是主因，而里中欠静寂，没有给它衬托，也有关系。全里的零零碎碎的杂声，里外马路上的汽车声，工厂里的机器声，搅和在一起，就无所谓静寂了。即使是神妙的音乐家，在这境界中演奏他生平的绝艺，也要打个很大的折扣，何况是不足道的卖白果的叫卖声呢。

但是它能引起我片刻的幻想的快感，总是可以感谢而且值得称道的。

1924 年 8 月 22 日

昆曲

　　昆曲本是吴方言区域里的产物，现今还有人在那里传习。苏州地方，曲社有好几个。退休的官僚，现任的善堂董事，从课业练习簿的堆里溜出来的学校教员，专等冬季里开栈收租的中年田主、少年田主，还有诸如此类的一些人，都是那几个曲社里的社员。北平并不属于吴方言区域，可是听说也有曲社，又有私家聘请了教师学习的，在太太们，能唱几句昆曲算是一种时髦。除了这些"爱美的"唱曲家偶尔登台串演以外，职业的演唱家只有一个班子，这是唯一的班子了，就是上海"大千世界"的"仙霓社"。逢到星期日，没有什么事来逼迫，我也偶尔跑去看他们演唱，消磨一个下午。

　　演唱昆曲是厅堂里的事。地上铺一方红地毯，就算是剧中的境界；唱的时候，笛子是主要的乐器，声音当然不会怎么响，但是在一个厅堂里，也就各处听得见了。搬上旧式的戏台去，即使在一个并不宽广的戏院子里，就不及平剧那样容易叫全体观众听清。如果搬上新式的舞台去，那简直没法听，大概坐在第五六排的人就只看见演员拂袖按鬓了。我不曾做过考据功夫,不知道什么时候开始有演唱昆曲的戏院子。从一些零星的记载看来,似乎明朗时候只有绅富家里养着私家的戏班子。《桃花扇》里有陈定生一班文人向阮大铖借戏班子,要到鸡鸣埭上去吃酒,看他的《燕子笺》,也可以见得当时的戏不过是几十个人看看罢了。我十几岁的时候,苏州城外有演唱平剧的戏院子两三家,演唱昆曲的戏院子是不常有的,偶尔开设起来,开锣不久,往往因为生意清淡就停闭了。

昆曲彻头彻尾是士大夫阶级的娱乐品,宴饮的当儿,叫养着的戏班子出来演几出,自然是满写意的。而那些戏本子虽然也有幽期密约,盗劫篡夺,但是总要归结到教忠教孝,劝贞劝节,神佛有灵,人力微薄,这就除了供给娱乐以外,对于士大夫阶级也尽了相当的使命。就文词而言,据内行家说,多用辞藻故实是不算稀奇的,要像元曲那样亦文亦话才是本色。但是,即使像了元曲,又何尝能够句句像口语一样听进耳朵就明白?再说,昆曲的调子有非常迂缓的,一个字延长到十几拍,那就无论如何讲究辨音,讲究发声跟收声,听的人总之难以听清楚那是什么字了。所以,听昆曲先得记熟曲文;自然,能够通晓曲文里的故实跟辞藻那就尤其有味。这又岂是士大夫阶级以外的人所能办到的?当初编撰戏本子的人原来不曾为大众设想,他们只就自己的天地里选一些材料,编成悲欢离合的故事,借此娱乐自己,教训同辈,或者发发牢骚。谁如果说昆曲太不顾到大众,谁就是认错了题目。

昆曲的串演,歌舞并重。舞的部分就是身体的各种动作跟姿势,唱到哪个字,眼睛应该看哪里,手应该怎样,脚应该怎样,都由老师傅传授下来,世代遵守着。动作跟姿势大概重在对称,向左方做了这么一个舞态,接下来就向右方也做这么一个舞态,意思是使台下的看客得到同等的观赏。譬如《牡丹亭》里的《游园》一出,杜丽娘小姐跟春香丫头就是一对舞伴,从闺中晓妆起,直到游罢回家止,没有一刻不是带唱带舞的,而且没有一刻不是两人互相对称的。这一点似乎比平剧跟汉调来得高明。前年看见过一本《国剧身段谱》,详记平剧里各种角色的各种姿势,实在繁复非凡;可是我们去看平剧,就觉得演员很少有动作,如《李陵碑》里的杨老令公,直站在台上尽唱,两手插在袍甲里,偶尔伸出来挥动一下罢了。昆曲虽然注重动作跟姿势,也要演员能够体会才好,如果不知道所以然,只是死守着祖传来表演,那就跟木偶戏差不多。

  昆曲跟平剧在本质上没有多大差别,然而后者比较适合于市民,而士大夫阶级已无法挽救他们的没落,昆曲恐将不免于淘汰。这跟麻将代替了围棋,豁拳代替了酒令,是同样的情形。虽然有曲社里的人在那里传习,然而可怜得很,有些人连曲文都解不通,字音都念不准,自以为风雅,实际上却是薛蟠那样的哼哼,活受罪,等到一个时会到来,他们再没有哼哼的余闲,昆曲岂不将就此"绝响"?这也没有什么可惜,昆曲原不过是士大夫阶级的娱乐品罢了。

  有人说,还有大学文科里的"曲学"一门在。大学文科分门这样细,有了诗,还有词,有了词,还有曲,有了曲,还有散曲跟剧曲,有了剧曲,还有元曲研究跟传奇研究,我只有钦佩赞叹，别无话说。如果真是研究，把曲这样东西看作文学史里的一宗材料，还它个本来面目，那自然是正当的事。但是人的癖性往往会因为亲近了某种东西，生出特别的爱好心情来，以为天下之道尽在于此。这样，就离开"研究"二字不止十里八里了。我又听说某一所大学里的"曲学"一门功课，教授先生在教室里简直就教唱昆曲，教台旁边坐着笛师，笛声嘘嘘地吹起来，教授先生跟学生就一同"嗳嗳嗳……"地唱起来，告诉我的那位先生说这太不成话了，言下颇有点愤慨。我说，那位教授先生大概还没有知道，"仙霓社"的台柱子，有名的巾生顾传玠，因为唱昆曲没前途，从前年起丢掉本行，进某大学当学生去了。

这一回又是望道先生出的题目。真是漫谈，对于昆曲一点儿也没有说出中肯的话。

1934年10月20日

牵牛花

手种牵牛花,接连有三四年了。水门汀地没法下种,种在十来个瓦盆里。泥是今年又明年反复用着的,无从取得新的泥来加入。曾与铁路轨道旁种地的那个北方人商量,愿出钱向他买一点儿,他不肯。

从城隍庙的花店里买了一包过磷酸骨粉,掺和在每一盆泥里,这算代替了新泥。

瓦盆排列在墙脚,从墙头垂下十条麻线,每两条距离七八寸,让牵牛的藤蔓缠绕上去。这是今年的新计划,往年是把瓦盆摆在三尺光景高的木架子上的。这样,藤蔓很容易爬到了墙头;随后长出来的互相纠缠着,因自身的重量倒垂下来,但末梢的嫩条便又蛇头一般仰起,向上伸,与别组的嫩条纠缠,待不胜重量时重演那老把戏。因此墙头往往堆积着繁密的叶和花,与墙腰的部分不相称。今年从墙脚爬起,沿墙多了三尺光景的路程,或者会好一点儿;而且,这就将有一堵完全是叶和花的墙。

牵牛花

藤蔓从两瓣子叶中间引伸出来以后，不到一个月工夫，爬得最快的几株将要齐墙头了。每一个叶柄处生一个花蕾，像谷粒那么大，便转黄萎去。据几年来的经验，知道起头的一批花蕾是开不出来的；到后来发育更见旺盛，新的叶蔓比近根部的肥大，那时的花蕾才开得成。

今年的叶格外绿，绿得鲜明；又格外厚，仿佛丝绒剪成的。这自然是过磷酸骨粉的功效。他日花开，可以推知将比往年的盛大。

但兴趣并不专在看花，种了这小东西，庭中就成为系人心情的所在，早上才起，工毕回来，不觉总要在那里小立一会儿。那藤蔓缠着麻线卷上去，嫩绿的头看似静止的，并不动弹；实际却无时不回旋向上，在先朝这边，停一歇再看，它便朝那边了。前一晚只是绿豆般大一粒嫩头，早起看时，便已透出二三寸长的新条，缀一两张长满细白绒毛的小叶子，叶柄处是仅能辨认形状的小花蕾，而末梢又有了绿豆般大一粒嫩头。有时认着墙上的斑驳痕迹，明天未必便爬到那里吧；但出乎意料，明晨竟爬到了斑驳痕之上；好努力的一夜工夫！"生之力"不可得见；在这样小立静观的当儿，却默契了"生之力"了。渐渐地，浑忘意想，复何言说，只呆对着这一墙绿叶。

即使没有花，兴趣未尝短少；何况他日花开，将比往年盛大呢！

1931 年

看月

　　住在上海"弄堂房子"里的人对于月亮的圆缺隐现是不甚关心的。所谓"天井",不到一丈见方的面。至少十六支光的电灯每间里总得挂一盏。环境限定,不容你有关心到月亮的便利。走到路上,还没"断黑"已经一连串地亮了街灯。有月亮吧,就像多了一盏灯。没有月亮吧,犹如一盏街灯损坏了,没有亮起来。谁留意这些呢?

　　去年夏天,我曾经说过不大听到蝉声,现在说起月亮,我又觉得许久不看见月亮了。只记得某夜夜半醒来,对窗的收音机已经沉寂,隔壁的"麻将"也歇了手,各家的电灯都已熄灭,一道象牙色的光从南窗透进来,把窗棂印在我的被袱上。我略微感到惊异,随即想到原来是月亮光。好奇地要看看月亮本身,我向窗外望。但是,一会儿月亮被云遮没了。

　　从北平来的人往往说在上海这地方怎么"待"得住。一切都这样紧张,空气是这样龌龊,走出去很难得看见树木,诸如此类,他们可以举出一大堆。我想,月亮仿佛失掉了这一点,也该列入他们为上海"待"不住的理由吧!假若如此,我倒并不同意。在生活的诸般条件里列入必须看月亮一项,那是没有理由的。清旷的襟怀和高远的想象力未必定须由对月而养成。把仰望的双眼移到地面,同样可以收到修养上的效益,而且更见切实。可是我并非反对看月亮,只是说即使不看也没有什么关系罢了。

最好的月色我也曾看过。那时在福州的乡下,地当闽江一折的那个角上。某夜,靠着楼栏直望。闽江正在上潮,受着月亮,成为水银的洪流。江岸诸山略微笼罩着雾气,好像不是平日看惯的那几座山了。月亮高高停在天空,非常舒坦的样子。从江岸直到我的楼下是一大片沙坪,月光照着,茫然一白,但带点儿青的意味。不知什么地方送来晚香玉的香气。也许是月亮的香气吧,我这么想。我心中不起一切杂念,大约历一刻钟之久,才回转身来。看见蛎粉墙上印着我的身影,我于是重又意识到了我。

那样的月色如果能得再看几回,自然是愉悦的事,虽然前面我说过"即使不看也没有什么关系"。

刊于《中学生》37号(1933年9月1日),署名郢生;
1981年11月25日修改。

秋

开了锁，推开房门，一阵霉蒸气。是阴沉的秋天的傍晚，那些疏阔得几乎不相识的家具都显得非常朦胧。开了两扇窗，才看出什么东西都掺上了一层灰尘。

她站到镜台前，那镜中的人脸色灰暗，两眼下方各有淡墨痕似的一搭，嘴唇失了明显的界限，似乎不是每天看见的那副容貌。她便想到今天是疲乏了，买票处的拥挤，三等车中三点钟转侧不得的站立，下车之后提着并不很轻的提箱从车夫的包围中挤出，真是少有的努力。这几天本来觉得腰痛腿酸，现在更见厉害了；只想把身子摆平，让床褥来支持身子的重量。原来是秋分了，她突然想起，跟着就来了伤感的心情，四十不到的年纪，身体上已经挂着历本了。

她的眼光给镜台上什么东西拦住了。焦褐色的一些小团，焦褐色的几条枝梗，荒地上的尸骸似的散置在那里。她记起了，那是去年春天上坟的时候在河边采的野蔷薇，回来扔在这里，就匆匆地赶火车去了。一年半的时光又溜走了，现在又得去上坟。

她约略拂去床上的灰尘,便躺下来。好似来到了凄凉的旅店,两眼直望着帐顶,让自己沉没在怅怅然的感觉里。

皱脸的老妈子端着煤油灯进房来。她把灯放在靠窗的桌子上,便用探索的眼光回头看,自言自语道:"小姐在这里歇息。"又拖着滞重的脚步出去了。

不一会,房门外起了轻悄的对话声。虽说轻悄,但双方显然都没有操纵自己的声带的素养,说的什么完全传到了房里躺着的人的耳朵里。

"听我们奶奶说,她在上海做收生婆的。"

"咄,咄,咄,好龌龊的行业,血淋淋的……"

"血淋淋倒不用管,你想,收生婆,说出来多么……"

"她还是小姐呢,小姐怎能干这种行业?叫我想想,难为情极了,哪还有脸见人!"

"我也这样说。她要配人家只怕难了。讨个新奶奶,说是做收生婆的,谁要?"

"她年纪不轻了吧?"

"不清楚,没听我们奶奶说过。看她那样子,三十五总不止了。"

躺在床上的人知道说话的一个是嫂嫂处用的刚才送灯来的那个皱脸老妈子,另一个该是宅内别人家的老妈子。在裂了缝的板壁上,她们的眼睛大概正贴着在那里,窥看着龌龊的难为情的她吧。她这样猜想,并没有嫌厌她们的意思;老妈子知道什么?自从开业以来,一年间收过不到三十回的生,那些自以为开通而请产科医生的人家,又有几个人不把异样的眼光投到

没有秋虫的地方

她身上?"你,干这行业?"从他们的眼光里总可以读到这样的话。老妈子不过把这样的话说了出来罢了。倒是她们猜测她的年纪有点儿可恨。她自己也不明白所以然,对于别人考查她的年纪总觉得讨厌;在学校里的时候,有些同学直截了当问她几岁,她心里固然不舒服,脸上却不好意思发作,便支吾其辞说忘了;更有伶俐乖巧的同学乘她不提防,突然问她属什么生肖,她的回答也绝不会疏忽,不说属花条马便说属长颈鹿,那些非洲狩猎影片里的东西。这样对付过去以后,她便把发问的人看作不怀好意的侦探,越能少同她交往越好。

老妈子又说什么只怕难了,啊,想它做什么!她转身朝里,面对着映在帐幅上的她自己的黑影。

晚饭过后,嫂嫂到她房里来谈话。约略说了些不相干的引子之后,便吞吞吐吐转到正文:说本来要写信到上海去的,一因哥哥不得空闲,二则她就要回来上坟了,所以留到现在面谈。说有人来谈起,有个姓张的要娶填房,年纪也不算大,才五十三岁,是一家钱庄的经理,手头有两三万;两个儿子,一个女儿,女儿最长,已经出嫁了,大儿子明年也要办喜事——做他们的"晚娘"是并不困难的:要不要回答来人说不妨谈谈,须请她自己做主。嫂嫂的意思是不妨谈谈,因为这样合适的人家很难碰到。

她听罢嫂嫂的话不就回答,可不是由于羞愧。当她二十岁以前,有人到她母亲旁边来说你家小小姐怎样怎样、某家几少爷怎样怎样的时候,她是立刻会像淘气的小猫那样一溜烟就不见的。二十一岁那年上,父亲母亲相继去世,以后人家的这些

没有秋虫的地方

话就向哥哥嫂嫂说了,她渐渐学会假作没有听见的本领,脸上固然不免发红,溜走却不需了,这期间便偶尔听到"续弦""填房"那些字眼。二十七八的时候,她决定了不嫁,因为父亲的遗嘱上有这样的话,女儿中如有终于不出嫁的,应得田二十亩;但是来说亲的人还是有,她却用旁观的态度来听,甚或发一些比嫂嫂更精细的盘问,好像所谈的真是与她完全无关的事——谁也不能知道她心头正沸腾着快适和妒恨纠结成一团的思潮。

现在她听说那人五十三岁,就好像有硬硬的一簇胡须在她嘴的周围乱扫,那种肉麻的恶心的感觉直扩展到两颊和颈间。一个老人和她自己的并肩双影闪现在她眼前,啊,这像什么样子?有什么意思?她闭了闭眼睛,才回答嫂嫂说:"早就说过不谈了,嫂嫂,为什么又提起这些话来了?"

"我们这样想。"嫂嫂的声调显得十分亲切,"妹妹一个人在上海开业究竟是辛苦的事;如果有了合适的人家,就安舒得多了。"

究竟是辛苦的事,嫂嫂这句话正说中了实情。守护一个生命,那是须得集中全身的精力才能着手的工作;陪同产妇的一阵阵的挣扎,非把力气完全运用到两臂,一回比一回更加振奋不可,直到新生命脱离了母体才得透一口气;其时衣衫湿透了,躯干四肢好像不再属于自己了,然而产妇和婴儿双方还有许多需要料理的事,不能就此休息。那样的辛苦居然受得住,她自己想起来也有点儿不相信。但是就身体的情况而论,那样地受辛苦至多也只能支持十多年,她自己十分明白。五十多岁还能挺起脊梁收生吗?除此以外,还有业务上的艰难很可忧虑:开业一年多,只收过不到三十回的生,是个勉强可以敷衍的局面;产科医生的牌子差不多每条路上都有,路角墙壁上一并排贴着廉价收生的广告——"不论日夜,药费在内,五元","照定章对折,一律四元",可见其中的竞争并不比商界缓和;凸起肚子的妇人几乎满街都是,为什么请教她收生的这么寥寥呢?假如第二个年头的成绩还不及第一年,而且以后一直衰落下去,那如何得了?关于这些,在看到家庭的日渐衰落,时势的急剧转变,毅然决然投考产科学校,准备做个职业妇女的时候,她是完全没有想到的。就是在当学生的三年间,都以为毕了业走出校门,便有一个自由的快适的天地等候着她。直到开了业,在实际的体验中,她才知道碰见的是辛苦,是身体和精神双方的辛苦。虽然辛苦,总得忍耐着挣扎下去;前途固然茫茫,但不挣扎又将奈何?这是她目前的逻辑。

"辛苦是的确的,不过我还受得住。"她看着煤油灯,以免和嫂嫂的眼光接触。

"现在还受得住,将来呢?"嫂嫂顿了一顿,又说,"我又要说妇人家的那句话了,一个人总得有个靠傍;如果生下一男半女,不就什么都放心了吗?"

"这个话我不很相信。"她摇着头说,"我只看见妇人家受子女的累,什么都放心了是说说的。"平时看惯的妇人家生产时的情状闪现在她眼前:血的潮,肉的迸裂,被宰割似的悸动和呼号,真是无比的牺牲。同时她又闪电似的想起讲义上所说的难产的产母大都在什么年龄的话,便仿佛看见了自己落在难产的危难中的形象,啊,可怕!

没有秋虫的地方

嫂嫂见劝诱无效，就换个头绪来说："话得说回来，子女原不一定要自己生的。像那张家，女儿已经出嫁，两个儿子也都大了，你是不会错待人的，他们当然又尊敬又亲热地待你，还不是和自己生的一样？"嫂嫂坐近些，伸出手来似乎要拉她的衣袖的样子，把声音转得很软媚地说："这个也叫你娘，那个也叫你娘，你听了才快活呢。"

娘，这个生疏而带有快感的字眼，它确然给予她好像喝了点儿酒的舒适，正同听到人家称一声"奶奶"或是"老板娘"的时候一样。面前倘如有个玉雪可念的孩子，用小手牵住她的衣襟，爱娇地叫她一声"娘"，她自己会把什么辛苦都忘掉了吧。不然，就是已经出嫁的小姐呼她为"娘"，同她说些体己话，她自己也会觉得生活并不空虚吧。——可是，硬硬的一簇胡须好像又扫到她嘴唇上来了；这回仿佛还看见了斑白的头发，重叠的额纹，昏花的眼睛和焦黄的牙。一阵懊恼使她迸出决绝的话："嫂嫂，我们放开这个，谈谈别的吧。"

"那么，只好回绝那个来说起的人了。"嫂嫂搭讪着说。从前同类的好多回谈话，差不多总是由嫂嫂这样收场的。

随后嫂嫂就谈到哥哥的织袜厂的失利。同样的小规模的厂家不下十余家，要开辟推销的路径比向人家借钱还难，到年底预备收歇了。最近有人来拉股份，织阔幅的绵绸，看来好像呢子，可以做西装，销路据说是不坏的。不过手头没有钱，想卖了田去入股，反正一连好几年米，今年水灾，明年虫灾，收成七折八扣，又加上什么捐税，眼见得田不是什么有好处的产业了。末了说："今天他们就在那里开筹备会，所以到这时候他还没有回来。"

突然间,父亲的遗嘱——终于不出嫁的得田二十亩——在她头脑里刺了一针,她觉得完全明白嫂嫂这番劝诱的意义了。她不免激怒,想她偏不肯嫁,哥哥嫂嫂不能把她怎么样。她还想问个明白,卖了田去入股,是不是留下应该归她的二十亩。但是一转念后,又想他们既没有提明,她又何妨暂作不知,到事情真做出来时再与他们争论吧。于是耐着性儿,继续听嫂嫂琐琐屑屑地说些柴米油盐的家常话。

她坐在舱的右边,靠着明瓦窗。舱中围坐着六七个男人,女人只有她和嫂嫂,小孩有她的两个侄儿。白云笼罩着原野;轻风送来清新的草气,也送来阵阵的薄寒;河水活活地在船底流过;人语声显得很寂寞似的。

比较十余年前,上坟的情况是冷落得多了。那时候全家各房同住在宅内,上坟那天的早晨大家在大厅上齐集,就是个十分欢快的场面。各房的奶奶小姐走出来,全都穿起自出心裁的新装,这一件绣着蝴蝶,那一件绣着牡丹,各样的花边,各样的款式。脂粉气从每个腮帮上每条手臂上发散开来,熏得人人都好像喝了点儿酒,有说不出来的高兴。小孩子跳出跳进地催着上船,这个拉着伯伯,那个牵着爸爸。所有的人齐集了,才出门上船。船共有三条,摇到河道宽阔处便并排着行。水果和茶食摆得满桌,箫笛声应和着,笑声在这条船和那条船之间投来投去。简直是全家的快乐的郊游会。现在,各房分散了:有一房在交易所投机得利,便在上海造小洋房住;其他几房或在上海做点儿生意,或在南京当个小差使,都带了家眷去;空下的房子就租给几家别姓住了。大厅久已成为三不管的区域；令人生厌的几把破椅子上积着厚厚的灰尘；梁间常常搁着竹竿，晾着不知谁家的孩子的尿布。竞新斗艳的盛况再也不会在这里出现了，因为别房的女人根本就不来，只男人来了算数。这是男人，活动的天地各自不同，他们除开上坟而外，见面的机会也就很少了。

这么想着，她感觉非常凄清。从前那些即使是个梦，那个梦可否重做一回呢？——父亲母亲还健在；各房不必为生活而挣扎，依旧住在一处，快快活活一同去上坟，仍旧是三条船，并排着行，水果和茶食摆得满桌，箫笛声应和着，笑声在这条船和那条船之间投来投去；那样的梦多甜美呀！

"……哪知他上了当！"浓须的一个堂兄的高声闯进她的耳朵，她便听下去。

"说是交保证金三千两，六厘利息，每月薪水一百块。待交了保证金，他们却左也不开办，右也不开办，只说筹备尚未停当。这才疑惑起来，说把保证金还了吧；吓，回答说没有了！你们想，小伙子家干事这么不着实，我是完全相信他的话，谁知他把雪白的银子丢在水里！"

她就知道那堂兄所说的"他"是他的儿子，一个商业专门学校的毕业生。

在南京当科员的一个堂兄抬一抬眼镜，说："这非同他们打官司不可。"

"当然要打官司，"前一个堂兄摸着上唇的浓须，"但是我好容易凑了三千两银子，现在是两手空空了！空手是打不来官司的。所以今天要同你们商量：我提议卖掉我们的老宅。"

大家似乎吃了一惊，暂时间彼此面面相觑。

"我们本已搬出去了，搬回来的必要好像也没有。"另一个堂兄仿佛为提议人作说明。

哥哥也开口了，他说："倘如大家同意，我自然也不反对，我可以另外租房子住。"

她似乎觉得腔子里突然一空；同时头脑昏晕起来，舱内的人物在那里旋转，望得见的天和田野也在那里旋转。从十六岁那年占有的一间房间，是她仅有的世界，现在也将被夺去了！

到了坟前，她拜下去，眼泪簌簌地落下。

夜间，在回上海的火车中，她茫然靠着长条的椅背。闯进她的意识的是凌凌乱乱的材料：二十亩田……干枯的野蔷薇……五十三岁……血的潮，肉的迸裂……一个大肚子的妇人在敲她的寓所的门……

1932年11月1日发表

没有秋虫的地方

暮

西窗的斜阳才欲退隐,所有的色彩似乎暗淡了一点。主人翁觉得不耐了。"来,把灯开了!"啪地一旋,成串挂着的电灯如同闭了眼好外骤然张开似的一耀,什么都仿佛涂上了一屋油彩。谁说这不是快适的享用,文明生活这个题目中的应有之义呢?

那工场中的地下室,围困在几百间房间里的单人客舍,百货商店的柜台橱架之间,以及沉没在烟里雾里的什么什么铺子和人家,电灯成日夜地亮着,简直把大地运转的痕迹抹掉了。这是个实际问题,暗了必得它亮;否则为着生存,为着生存(写到第二个"为着",以为总该换一个别的,却觉得只有"为着生存"最妥当,所以又写了一个;就此为止,不再写第三个了)的各种活动不就停顿了吗?我不反对有快适的享用的文明生活,实际问题尤其无可反对。但是我不禁为处于这等境界中的人惋惜,他们有的是优游的,有的是劳顿的,却同样地失去了一种足以吟味的美妙的境了。有如对丁音乐一般,某甲则心领而神会,某乙却无异对琴之牛:感受与不感受固截然有别,即使感受,又大有程度这差;然而没有音乐送到耳边,始终不给你接触的机会,这无论在某甲某乙,都该是一个缺憾吧。

这种美妙的诗境就是"暮"。

所谓暮者,乃指太阳已没到地平线之下,而黑暗的幕还没有拉拢来,一切景物承着太阳的残余的弱光这期间。这自然不是"斜阳暮"了。在这时候,我们可以玩味那暮的特有颜色。充满空际的是淡淡的青。若比晴朗的长天,没有那么明;若比清澄的湖水,没有那么活:这是微暗的,轻凝的,朦胧的,有如卷烟徐徐袅起的烟缕,又教人想起堆在枕旁的美人的蓬松的长发。这青色蒙上屋檐、窗棂、庭树、盆花,以及平田、长河、密林、乱山等等,任是不协调的也给调和了,消融了各具的轮廓和色彩,在神秘的苍茫中凝合为一气。

自然,我们也给这青色蒙住了,若从超人间的什么眼看来,我们就在这一气之中,正如一滴水之于大海。但是我们有我们的我执,便觉这淡淡的青有一种压迫的力,轻轻的,十二分轻轻的,然而总会教我们感觉着。这力似乎离头顶一尺的光景,——不,似乎触着了头顶,——不,压到眉梢了,——也不,竟然四肢百体都压到了。虽然是压迫,不但轻,而且软,仿佛靠着木棉花的枕头,裹着野鸭绒的被褥。被压得透不转气来自是没有的事,而使神经略微受点激刺,同喝这么一盏半盏酒似的,不是醉于美德,不是醉于欢爱,不是醉于旁的一切,而醉于暝色之中了。"暝色入高楼,有人楼上愁。"这醉的滋味就是愁。是怎样的愁呢?这愁不同于夕阳将下淡黄的光懒懒地映在屋半腰树半梢那时候所感觉的。那时候感到一种衰零的情味,莫名地惋惜,莫名地惆怅,扼要称说,当然逃不了一个"愁"字。而在暝色之中,依恋是沉下去了,更无所谓惋惜,驰

没有秋虫的地方

夕阳

鹜是停止住了，更无所谓惆怅。只有一种微茫的空虚之感，细细碎碎的又似乎无边无外的，在刺着我们的身体，渗入我们的心。这也是愁呀，但不涉困穷，非关离别，侵略到劳人思妇以外，所以更是原始的，潜在的。在含着上两句的那首词的下半阕有一句道："何处是归程？"是何处？是何处实在无所归呵！于是那词人发愁了。

我们想象那"日暮倚修竹"的佳具，她那时候一定不在想身世的遭际和恋爱的问题，等而下之如关于服装饰物那些事情。暝色笼住了她，修竹发了瑟瑟的低音，那种微茫的空虚之感渗入她的任何部分：无所归呵！无所归呵！她只有默默地倚在那里了。又试念李后主的句子："独自莫凭栏，无限江山。"江山无限，在苍茫的暝色之中更能体会。但是，归向何处呢？江之东，江之西呢？山之南，山之北呢？全都是归路，只有一句"无所归呵"的回答！这是李后主当时的愁绪。至于国亡家破这感，他当然是有的，但这时候归于浑忘了。他卸去了彩色斑斓的愁的衣服，看见了赤裸的潜在的原始的愁了。

犹之潸然滴泪的时候，心酸是微微地脉脉地，乍一念起，觉得这是个微妙的境界，其中有说不出的美。暝色之中愁思正有同样的情形，所以我说它足以吟味。

如不是独处在那里，旁边伴着的有爱人或至友，想来了也只有默默相对吧。在这样的境界之中，有什么可说呢？有什么可说呢？

1925 年 4 月 18 日作

（原载《我们的六月》，1925 年 6 月，上海亚东图书馆）

以画为喻

咱们画图,有时候为的实用。编撰关于动物植物的书籍,要让读者明白动物植物外面的形态跟内部的构造,就得画种种动物植物的图。修建一所房屋或者布置一个花园,要让住在别地的朋友知道房屋花园是怎么个光景,就得画关于这所房屋这个花园的图。这类的图,绘画动机都在实用。读者看了,明白了,住在别地的朋友看了,知道了,就完成了它的功能。

这类的图绝不能随便乱画。首先要把画的东西看得明白,认得确切。譬如画猫吧,它的耳朵怎么样,它的眼睛怎么样。你如果没有看得明白,认得确切,怎么能下手?随便画上猪的耳朵,马的眼睛,那是个怪东西,绝不是猫;人家看了那怪东西的图,绝不能明白猫是怎样的动物。所以,要画猫就得先认清猫。其次,画图得先练成熟习的手腕,心里想画猫,手上就得画成一只猫。像猫这种动物,咱们中间谁还没有认清,可是咱们不能人人都画得成一只猫;画不成的原因,就在于熟习的手腕没有练成。明知道猫的耳朵是怎样的,眼睛是怎样的,可是手不应心，画出来的跟知道的不相一致，这就成猪的耳朵马的眼睛，或者什么也不像了。所以，要画猫又得练成从心所欲的手段。

咱们画图，有时候并不为实用。看见一个老头儿，觉得他的躯干，他的面部的器官，他的蓬松的头发跟胡子，线条都非常之美，配合起来，是一个美的和谐，咱们要把那美的和谐表现出来，就动手画那个老头儿的像。走到一处地方，看见三棵老柏树，那高高向上的气派，那倔强矫健的姿态，那苍然蔼然的颜色，都仿佛是超然不群的人格的象征，咱们要把这一点感兴表现出来，就动手画那三棵老柏树的图。这类的图，绘画的动机不为实用，可以说无所为。但也可以说有所为，为的是表出咱们所见到的一点东西，从老头儿跟三棵老柏树所见到的一点东西——"美的和谐""仿佛是超然不群的人格的象征"。

这类的图也不能随便乱画。第一，见到须是真切的见到。人家说那个老头儿很美，你自己不以画为喻加辨认，也就跟着说那个老头儿很美，这就不是真切的见到。人家都画柏树，以为柏树的挺拔之概值得画，你就跟着画柏树，以为柏树的挺拔之概值得画，这就不是真切的见到。见到不真切，实际就是无所见；无所见可是还要画，结果只画了个老头儿，画不出那"美的和谐"来；只画了三棵老柏树，画不出那"仿佛是超然不群的人格的象征"来。必须要把整个的心跟事物相对，又把整个的心深入事物之中，不仅认识它的表面，并且透达它的精蕴，才能够真切地见到些什么。有了这种真切的见到，咱们的图才有了根本，才真个值得动起手来。第二，咱们的图既以咱们所见到的一点东西为根本，就跟前一类的图有了不同之处；前一类的图只需见什么画什么，画得准确就算尽了能事；这一类的图要表现出咱们所见到的一点东西，就得以此为中心，对材料加一番选择取舍的功夫；这种功夫如果做得不到家，那么虽然确有见到，也还不成一幅好图。那老头儿一把胡子，工细地画来，不如粗粗的几笔来得好；那三棵老柏树交结着的丫枝，照样地画来，不如删去了来得好；这样的考虑就是所谓选择取舍的功夫。做这种功夫有个标准，标准就是咱们所见到的一点东西。跟这一点东西没有关系的，完全不要；足以表出这一点东西的，不容放弃；有时为了要增加表出的效果，还得以意创造，而这种功夫的到家不到家，关系于所见的真切不真切；所见越真切，选择取舍越有把握；有时几乎可以到不须思索的境界。第三，跟前边说的一样，得练成熟习的手腕。所见在心，表出在手腕，手腕不熟习，根本就画不成图，更不用说好图。这个很明白，无须多说。

以上两类图，次序有先后，程度有浅深。如果画一件东西不会画得像，画得准确，怎么能在一幅画中表出咱们所见到的一点东西？必须能画前一类图，才可以画后一类图。这就是次序有先后。前一类图只凭外界的事物，认得清楚，手腕又熟，就成。后一类图也凭外界的事物，根本却是咱们内心之所见；凭这一点，它才成为艺术。这就是程度有浅深。这两类图咱们都要画，看动机如何而定。咱们要记载物象，就画前一类图；咱们要表出感兴，就画后一类图。

我的题目"以画为喻"，就是借图画的情形，来比喻文字。

前一类图好比普通文字，后一类图好比文艺。普通文字跟文艺，咱们都要写，看动机如何而定。为应付实际需要，咱们得写普通文字；如果咱们有感兴，有真切的见到，就得写文艺。普通文字跟文艺次序有先后，程度有浅深。写不来普通文字的人绝写不成文艺；文艺跟普通文字原来是同类的东西，不过多了咱们内心之所见。至于熟习的手腕，两方面同样重要；手腕不熟，普通文字跟文艺都写不好。手腕要怎样才算熟？要让手跟心相应，自由驱遣语言文字，想写个什么，笔下就写得出个什么，这才算是熟。我的话即此为止。

原收入《西川集》，文光书店，1945年1月，有修改。

没有秋虫的地方

牛

在乡下住的几年里,天天看见牛。可是直到现在还像显现在眼前的,只有牛的大眼睛。冬天,牛拴在门口晒太阳。它躺着,嘴不停地蹉磨,眼睛就似乎比忙的时候睁得更大。牛眼睛好像白的成分多,那是惨白。我说它惨白,也许为了上面网着一条条血丝。我以为这两种颜色配合在一起,只能用死者的寂静配合着吊丧者的哭声那样的情景来相模拟。牛的眼睛太大,又鼓得太高,简直到了使你害怕的程度。我进院子的时候经过牛身旁,总注意到牛鼓着的两只大眼睛在瞪着我。我禁不住想,它这样瞪着,瞪着,会猛地站起身朝我撞过来。我确实感到那眼光里含着恨。我也体会出它为什么这样瞪着我,总距离它远远地绕过去。有时候我留心看它将会有什么举动,可是只见它呆呆地瞪着,我觉得那眼睛里似乎还有别的使人看了不自在的意味。

我们院子里有好些小孩,活泼,天真,当然也顽皮。春天,他们捕蝴蝶。夏天,他们钓青蛙。谷子成熟的时候到处都有油蚱蜢,他们捉了来,在灶堂里煨了吃。冬天,什么小生物全不见了,他们就玩牛。

有好几回,我见牛让他们惹得发了脾气。它绕着拴住它的木桩子,一圈儿一圈儿地转。低着头,斜起角,眼睛打角底下瞪出来,就好像这一撞要把整个天地翻个身似的。

孩子们是这样玩的:他们一个个远远地站着,捡些石子朝牛扔去。起先,石子不怎么大,扔在牛身上,那一搭皮肤马上轻轻地抖一下,像我们的嘴角动一下似的。渐渐地,捡来的石子大起来了,扔到身上牛会掉过头来瞪着你。要是有个孩子特别胆大,特别机灵,他会到竹园里找来一根毛竹,伸得远远地去撩牛的尾巴,戳牛的屁股,把牛惹起火来。可是,我从未见

牧童

过他们撩起牛的头。我想，即使是小孩，也从那双大眼睛看出使人不自在的意味了。

玩到最后，牛站起来了，于是孩子们轰的一声，四处跑散。这种把戏，我看得很熟很熟了。

有一回，正巧一个长工打院子里出来，他三十光景了，还像孩子似的爱闹着玩。他一把捉住个孩子，"莫跑，"他说，"见了牛都要跑，改天还想吃庄稼饭？"他朝我笑笑说："真的，牛不消怕得。你看它有那么大吗？它不会撞人的。牛的眼睛有点不同。"

以下是长工告诉我的话。

"比方说，我们看见这根木头桩子，牛眼睛看来就像一根撑天柱。比方说，一块田十多亩，牛眼睛看来就没有边，没有沿。牛眼睛看出来的东西，都比原来大，大许多许多。看我们人，就有四金刚那么高，那么大。站到我们跟前它就害怕了，它不敢倔强，随便拿它怎么样都不敢倔强。它当我们只要两个指头就能捻死它，抬一抬脚趾拇就能踢它到半天云里，我们哈气就像下雨一样。那它就只有听我们使唤，天好，落雨，生田，熟田，我们要耕，它就只有耕，没得话说的。你先生说对不对，幸好牛有那么一双眼睛。不然的话，还让你使唤啊，那么大的一个，力气又蛮，踩到一脚就要痛上好几天。对了，我们跟牛，五个抵一个都抵不住。好在牛眼睛看出来，我们一个抵它十几个。"

以后，我进出院子的时候，总特意留心看牛的眼睛，我明白了另一种使人看着不自在的意味。那黄色的浑浊的瞳仁,那老是直视前方的眼光,都带着恐惧的神情,这使眼睛里的恨转成了哀怨。站在牛的立场上说,如果能去掉这双眼睛,成了瞎子也值得,因为得到自由了。

1946 年 12 月

客语

侥幸万分的竟然是晴明的正午的离别。

"一切都安适了,上岸回去吧,快要到开行的时刻了。"似乎很勇敢地说了出来,其实呢,处此境地,就不得不说这样的话。但也不是全不出于本心。梨与香蕉已经买来给我了,话是没有什么可说了,夫役的扰攘,小舱的郁蒸,又不是什么足以赏心的,默默地挤在一起,徒然把无形的凄心的网织得更密罢了,何如早点儿就别了呢?

不可自解的是却要送到船栏边,而且不止于此,还要走下扶梯送到岸上。自己不是快要起程的旅客吗?竟然充起主人来,主人送了客,回头蹀进自己的屋子,看见自己的人。可是现在——现在的回头呢?

并不是懦怯,自然而然看着别的地方,答应"快写信来"那些嘱咐。于是被送的转身举步了。也不觉得什么,只仿佛心里突然一空似的(老实说,摹写不出了)。随后想起应该上船,便跨上扶梯;同时用十个指头梳满头散乱的头发。

倚着船栏,看岸上的人去得不远,而且正回身向这里招手。自己的右手不待命令,也就飞扬跋扈地舞动于头顶之上。忽地觉得这刹那间这个境界很美,颇堪体会。待再望岸上人,却已没有踪迹,大概拐了弯赶电车去了。

没有经验的想象往往是外行的,待到证实,不免自己好笑。起初以为一出吴淞口便是苍茫无际的海天,山头似的波浪打到船上来,散为裂帛与抛珠,所以只是靠着船栏等着。谁知出了口还是似尽又来的沙滩,还是一抹连绵的青山,水依然这么平,船依然这么稳。若说眼界,未必开阔了多少,却觉空虚了好些,若说趣味,也不过与乘内河小汽轮一样。于是失望地回到舱里,爬上上层自己的铺位,只好看书消遣。下层那位先生早已有时而猝发的鼾声了。

实在没有看多少页书,不知怎么也蒙眬起来了。只有用这蒙眬二字最确切,因为并不是睡着,汽机的声音和船身的微荡,我都能够觉知,但仅仅是觉知,再没有一点思想一毫情绪。这蒙眬仿佛剧烈的醉,过了今夜,又是明朝,只是不醒,除了必要坐起来几回,如吃些饼干牛肉香蕉之类,也就任其自然——连续地蒙眬着。

这不是摇篮里的生活吗?婴儿时的经验固然无从回忆,但是这样只有觉知而没有思想没有情绪,该有点儿相像吧。自然,所谓离思也暂时给假了。

向来不曾亲近江山的,到此却觉得趣味丰富极了。书室的窗外,只隔一片草场,闲闲地流着闽江。彼岸的山绵延重叠,有时露出青翠的新妆,有时披上轻薄的雾帔,有时不知从什么地方来了好些云,却与山通起家来,于是更见得那些山郁郁然有奇观了。窗外这草场差不多是几十头羊与十条牛的领土。看守羊群的人似乎不主张放任主义的,他的部民才吃了一顿,立即用竹竿驱策着,叫它们回去。时时听得仿佛有几个人在那里割草的声音,便想到这十头牛特别自由,还是在场中游散。天天喝的就是它们的奶,又白又浓又香,真是无上的恩惠。

卧室的窗对着山麓,望去有裸露的黑石,有矮矮的松林,有泉水冲过的涧道。间或有一两个人在山顶上樵采,形体貌小极了,看他们在那里运动着,便约略听得微茫的干草瑟瑟的声响。这仿佛是古代的幽人的境界,在什么诗篇什么画幅里边遇见过的。暂时充当古代的幽人,当然有些新鲜的滋味。

月亮还在山的那边,仰望山谷,苍苍的,暗暗的,更见得深郁。一阵风起,总是锐利的一声呼啸一般,接着便是一派松涛。忽然忆起童年的情景来:那一回与同学们远足天平山,就在高义园借宿,稻草衬着褥子,横横竖竖地躺在地上。半夜里醒来了,一点儿光都没有,只听得洪流奔放似的声音,这声音差不多把一切包裹起来了;身体颇觉寒冷,因而把被头裹得更紧些。从此再也不想睡,直到天明,只是细辨那喧而弥静静而弥旨的滋味。三十年来,所谓山居就只有这么一回。而现在又听到这声音了,虽然没有那夜那么宏大,但是往后的风信正多,且将常常更甚地听到呢。只不知童年的那种欣赏的心情能够永永持续否。

这里有秋虫,有很多的秋虫,没有秋虫的地方究竟是该诅咒的例外。躺在床上听听,真是奇妙的合奏,有时很繁碎,有时很凝集，而总觉得恰合刚好，足以娱耳。中间有一种不知名的虫，它们的声音响亮而漫长，像是弦乐，而且引起人家一种想象，仿佛见到一位乐人在那里徐按慢抽地演奏。

松声与虫声渐渐地轻微又轻微，终于消失了……

仓前山差不多一座花园，一条路，一丛花，一所房屋，一个车夫，都有诗意。尤其可爱的是晚阳淡淡的时候，礼拜堂里送出一声钟响，绿荫下走过几个张着花纸伞的女郎。

跟着绍虞夫妇前山后山地走，认识了两相仿佛的荔枝树与龙眼树，也认识了长髯飘飘的生着气根的榕树，眺望了我们所住的那座山，又看了胭脂似的西边的暮云，于是坐在路旁的砖砌的矮栏上休息。渐渐地四围昏暗了，远处的山只像几笔极淡的墨痕染渍在灰色的纸上。乡间的女人匆匆地归去，走过我们身边，很自然地向我们看一看。那种浑朴的意态，那种奇异的装束（最足注目的是三支很长的银发钗，像三把小剑，两横一竖地把发髻拢住，我想，两个人并肩走时，横插的剑锋会划着旁人的头发），都使我想到古代的人。同时又想，什么现代精神，什么种种的纠纷，都渺茫得像此刻的远山一样，仿佛沉在梦幻里了。

中秋夜没有月，这倒很好，我本来不希望看什么中秋月。与平常没有月亮的晚上一样，关在书室里，就美孚灯光下做了一点功课，就去睡了。

第二天的傍晚，满天是云，江面黯然。西风震动窗棂，"吉格"作响。突然觉得寂寥起来，似乎无论怎样都不好。但是又不能什么都不，总要在这样那样里占其一，这时候我占的是倚窗怅望。然而怅望又有什么意思呢？

绍虞似乎有点儿揣度得出，他走来邀我到江边去散步。水波被滩石所挡，激触有声。还有广遍而轻轻的风一般的音响平铺在江面上，潮水又退出去了。便随口念旧时的诗句：

潮声应未改，客绪已频更。

七年以前，我送墨林去南通。出得城来，在江滨的客店里歇宿候船，却成了独客。荒凉的江滨晚景已够叫人怅怅，又况是离别开始的一晚，真觉得百无一可了。聊学雅人口占一诗，借以排遣。现在这两句就是这一首诗里的。唉，又是潮声，又是客绪！

所谓客绪，正像冬天的浓云一般，风吹不散，只是越凝集越厚，散步的药又有什么用处？回到屋里，天差不多黑了，我们暂时不点火，就在昏暗中坐下。我说："介泉在北京常说，在暮色苍茫之际，炉火微明，默然小坐，别有滋味。"绍虞接应了一声就不响了。很奇怪，何以我和他的声音都特别寂寞，仿佛在一个广大的永寂的虚空中，仅仅荡漾着这一些声音，音波散了，便又恢复它的永寂。

想来介泉所说的滋味，一定带着酸的。他说"别有"，诚然是"别有"，我能够体会他的意思了。

点灯以后，居然送来了切盼而难得的邮件，昨天有一艘轮船到这里了。看了第一封，又把心挤得紧一点。第二封是平伯的，他提起我前几天作的一篇杂记，说："……此等事终于无可奈何，不呻吟固可，作呻吟又觉陷于怯弱。总之，尢一而可，这是实话……"

似乎觉得这确是怯弱,不要呻吟吧。

但是还是去想,呻吟为了什么?恋恋于故乡吗?故乡之足以恋恋的,差不多只有藕与莼菜这些东西了,又何至于呻吟?恋恋于鹁鸽箱似的都市里的寓居吗?既非鹁鸽,又何至于因为飞开了而呻吟?老实地说,简括地说,只因一种愿与最爱与同居的人同居的心情,忽然不得满足罢了。除了与最爱与同居的人同居,人间的趣味在哪里?因为不得满足而呻吟,正是至诚的话,有什么怯弱不怯弱?那么,又何必不要呻吟呢?

呻吟的心本来如已着了火的燃料,浓烟郁结,正待发焰。平伯的信恰如一根火柴,就近一引,于是炽盛地燃烧起来了……

1923年10月1日

说书

因为我是苏州人，望道先生要我谈谈苏州的说书。我从七八岁的时候起，私塾里放了学，常常跟着父亲去"听书"。到十三岁进了学校才间断，这几年间听的"书"真不少。"小书"如《珍珠塔》《描金凤》《三笑》《文武香球》，"大书"如《三国志》《水浒》《英烈》《金台传》，都不止听一遍，最多的听到三遍四遍。但是现在差不多忘记干净了，不要说"书"里的情节，就是几个主要人物的姓名也说不齐全了。

"小书"说的是才子佳人，"大书"说的是历史故事跟江湖好汉，这是大概的区别。"小书"在表白里夹着唱词，唱的时候说书人弹着三弦；如果是双档（两个人登台），另外一个就弹琵琶或者打铜丝琴。"大书"没有唱词，完全是表白。说"大书"的那把黑纸扇比较说"小书"的更为有用，几乎是一切"道具"的代替品，诸葛不离手的鹅毛扇，赵子龙手里的长枪，李逵手里的板斧，胡大海手托的千斤石，都是那把黑纸扇。

说"小书"的唱词据说是依"中州韵"的，实际上十之八九是方音，往往ㄣㄥ不分，"真""庚"同韵。唱的调子有两派：一派叫"马调"，一派叫"俞调"。"马调"质朴，"俞调"婉转。"马调"容易听清楚，"俞调"抑扬太多，唱得不好，把字音变了，就听不明白。"俞调"又比较是女性的，说书的如果是中年以上的人，勉强逼紧了喉咙，发出撕裂似的声音来，真叫人坐立不安，浑身肉麻。

"小书"要说得细腻。《珍珠塔》里的陈翠娥见母亲势利，冷待远道来访的穷表弟方卿，私自把珍珠塔当作干点心送走了他。后来忽听得方卿来了，是个唱"道情"的穷道士打扮，要求见她。她料知其中必有蹊跷，下楼去见他呢还是不见他？踌躇再四，于是下了几级楼梯就回上去，上去了又走下几级来，这样上上下下有好多回，一回有一回的想头。这段情节在名手有好几天可以说。其时听众都异常兴奋，彼此猜测，有的说"今天陈小姐总该下楼梯了"，有的说"我看明天还得回上去呢"。

"大书"比较"小书"尤其着重表演。说书人坐在椅子上，前面是一张半桌，偶然站起来，也不很容易回旋，可是像演员上了戏台一样，交战，打擂台，都要把双方的姿态做给人家看。据内行家的意见，这些动作要做得沉着老到，一丝不乱，才是真功夫。说到这等情节自然很吃力，所以这等情节也就是"大书"的关子。譬如听《水浒》，前十天半个月就传说"明天该是景阳冈打虎了"，但是过了十天半个月，还只说到武松醉醺醺跑上冈子去。

说"大书"的又有一声"咆头"，算是了不得的"力作"。

没有秋虫的地方

那是非常之长的喊叫,舌头打着滚,声音从阔大转到尖锐,又从尖锐转到奔放,有本领的喊起来,大概占到一两分钟的时间:算是勇夫发威时候的吼声。张飞喝断灞陵桥就是这么一声"咆头"。听众听到了"咆头",散出书场来还觉得津津有味。

无论"小书"和"大书",说起来都有"表"跟"白"的分别。"表"是用说书人的口气叙述,"白"是说书人说书中人的话。所以"表"的部分只是说书人自己的声口,而"白"的部分必须起角色,生旦净丑,男女老少,各如书中人的身份。起角色的时候,大概贴旦丑角之类仍用苏白,正角色就得说"中州韵",那就是"苏州人说官话"了。

说书并不专说书中的事,往往在可以旁生枝节的地方加入许多"穿插"。"穿插"的来源无非《笑林广记》之类,能够

竹里馆

自出心裁地编排一两个"穿插"的当然是能手了。关于性的笑话最受听众欢迎，所以这类"穿插"差不多每回可以听到。最后的警句说了出来之后，满场听众个个哈哈大笑，一时合不拢嘴来。

书场设在茶馆里。除了苏州城里，各乡镇的茶馆也有书场。也不止苏州一地，大概整个吴方言区域全是这批说书人的说教地。直到如今还是如此。听众是士绅以及商人，以及小部分的工人农民。从前女人不上茶馆听书，现在可不同了。听书的人在书场里欣赏说书人的艺术，同时得到种种的人生经验：公子小姐的恋爱方式，何用式的阴谋诡计，君师主义的社会观，因果报应的伦理观，江湖好汉的大块分金，大碗吃肉，超自然力的宰制人间，无法抵抗……也说不尽这许多，总之，那些人生经验是非现代的。

现在，书场又设到无线电播音室里去了。听众不用上茶馆只要旋转那"开关"，就可以听到叮叮咚咚的弦索声或者海瑞、华太师等人的一声长嗽。非现代的人生经验利用了现代的利器来传播，这真是时代的讽刺。

刊于《太白》第一卷第二期（1934 年 10 月 5 日），署名圣陶；1981 年 11 月 5 日修改。

桡夫子

川江里的船,多半用桡子。桡子安在船头上,左一支右一支地间隔着。平水里推起来,桡子不见怎么重。推桡子的往往慢条斯理地推着,为的路长,犯不着太上劲,也不该太上劲。据推桡子的说,到了逆势的急水里,桡子就重起来,有时候要上一百斤。这在别人也看得出来,推桡子的把桡子推得那么重,身子前俯后仰的程度加大了。过滩的时候,非使上全身的气力,桡子就推不动。水势是这样的,船的行势是那样的,水那股汹涌的力量全压在桡子上。推桡子的脚蹬着船板,嘴里喊着"咋咋——呵呵呵",是这些沉重的声音在教船前进呢。过了滩,推桡子的累了,就又慢条斯理的了。

这些推桡子的,大家管他们叫"桡夫子"。

好些童话里说到永远摇着船的摆渡人,他老在找个替手,从他手里把桨接过去;一摆脱桨,他就飞一样地跑了,再不回头看一看他那摇了那么久的船了。在木船上二十多天,我们天天看桡夫子们做活,不禁想起他们就是童话里说的摆渡人。天天是天刚亮他们就起来卷铺盖。天天是喊号子的一声"喔——喔——",弟兄伙就动手推桡子。天天是推过平水上流水,推过流水又是平水。天天是逢峡过峡,逢滩过滩。天天是三餐干饭。天天是歇力的时候抽一杆旱烟。天天听喊号子的那样唱,"哥弟伙,使力推,推上流水好松懈","弟兄伙,用力拖,拢到地头有老酒喝"。这样,天天赶拢一个码头。随后,他们喝酒,耍钱,末了船头上把铺盖打开,就睡在桡子旁边。

那个烧饭的(烧饭的管做饭,看太平舱,是船上的总务,他的工钱比别的桡夫子大)跟我们说起过,"到了汉口,随便啥子活路跟我说一个嘛,船上这个饭不好吃"。他说:"岸上的活路没得这么'淘神',一天三顿要做那么人吃的,空下来还顶一根横桡,清早黑了又要看舱,是不是?船漏了是你的责任嘛。"他说:"这么点儿钱,哪儿不挣了?"他年纪还轻,人很精灵,想要放下手里的桨,换个新活路。在他看来,除了自己手上的都蛮不错。

别的桡夫子们,有好几个已经三十多了。一个十六七岁的,上一代也吃船上饭,也是推桡子的。这些人却不想放下手里的桨,都是每天不声不响地提起桡子,按着节拍一下一下推着。他们拿该拿的钱,吃该吃的饭,做该做的活。推船跟干别的活无非为了挣钱,他们干这一行,就吃这一行饭,靠这一行吃饭,永远靠这一行吃饭。"钱是各人各自挣的嘛,做得到哪一门活路,吃得成哪一门饭,未必是说着耍的,随随便便就拿钱给你挣了!"他们这样说。

我们下来的时候,从重庆到宜昌推一趟,每人拿得到四五万元。

在船开动的前一天,就散了一些工资。这是给桡夫子们安家买"捎带"的。"捎带"各人各买,有买川连的,有买炭砖的,有买柴火的,也有买饭箕的。买了各自扛上船,老板有地方给他们安放。老板说:"我不得亏待你们,总有钱给你们办'捎带'的。"桡夫子们说:"牲钱(工资)拿来有屁用!不办点'捎带',回来扯不成洋船票,还走不到路哪。"这些"捎带"有赚有蚀。听到底下哪门货色行市,他们就办哪门。也许这已经是几个月前的信息了,也许根本就没有这回事。不过他们总是高高兴兴地把"捎带"办了来,找个顶落位的地方放好,心里想,也许在这上头可以赚一笔大钱呢。

刊于《文汇报》1946年7月4日,署名叶圣陶;
1981年10月4日修改。

三种船

　　一连三年没有回苏州去上坟了。今年秋天有点儿空闲，就去上一趟坟。上坟的意思无非是送一点钱给看坟的坟客，让他们知道某家的坟还没有到可以盗卖的地步罢了。上我家的坟得坐船去。苏州人上坟向来大都坐船，天气好，逃出城圈子，在清气充塞的河面上畅快地呼吸一天半天，确是非常舒服的事。这一趟我去，雇的是一条熟识的船。涂着的漆差不多剥光了，窗框歪斜，平板破裂，一副残废的样子。问起船家，果然，这条船几年没有上岸修理了。今年夏季大旱，船只好胶住在浅浅的河浜里，哪里还有什么生意，又哪里来钱上岸修理。就是往年，除了春季上坟，船也只有停在码头上迎晓风送夕阳的份儿。近年来到各乡各镇去，都有了小轮船，不然，可以坐绍兴人的"当当船"，也不比小轮船慢，而且价钱都很便宜。如果没有上坟这件事，苏州城里的船恐怕只能劈作柴烧了。而上坟的事大概是要衰落下去的，就像我，已经改变为三年上一趟坟了。

　　苏州城里的船叫作"快船"，与别地的船比起来，实在是并

没有秋虫的地方

不快的。因为不预备经过什么长江大湖,所以吃水很浅,船底阔而平。除了船头是露天以外,分做头舱、中舱和艄篷三部分。头舱可以搭高,让人站直不至于碰头顶。两旁边各有两把或者三把小巧的靠背交椅,又有小巧的茶几。前檐挂着红绿的明角灯,明角灯又挂着红绿的流苏。踏脚的是广漆的平板,一般是六块,由横的直的木条承着。揭开平板,下面是船家的储藏库。中舱也铺着若干块平板,可是差不多贴着船底,所以从头舱到中舱得跨下一尺多。中舱两旁边是两排小方窗,上面的一排可以吊起来,第二排可以卸去,以便靠着船舷眺望。以前窗子都配上明瓦,或者在拼凑的明瓦中间镶这么一小方玻璃,后来玻璃来得多了,就完全用玻璃。中舱与头舱艄篷分界处都有六扇书画小屏门,上方下方装在不同的几条槽里,要开要关,只需左右推移。书画大多是金漆的,无非"寒雨连江夜入吴""月落乌啼霜满天"以及梅兰竹菊之类。中舱靠后靠右搁着长板,供客憩坐。如果过夜,只要靠后多拼一两条长板,就可以摊被褥。靠左当窗放一张小方桌,方桌旁边四张小方凳。如果在小方桌上放上圆桌面,十来个人就可以聚餐。靠后靠右的长板以及头舱的平板都是座头,小方凳摆在角落里凑数。末了说到艄篷,那是船家整个的天地。艄篷同头舱一样,平板以下还有地位,放着锅灶碗橱以及铺盖衣箱种种东西。揭开一块平板,船家就蹲在那里切肉煮菜,此外是摇橹人站着摇橹的地方。橹左右各一把,每把由两个人服事,一个当橹柄,一个当橹绳。船家如果有小孩,走不来的躺在困桶里,放在翘起的后艄,能够走的就让他在那里爬,拦腰一条绳拴着,系在篷柱上,以防跌到河里去。后艄的一旁露出四条棍子，一顺地斜并着，原来大概是护船的武器，后来转变成装饰品了。全船除着水的部分以外，窗门板柱都用广漆，所以没有其他船上常有的那种难受的桐油气味。广漆的东西容易擦干净，船旁边有的是水，只要船家不懒惰，船就随时可以明亮爽目。

从前，姑奶奶回娘家哩，老太太看望小姐哩，坐轿子嫌吃力，就唤一条快船坐了去。在船里坐得舒服，躺躺也不妨，又可以吃茶，吸水烟，甚至抽大烟。只是城里的河道非常脏，有人家倾弃的垃圾，有染坊里放出来的颜色水，淘米净菜洗衣服涮马桶又都在河旁边干，使河水的颜色和气味变得没有适当的字眼可以形容。有时候还浮着肚皮胀得饱饱的死猫或者死狗的尸体。到了夏天，红里子白里子黄里子的西瓜皮更是洋洋大观。苏州城里河道多，有人就说是东方的威尼斯。威尼斯像这个样子，又何足羡慕呢？这些，在姑奶奶老太太等人是不管的，只要小天地里舒服，以外尽不妨马虎，而且习惯成自然，那就连抬起手来按住鼻子的力气也不用花。城外的河道宽阔清爽得多，到附近的各乡各镇去，或逢春秋好日子游山玩景，以及干那宗法社会里的重要事项——上坟，唤一条快船去当然最为开心。船家做的菜是菜馆比不上的，特称"船菜"。正式的船菜花样繁多，菜以外还有种种点心，一顿吃不完。非正式地做几样也还是精，船家训练有素，出手总不脱船菜的风格。拆穿了说，船菜所以好就在于只准备一席，小镬小锅，做一样是一样，汤水不混合，材料不马虎，自然每样有它的真味，叫人吃完了还觉得馋涎欲滴。倘若船家进了菜馆里的大厨房，大镬炒虾，大锅

没有秋虫的地方

煮鸡，那也一定会有坍台的时候的。话得说回来，船菜既然好，坐在船里又安舒，可以眺望，可以谈笑，玩它个夜以继日，于是快船常有求过于供的情形。那时候，游手好闲的苏州人还没有识得"不景气"的字眼，脑子里也没有类似"不景气"的想头，快船就充当了适应时地的幸运儿。

除了做船菜，船家还有一种了不得的本领，就是相骂。相骂如果只会防御，不会进攻，那不算稀奇。三言两语就完，不会像藤蔓似的纠缠不休，也只能算次等角色。纯是常规的语法，不会应用修辞学上的种种变化，那就即使纠缠不休也没有什么精彩。船家与人家相骂起来，对于这三层都能毫无遗憾，当行出色。船在狭窄的河道里行驶，前面有一条乡下人的柴船或者什么船冒冒失失地摇过来，看去也许会碰撞一下，船家就用相骂的口吻进攻了，"你瞎了眼睛吗？这样横冲直撞是不是去赶死？"诸如此类。对方如果有了反响，那就进展到纠缠不休的阶段，索性把摇橹撑篙的手停住了，反复再四地大骂，总之错失全在对方，所以自己的愤怒是不可遏制的。然而很少骂到动武，他们认为男人盘辫子女人扭胸脯不属于相骂的范围。这当儿，你得欣赏他们的修辞的才能。要举例子，一时可记不起来，但是在听到他们那些话语的时候，你一定会想，从没有想到话语可以这么说的，然而唯有这么说，才可以包含怨恨、刻毒，傲慢、鄙薄种种成分。编辑人生地理教科书的学者只怕没有想到吧，苏州城里的河道养成了船家相骂的本领。

他们的摇船技术是在城里的河道训练成功的，所以长处在于能小心谨慎，船与船擦身而过，彼此绝不碰撞。到了城外去，遇到逆风固然也会拉纤，遇到顺风固然也会张一扇小巧的布篷，可是比起别种船上的驾驶人来，那就不成话了。他们敢于拉纤或者张篷的时候，风一定不很大，如果真个遇到大风，他们就小心谨慎地回复你，今天去不成。譬如我去上坟必须经过石湖，虽然吴瞿安先生曾作诗说石湖"天风浪浪"什么什么以及"群山为我皆低昂"，实在是个并不怎么阔大的湖面，旁边只有一座很小的上方山，每年阴历八月十八，许多女巫都要上山去烧香。船家一听说要过石湖就抬起头来看天，看有没有起风的意思。到进了石湖的时候，脸色不免紧张起来，说笑都停止了。听得船头略微有汩汩的声音，就轻轻地互相警戒，"浪头！浪头！"有一年我家去上坟，风在十点过后大起来，船家不好说回转去，就坚持着不过石湖。这一回难为了我们的腿，来回跑了二十里光景才上成了坟。

现在来说绍兴人的"当当船"。那种船上备着一面小铜锣，开船的时候当当敲起来，算是信号，中途经过市镇，又当当当当敲起来，招呼乘客，因此得了这奇怪的名称。我小时候，苏州地方没有那种船。什么时候开头有的，我也说不上来。直到我到角直去当教师，才与那种船有了缘。船停泊在城外，据传闻，是与原有的航船有过一番斗争的。航船见它来抢生意，不免设法阻止。但是"当当船"的船夫只知道硬干，你要阻止他们，他们就与你打。大概交过了几回手吧，航船夫知道自己不是那些绍兴人的敌手，也就只好用鄙夷的眼光看他们在水面上来去自由了。中间有没有立案呀登记这些手续，我可不清楚，总之那些绍兴人用腕力开辟了航线是事实。我们有一句话，"麻

没有秋虫的地方

雀豆腐绍兴人",意思是说有麻雀豆腐的地方也就有绍兴人,绍兴人与麻雀豆腐一样普遍于各地。试把"当当船"与航船比较,就可以证明绍兴人是生存斗争里的好角色,他们与麻雀豆腐一样普遍于各地,自有所以然的原因。这看了后文就知道,且让我把"当当船"的体制叙述一番。

"当当船"属于"乌篷船"的系统,方头,翘尾巴,穹形篷,横里只够两个人并排坐,所以船身特别见得长。船旁涂着绿釉,底部却涂红釉,轻载的时候,一道红色露出水面,与绿色作强烈的对照。篷纯黑色。舵或红或绿,不用,就倒插在船艄,上面歪歪斜斜标明所经乡镇的名称,大多用白色。全船的材料很粗陋,制作也将就,只要河水不至于灌进船里就成,横一条木条,竖一块木板,像破衣服上的补缀一样,那是不在乎的。我们上旁的船,总是从船头走进舱里去。上"当当船"可不然,我们常常踩着船边,从推开的两截穹形篷中间把身子挨进舱里去,这样见得爽快。大家既然不欢喜钻舱门,船夫有人家托运的货品就堆在那里,索性把舱门堵塞了。可是踩船边很要当心。西湖划子的活动不稳定,到过杭州的人一定有数,"当当船"比西湖划子大不了多少,它的活动不稳定也与西湖划子不相上下。你得迎着势,让重心落在踩着船边的那只脚上,然后另一只脚轻轻伸下去,点着舱里铺着的平板。进了舱你就得坐下来。两旁靠船边搁着又狭又薄的长板就是座位,这高出铺着的平板不过一尺光景,所以你坐下来就得耸起你的两个膝盖,如果对面也有人,那就实做"促膝"了。背心可以靠在船篷上,躯干最好不要挺直,挺直了头触着篷顶,你不免要起促之感。

先到的人大多坐在推开的两截穹形篷的空当里,这里虽然是出入要道,时时有偏过身子让人家的麻烦,却是个优越的位置,透气,看得见沿途的景物,又可以轮流把两臂搁在船边,舒散舒散久坐的困倦。然而遇到风雨或者极冷的天气,船篷必须拉拢来,那位置也就无所谓优越,大家一律平等,埋没在含有恶浊气味的阴暗里。

"当当船"的船夫差不多没有四十以上的人,身体都强健,不懂得爱惜力气,一开船就拼命划。五个人分两边站在高高翘起船艄上,每人管一把橹,一手当橹柄,一手当橹绳。那橹很长,比旁的船上的橹来得轻薄。当推出橹柄去的时候,他们的上身也冲了出去,似乎要跌到河里去的模样。接着把橹柄挽回来,他们的身子就往后顿,仿佛要坐下来似的。五把橹在水里这样强力地划动,船身就飞快地前进了。有时在船头加一把桨,一个人背心向前坐着,把它扳动,那自然又增加了速率。只听

村歌

没有秋虫的地方

得河水活活地向后流去,奏着轻快的调子。船夫一壁划船,一壁随口唱绍兴戏,或者互相说笑,有猥亵的性谈,有绍兴风味的幽默谐语,因此,他们就忘记了疲劳,而旅客也得到了解闷的好资料。他们又喜欢与旁的船竞赛,看见前面有一条什么船,船家摇船似乎很努力,他们中间一个人发出号令说"追过它",其余几个人立即同意,推呀挽呀分外用力,身子一会儿冲出去,一会儿倒仰过来,好像忽然发了狂。不多时果然把前面的船追过了,他们才哈哈大笑,庆贺自己的胜利,同时恢复到原先的速率。由于他们划得快,比较性急的人都欢喜坐他们的船,譬如从苏州到角直是"四九路"(三十六里),同样地划,航船要六个钟头,"当当船"只要四个钟头,早两钟头上岸,即使不想赶做什么事,身体究竟少受些拘束,何况船价同样是一百四十文,十四个铜板(这是十五年前的价钱,现在总该增了)。

风顺,"当当船"当然也张风篷。风篷是破衣服、旧挽联、干面袋等等材料拼凑起来的,形式大多近乎正方。因为船身不大,就见得篷幅特别大,有点儿不相称。篷杆竖在船头舱门的地位,是一根并不怎么粗的竹头,风越大,篷杆越弯,把袋满了风的风篷挑出在船的一边。这当儿,船的前进自然更快,听着哗哗的水声,仿佛坐了摩托船。但是胆子小点儿的人就不免惊慌,因为船的两边不平,低的一边几乎齐水面,波浪大,时时有水花从舱篷的缝里泼进来。如果坐在低的一边,身体被动地向后靠着,谁也会想到船一翻自己就最先落水。坐在高的一边更得费力气,要把两条腿伸直,两只脚踩紧在平板上,才不至于脱离座位,跌扑到对面的人的身上去。有时候风从横里来,他们也张风篷，一会儿篷在左边，一会儿调到右边，让船在河面上尽画曲线。于是船的两边轮流地一高一低，旅客就好比在那里坐幼稚园里的跷跷板，"这生活可难受"，有些人这样暗自叫苦。然而"当当船"很少失事，风势真个不对，那些船夫还有硬干的办法。有一回我到角直去，风很大，饱满的风篷几乎蘸着水面，虽然天气不好，因为船行非常快，旅客都觉得高兴，后来进了吴淞江，那里江面很阔，船沿着"上风头"的一边前进。忽然呼呼地吹来更猛烈的几阵风，风篷着了湿重又离开水面。旅客连"哎哟"都喊不出来，只把两只手紧紧地支撑着舱篷或者坐身的木板。扑通，扑通，三四个船夫跳到水里去了。他们一齐扳住船的高起的一边，待留在船上的船夫把风篷落下来，他们才水淋淋地爬上船艄，湿了的衣服也不脱，拿起橹来就拼命地划。

说到航船，凡是摇船的跟坐船的差不多都有一种哲学，就是"反正总是一个到"主义。反正总是一个到，要紧做什么？到了也没有烧到眉毛上来的事，慢点儿也呒啥。所以，船夫大多衔着一根一尺多长的烟管，闭上眼睛，偶尔想到才吸一口，一管吸完了，慢吞吞捻了烟丝装上去，再吸第二管。正同"当当船"相反，他们中间很少四十以下的人。烟吸畅了，才起来理一理篷索，泡一壶公众的茶。可不要当作就要开船了，他们还得坐下来谈闲天。直到专门给人家送信带东西的"担子"回了船，那才有点儿希望。好在坐船的客人也不要不紧，隔十多分钟二三十分钟来一个两个，下了船重又上岸，买点心哩，吃一开茶哩，又是十分或一刻，有些人买了烧酒豆腐干花生米来，预备一路独酌。有些人并没有买什么，可是带了一张源源不绝的嘴，还没有坐定就乱攀谈，挑选相当的对手。在他们，迟些儿到实在不算一回事，就是不到又何妨？坐惯了轮船火车的人去坐航船，先得做一番养性的功夫，不然，这种阴阳怪气的旅行，至少会有三天的闷闷不乐。

航船比"当当船"大得多，船身开阔，舱作方形，木制，不像"当当船"那样只用芦席。艄篷也宽大，雨落太阳晒，船夫都得到遮掩。头舱中舱是旅客的区域。头舱要盘膝而坐。中舱横搁着一条条长板，坐在板上，小腿可以垂直。但是中舱有的时候要装货，豆饼菜油之类装满在长板下面，旅客也只得搁起了腿坐了。窗是一块块的板，要开就得卸去，不卸就得关上。通常两旁各开一扇，所以坐在舱里那种气味未免有点儿难受。坐得无聊，如果回转头去看艄篷里那几个老头子摇船，就会觉得自己的无聊才真是无聊，他们的一推一挽距离很小，仿佛全然不用力气，两只眼睛茫然望着岸边，这样地过了不知多少年月，把踏脚的板都踏出脚印来了，可是他们似乎没有什么无聊，每天还是走那老路，连一棵草一块石头都熟识了的路。两相比较，坐一趟船慢一点儿闷一点儿又算得什么。坐航船要快，只有巴望顺风。篷杆竖在头舱与中舱之间，一根又粗又长的木头。风篷极大，直拉到杆顶，有许多竹头横撑着，吃了风，巍然地推进，很有点儿气派。风最大的日子，苏州到甪直三点半钟就吹到了。但是旅客究竟是"反正总是一个到"主义者，虽然嘴里嚷着"今天难得"，另一方面却似乎嫌风太大船太快了，跨上岸去，脸上不免带点儿怅然的神色。遇到顶头逆风就停班，不像"当当船"那样无论如何总得用人力去拼。客人走到码头上,看见孤零零的一条船停在那里,半个人影儿也没有,知道是停班,就若无其事地回转身。风总有停的日子,那么航船总有开的日子。忙于寄信的我可不能这样安静,每逢校工把发出的信退回来,说今天航船不开,就得担受整天的不舒服。

刊于《太白》第一卷第七号(1934年12月20日);
1981年11月23日修改。

天井里的种植

搬到上海来十多年,一直住的弄堂房子。弄堂房子,内地人也许不明白是什么式样。那是各所一律的:前墙通连,隔墙公用;若干所房子成为一排;前后两排间的通路就叫作"弄堂";若干条弄堂合起来总称什么里什么坊,表示那是某一个房主的房产。每一所房子开门进去是个小天井。天井,也许又有人不明白是什么。天井就是庭院;弄堂房子的庭院可真浅,只需三四步就跨过了,横里等于一所房子的阔,也不过五六步光景,如果从空中望下来,一定会觉得那个"井"字怪适当的。天井跨进去就是正间。正间背后横生着扶梯,通到楼上的正间以及后面的亭子间。因为房子并不宽,横生的扶梯够不到楼上的正间,碰到墙,拐弯向前去,又是四五级,那才是楼板。到亭子间可不用跨这四五级,所以亭子间比楼正间低。亭子间的下层是灶间;上层是晒台,从楼正间另一旁的扶梯走上去。近年来常常在文人笔下出现的亭子间就是这么局促闷损的居室。然而弄堂房子的结构确乎值得佩服;俗语说,"麻雀虽小,五脏俱全"，弄堂房子就合着这样经济的条件。

住弄堂房子，非但栽不成深林丛树，就是几棵花草也没法种，因为天井里完全铺着水门汀。你要看花草只有种在花盆里。盆里的泥往往是反复地种过了几种东西的，一些养料早被用完，又没处去取肥美的泥土来加入；所以长出叶子来开出花朵来大都瘦小可怜。有些人家嫌自己动手麻烦，又正有余多的钱足以对付小小的奢侈的开支，就与花园约定，每个月送两回或者三回盆景来；这样，家里就长年有及时的花草，过了时的自有花匠带回去，真是毫不费事。然而这等人家的趣味大都在于不缺少照例应有的点缀，自己的生活跟花草的生活却并没有多大干系；只要看花匠带回去的，不是干枯了的叶子，就是折断了的枝干，可见我这话没有冤枉了他们。再有些人家从小菜场买一些折枝截茎的花草，拿回来就插在花瓶里，不像日本人那样讲究什么"花道"，插成"乱柴把"或者"喜鹊窠"都不在乎；直到枯萎了，拔起来向垃圾桶一扔，就此完事。这除了"我家也有一点儿花草"以外，实在很少意味。

我们乐于亲近植物，趣味并不完全在看花。一条枝条伸出来，一张叶子展开来，你如果耐着性儿看，随时有新的色泽跟姿态勾引你的欢喜。到了秋天冬天，吹来几阵西风北风，树叶毫不留恋地掉将下来；这似乎最乏味了。然而你留心看时，就会发现枝条上旧时生着叶柄的处所，有很细小的一粒透露出来，那就是来春新枝条的萌芽。春天的到来是可以预计的，所以你对着没有叶子的枝条也不至于感到寂寞，你有来春看新绿的希望。这固然不值一班珍赏家的一笑，在他们，树一定要搜求佳种，花一定要能够入谱，寻常的种类跟谱外的货色就不屑一看；但是，果真能从花草方面得到真实的享受，做一个非珍赏家的"外行"又有什么关系。然而买一点折枝截茎的花草来插在花瓶里，那是无法得到这种享受的；叫花匠每个月送几回盆景来也不行，因为时间太短促，你不能读遍一种植物的生活史；自己动手弄盆栽当然比较好，可是植物入了盆犹如鸟进了笼，无论如何总显得拘束，滞钝，跟原来不一样。推究到底，只有把植物种在泥地里最好。可是哪来泥地呢？弄堂房子的天井里有的是坚硬的水门汀！

把水门汀去掉；我时时这样想，并且告诉别人。关切我的人就提出了驳议。有两说：又不是自己的房产，给点缀花木犯不着，这是一说；谁知道这所房子住多少日子，何必种了花木让别人看，这是又一说。前者着眼在经济，后者只怕徒劳而得不到报酬。这种见识虽然不能叫我信服，可是究属好意；我对他们都致了谢，然而也并没有立刻动手。直到三年前的冬季，才真个把天井里的水门汀的两边凿去，只留当中一道，作为通路。水门汀下面满是砖砾，烦一个工人用了独轮车替我运出去。他就从不很近的田野里载回来泥土，倒在凿开的地方。来回四五趟，泥土与留着的水门汀平了。于是我买一些植物来种下，计蔷薇两棵，紫藤两棵，红梅一棵，芍药根一个。蔷薇跟紫藤都落了叶，但是生着叶柄的处所，萌芽的小粒已经透出来了；红梅满缀着花蕾，有几个已经展开了一两瓣；芍药根生着嫩红的新芽，像一个个笔尖，尤其可爱。我希望它们发育得壮健些，特地从江湾买来一片豆饼，融化了，分配在各棵的根旁边；又听说芍药更需要肥料，先在安根处所的下边埋了一条猪的大肠。

不到两个月，"一·二八"战役起来了。停战以后，我回去捡残余的东西。天井完全给碎砖断板掩没了。只红梅的几条枝条伸出来，还留着几个干枯的花萼；新叶全不见，大概是没命了。当时心里充满着种种的愤恨，一瞥过后，就不再想到花呀草呀的事。后来回想起来，才觉得这回的种植真是多此一举。既没有点缀人家的房产，也没有让别人看到什么，除了那棵红梅总算看见它半开以外，一点儿效果都没有得到，这才是确切的"犯不着"。然而当初提出驳议的人并不曾想到这一层。

去年秋季，我又搬家了。经朋友指点，来看这所房子，才进里门，我就中了意，因为每所房子的天井都留着泥地，再不用你费事，只一条过路涂的水门汀。搬了进来之后，我就打算种点儿东西。一个卖花的由朋友介绍过来了。我说要一棵垂柳，大约齐楼上的栏杆那么高。他说有，下礼拜早上送来。到了那礼拜天，一家人似乎有一位客人将要到来，都起得很早。但是，报纸送来了，到小菜场去买菜的回来了，垂柳却没有消息。那卖花的"放生"了吧，不免感到失望。忽然，"树来了！树来了！"在弄堂里赛跑的孩子叫将起来。三个人扛着一棵绿叶蓬蓬的树，在门首停下；不待竖直，就认知这是柳树而并不是垂柳。为什么不送一棵垂柳来呢？种活来得难哩，价钱贵得多哩，他们说出好些理由。不垂又有什么关系，具有生意跟韵致是一样的。就叫他们给我种在门侧；正是齐楼上的栏杆那么高。问多少价钱，两块四，我照给了。人家都说太贵，若在乡下，这样一棵柳树值不到两毛钱。我可不这么想。三个人的劳力，从江湾跑了十多里路来到我这里,并且带来一棵绿叶蓬蓬的柳树,还不值这点儿钱吗?就是普通的商品,譬如四毛钱买一双袜子,一块钱买三罐香烟,如果撇开了资本吸收利润这一点来说,付出的代价跟取得的享受总有些抵不过似的,因为每样物品都是最可贵的劳力的化身,而付出的代价怎样来的未必每个人没有问题。

柳树离开了土地一些时,种下去过了三四天,叶子转黄,都软软地倒垂了;但枝条还是绿的。半个月后就是小春天气,接连十几天的暖和,枝条上透出许多嫩芽来;这尤其叫人放心。现在吹过了几阵西风,节令已交小寒,这些嫩芽枯萎了。然而清明时节必将有一树新绿是无疑的。到了夏天,繁密的柳叶正好代替凉棚,遮护这小小的天井:那又合于家庭经济原理了。

柳树以外我又在天井里种了一棵夹竹桃,一棵绿梅,一条紫藤,一丛蔷薇,一个芍药根,以及叫不出名字来的两棵灌木;又有一棵小刺柏,是从前住在这里的人家留下来的。天井小,而我偏贪多;这几种东西长大起来,必须彼此都不舒服。我说笑话,我安排下一个"物竞"的场所,任它们去争取"天择"吧!那棵绿梅花蕾很多,明后天有两三朵开了。

1935 年

深夜的食品

院里的总门虽然在九点钟光景关上了,总门上的小门,仅容一个人出入的,却终夜开着。房主以为这是便利住户的办法,随便什么时候要进要出都可以;门口就有看门人睡在那里,所以疏失是不至于有的。这想法也许不错,随时可以进出确实便利;然而里里边却出了好几回疏失,贼骨头带着住户的东西走了。这是否由于小门开着的便利,固然不能确凿断定。

我想有一些人必然感激这小门的开着,是不容怀疑的,那就是挑售食品的小贩们。我中夜醒来(这是难得的事),总听见他们的叫卖声:"五香茶叶蛋!""火腿热粽子!""五香豆腐干!""桂花白糖莲心粥!"还有些是广东人呼喊的,用心细辨也辨不清,只听见一连串生疏的声音而已。这时候众喧已息,固然有些骨牌声、笑语声、儿啼声在那里支持残局,表示这里里的人还没有全部入睡,但究竟不比白天的世界了。这些叫卖声大都是沙哑的;在这样的境界里传送过来,颤颤地,寂寂地,更显出这境界的凄凉与空虚。从这些声音又可以想见发声者的形貌，枯瘦的身躯，耸起的鼻子与颧颊，失神的眼睛，全没有血色的皮肤；他们提着篮子或者挑着担子，举起一步似乎提起一块石头，背脊是弯得像弓了。总之，听了这声音就会联想到《黑籍冤魂》里的登场人物。

有卖东西的，总有吃东西的。谁在深夜里还买这些东西吃呢？这可以断然回答，绝不是我们。我家向来是早睡的，至迟也不过十一点钟（当然也是早起的）。自从搬到乡下去住了三年，沾染了鄙野的习俗，益发实做其太古之民了。太阳还照在屋顶，我们就吃晚饭；太阳没了，我们就"日入而息"，灯自然要点一点的，然而只有一会儿工夫。近来搬到这文明的地方上海来住，论理总该有点进步，把鄙野的习染洗刷去一部分，但是我们的习染几乎化为本性了；地方虽然文明，与我们的鄙野全不相干，我们还是早吃晚饭早睡觉。有时候朋友来访，我们差不多要睡了，就问他们："晚饭吃过了吧？"谁知他们回答得很妙："才吃过晚点，晚饭还差两三个钟头呢。"这使我惭愧了，同时才想起他们是久居上海的，习染自然比我们文明得多。像我们这样的情形，绝不会特地耽搁了睡觉，等着买五香茶叶蛋等等东西吃的；更不会一听到叫卖声就从床上爬起来，开门出去买。所以半夜的里里虽然常常颤颤地寂寂地喊着什么什么东西，而我们绝非他们的主顾。

那么他们的主顾是谁呢？我想那些神明不衰、通宵打牌的男男女女总该是其中的一部分。他们尚未睡眠，胃的工作并不改弱，到半夜里，已经把吃下去的晚餐消化得差不多了；怎禁得那些又香又甜又鲜美的名称一声声地引诱，自然要一口一口地咽唾沫了。手头赢了一点的呢，譬如少赢了一些，就很慷慨地买来吃个称心如意（黄包车夫在赌场门口候着一个赌客，这赌客正巧是赢了钱的，往往在下车的时候很不经意地给车夫过量的钱，洋钱当作毛钱用；何况五香茶叶蛋等等东西是自己吃下去的，当然格外地慷慨了）。输了的呢，他想借此告一小段落，说不定运气就会转变过来；把肚皮吃得充实些，头脑也会灵敏得多，结果"返本出赢钱"，吃的东西还是别人会的钞。他这么想的时候，就毫不在乎地喊道，"茶叶蛋，来三个！""莲心粥，来一碗！"

其次，与叫卖者同属黑籍的人们当然也是主顾。叫卖者正吞饱了土（烟土）皮，吃足了什么丸，精神似乎有点恢复，才出来干他们的营生；那些一榻横陈，一枪自持的，当然也正是宿倦已消，情味弥佳的当儿，他们彼此做个交易，正是适合恰当，两相配合。抽大烟的人大都喜欢吃烫热的东西，有的喜欢吃甜腻的东西。那些待估的东西几乎全是烫热的，都搁在一个小炉子上，炉子里红红地烧着炭屑；而卖火腿热粽子的，也带着猪油豆沙粽，白糖枣子粽；这可谓恰投所好了；买来吃下去，烫的感觉，甜的滋味，把深夜拥灯的情味益发提起来了，于是又重重地深深地抽上几管烟。

其他像戏馆里游戏场里散归的游人，做夜间工作的像报馆职员之类，还有文明的习染已深，非到两三点钟不睡的居民，他们虽然不觉得深夜之悠悠，或者为着消消闲，或者为着点点饥，也就喊住过路的小贩买一些东西吃。所以他们也是那些深夜叫卖者的主顾。

我想夜间的劳工们未必是主顾吧。老板伙计一身兼任的鞋匠，扎鞋底往往要到两三点钟；豆腐店里的伙计，黄昏时候就要起身磨豆腐了；拉夜班的黄包车夫，是义务所在，终夜不得睡觉的，他们负着自己和全家的生命的重担，就是加倍努力地做一夜的工作，也未必能挣得到够买一个茶叶蛋一只火腿粽的闲钱来；他们虽然听着那些又香又甜又鲜美的名称而神往，而垂涎，但是哪里敢真个把叫卖者喊住呢！

　　他们不敢喊住，对于叫卖者却没有什么影响，据同里的人谈起，以及我偶尔醒来的时候听见的，知道茶叶蛋等等是每晚必来的；这足以证明那些东西自会卖完，这一宗营生绝不因为我们这样鄙野的人以及劳工们的不去做成它而会见得衰颓的。

1924 年 8 月 26 日作

骑马

我小时候,苏州地方还没有人力车,代步的是轿子和船。一些墙门人家的女眷,即便要去的地方就在本城,出门总要依靠这两种交通工具。男人呢,为了比较体面地庆吊应酬出门大都坐轿子,往城外乡间去上坟访友大都坐船,平时出门,好在至多不过三四条巷,那就走走罢了。

那时候已经通行了脚踏车,可是很少见。骑脚踏车的无非是教会里的外国人,以及到过上海得风气之先的时髦小伙子。偶然看见一个人骑着脚踏车在铺着小石块的路上经过,抖抖抖抖地似乎要把浑身的骨节都震得发酸,在几乎肩贴肩走着的两个人中间,只这么一闪就擦过去了:这使大家感到新奇,不免停了脚步回过头去望那好像只有一片的背影。

与脚踏车一样需要自己驾驭的,还有驴子和马。可是骑驴子和马,意义不纯在代步,把它当作玩意儿的居多。骑了驴子往玄妙观去吧,骑了马往虎丘去吧,并不为玄妙观和虎丘路远走不动,却在于借此题目尝一尝控纵驰骋的快乐。

没有秋虫的地方

一般人对于驴子和马，用两样的眼光来看待。驴子，那长耳朵的灰黑色的畜生，饲养它的只是借此为生的驴夫，一匹驴子又不值几个钱，所以大家不把它看作奢侈品。无论是谁，骑骑驴子，还不至于惹人非议。马，那昂然不群的畜生，可不同了，虽然多数的马也由马夫饲养，但是很有几个浮华的少爷名门的败家子也养着马，所以大家都把马看作要不得的奢侈品。谁如果骑着马在路上经过，有些相识的人就不免窃窃私议，某人堕落了，他竟骑起马来了。这种想法，在别的事例上也常常可见。从前我们地方一些规矩人都不爱穿广东的拷绸，因为拷绸是所谓"流氓"之类惯用的衣料。马既是浮华的少爷名门的败家子的玩意儿，规矩的有教养的人当然不应该骑：这好像是很周密的推理。

当时我们一班中学生可没有顾到这一层，一时高兴，竟兴起了骑马的风尚。缘由是有一个同学在陆军小学待过一年，他会骑马，把骑马的趣味说得天花乱坠，大家听得痒痒的，都想亲自试一试。刚好学校近旁有一片兵营里的校场，校场东边是一条宽阔的道路，两旁栽着柳树，正是试马的好所在。马夫养马的草棚又正在校场的西北角，花一角钱，就可以去牵一匹出来，骑它一个钟头。于是你也去试骑，我也去试骑，最盛的时候竟有二十多人同时玩这宗新鲜玩意儿。

现在马背上大都用西式皮鞍子了，从前却用木鞍子。十三四岁的人，站在平地，头顶就高出木鞍子不多，要用两手按着鞍子，左脚踏在踏镫里，让身子顺势一耸跨上马背，这是一连串并不容易的动作。马好像知道骑马的人本领的高低似的，生手跨上去,它就歪着头只是将身子旋转,这又是很难制服的。这当儿,马夫和朋友的帮助自属必要了,拉缰绳的拉缰绳,托身子的托身子,一阵子的乱嚷嚷,生手居然坐上了鞍子。于是把缰绳接在手里,另一只手按着鞍子,再也不敢放松。那畜生如果是比较驯良的,以为一切都已停当,肯规规矩矩走这么几步,初学的人就心花怒放了。

但是这样按着鞍子骑马叫作"请判官头",是最不漂亮的姿势。多骑了几回,自然想把手放松,不再去"请"那"判官头"。同时拉缰绳的一只手也要学着去测验马的"口劲",试探马的脾气,准备在放松一点儿或是扣紧一点儿的几微之间操纵胯下的畜生。

通常以为骑马就是让屁股服服帖帖坐在鞍子上。其实不然,得在大腿里侧用劲,把马背夹住,屁股部分却是脱空的。如果不用腿劲,在马"跑开"的时候不免要倒翻下来,两只脚虽然踏在踏镫里,也没有多大用处。这腿劲自然要从锻炼得来。我骑了好几回马,腿劲未见增强多少,可是站到地上,坐到椅子上,只觉得两条腿和腰部都是僵僵的了。

让马走慢步,称为"骑老爷马",最没有趣味。那是一步一拍的步调,马头一颠一颠的,与婚丧的仪仗中执事人员所骑的马一样。我们都不爱"骑老爷马",至少得叫它"小走"。"小走"是较为急促的步调,说得过甚些,前后左右四个蹄几乎同时离地,也几乎同时着地。各匹马的脾气不同,有的须把缰绳放松,有的却须扣紧;有的须略一放松随即扣紧,有的却须向上一提,让它的头偏左或是偏右一点儿;只要摸着它的脾气,

没有秋虫的地方

它就会了意,开始"小走"了。好的马四条腿虽然在急速地运动,身子可绝不转侧,总是很平稳地前进。骑到这样的马是一种愉快,挺着身躯,平稳地急速地向前,耳朵旁边响着飕飕的风,柳树的枝条拂着头顶和肩膀,于是仿佛觉得跑进了古人什么诗句的境界中了。

至于"跑开",那又是另一种步调:前面两个蹄同时着地,随即后面两个蹄离地移前,同时着地,接着前面两个蹄又同时跨出去了。这里所谓着地实在并不"着",只能说是非常轻快地在地上"点"一下。在前面两个蹄点地和后面两个蹄点地之间,时间是极其短促的。这当儿,马身一高一低,约略成一条曲线前进。骑马的人一高一低地飞一般地向前,当然爽快不过,有凌云腾空的气概。但是腿劲如果差点儿,这种爽快很难尝试,尝试的时候不免要吃亏。

千里驹

有一回，我就这样从马上摔了下来。那一天，我跟在那个进过陆军小学的同学的后面，在我背后还有好几匹马。起初是"小走"，忽然前面的那个同学把缰绳一扣，他的马开始"跑开"了。我的马立即也换了步调。我没有提防，大概马跑了两三步，我就往左侧里倒翻下来。后面的几匹马怎么一脚也不曾踩着我，我至今还不明白。当时如果有一个马蹄踩着我的脑壳或是胸膛，我的生命早在中学二年级时候结束了。

我摔了下来就不省人事，醒来的时候，很觉得奇怪，我是通学生，怎么睡在寄宿舍里的一张床上！又好像时间很晚了，已经吃过晚饭。其实还是上午十一点过后，我只昏迷了一点钟多一点儿。想了一会，才把刚才的事想起来。坐起来试试，居然没有什么痛苦，只觉得浑身软软的，像病后起身的光景。我赶紧跑回家，像平时一样吃午饭，绝不提摔跤的事——在外面骑马，我从来不曾在父母面前提起过。直到前几年，儿子在外面试着骑马，回来谈他的新经验，我才把那回摔跤的事说出来。母亲听了，微皱着眉头说："你不回来说，我们在家里哪里知道。这种危险的事，还是不要去试的好。"她现在为孙儿担心了。

当时我们骑马，现在想起来，在教师该是桩讨厌的事儿。那时候学校比较放任，校长是一个自以为维新的人物，虽然不曾明白提倡骑马，对于其他运动却颇着力鼓励。七八匹马在学校墙外跑过，铃声蹄声闹成一片，他不会绝不知道。他为什么不禁止呢？大概以为这也是一项运动，不妨任学生去练习吧。但是多数教师却受累了。他们有一般人的偏见，以为骑马是不端的行为,眼睁睁地看学生骑着马在旁边跑过,总似乎有失体统。于是有故意低着头走过去,假作不知道马背上是什么人的,也有远远望见学生的马队在前面跑来,立刻回身,或者转向从别一条路走去的。他们一定在怨恨学生,为什么不肯体谅教师,离开学校远一点儿去练习你们的骑术呢!

原载《新少年》第三卷第十二期(1937年6月25日),有修改。

几种赠品

两个月前，接到厦门寄来一封信。拆开来看，是不相识的广洽和尚写的；附带赠给我一张弘一法师最近的相片。信上说我曾经写过那篇《两法师》，一定乐于得到弘一法师的相片。料知人家欢喜什么，就让人家享有那种欢喜，遥远的阻隔不管，彼此还没相识也不管！这种情谊是非常可感的。我立刻写信回答广洽和尚；说是谢，太浮俗了，我表示了永远感激的意思。

相片是六寸的，并非"艺术照相"，布局也平常，跟身旁放着茶几，茶几上供着花盆茶盅的那些相片差不多。寺院的石墙作为背景，正受阳光，显得很亮；靠左一个石库门，门开着，画面就有了乌黑的长方形。地上铺着石板，平，干净。近墙种一棵树，比石库门高一点儿，平行脉叶很阔大，不知道是什么；根旁用低低的石栏围成四方形，栏内透出些兰草似的东西。一张半桌放在树前面，铺着桌布；陈设的是两叠经典，一个装着画佛的镜框子，还有一个花瓶，瓶里插着菊科的小花。这真所谓一副拍照的架子；依弘一法师的艺术眼光看，也许会嫌得太呆板了；然而他对不论什么都欢喜满足，人家给他这样布置了请他坐下来的时候，他大概连连地说"好的，好的"吧。他端坐在半桌的左边；披着袈裟，摺痕很明显；右手露出在袖外，拈着佛珠；脚上还是穿着行脚僧的那种布缕扭成的鞋。他现在不留胡须了，嘴略微右歪，眼睛细小，两条眉毛距离得很远；比较前几年，他显得老了，可是他的微笑里透露出更多的慈祥。相片上题着十个字："甲戌九月居晋水兰若造"，是他的亲笔；照相师给印在前方垂下来的桌布上，颇难看。然而，我想，他看见的时候，大概也是连连地说"好的，好的"吧。

　　收到了照片以后不多几天，弘一法师托人带来两个瓷碟子，送给丏尊先生跟我。郑重地封裹着，一张纸里面又是一张纸；纸面写上嘱咐的话，请带来的人不要重压。贴着碟子有个字条子："泉州土产瓷碟二个，绘画美丽，堪与和兰瓷媲美，以奉尊圣陶二居士清赏。一音"书法极随便，不像他写经语佛号的字幅那样谨严，然而没有一笔败笔，通体秀美可爱。

　　瓷碟子的直径大约三寸，土质并不怎样好，涂上了釉，白里泛点儿青；跟上海缸甏店里出卖的最便宜的碗碟差不多。中心画着折枝；三簇叶子像竹叶，另外几簇却又像蔷薇；花三朵，都只有阔大的五六瓣，说不来像什么；一只鸟把半朵花掩没了，全身轮廓作半月形，翅膀跟脚都没有画。叶子着的淡绿；花跟鸟头，淡朱；鸟身和鸟眼是几乎辨不清的淡黄。从笔姿跟着色看，很像小学生的美术课成绩。和兰瓷是怎样的，我没有见过；只觉得这碟子比那些金边的画着工细的山水人物的可爱。可爱在哪里,贪图省力的回答自然只消说"古拙"二字;要说得精到些,恐怕还有旁的道理呢。

前面说起照片,现在再来记述一张照片。贺昌群先生游罢华山,寄给我一张十二寸的放大片。前几年他在上海,亲手照的相我见过好些,这一张该是他的"得意之作"了。

这一张是直幅,左边峭壁,右边白云,把画面斜分成两半。一条栈道从左下角伸出来,那是在山壁上凿成的仅能通过一个人的窄路;靠右歪斜地立着木栏杆,有几个人扶着木栏杆向上走。路一转往左,就只见深黑的一道裂缝;直到将近左上角,给略微突出的石壁遮没了。后面的石壁有三四处极大的凹陷,都深黑,使人想那些也许是古怪的洞穴。所有的石壁完全赤裸裸的,只后面的石壁的上部挺立着一丛柏树:枝条横生,疏疏落落地点缀着细叶,类似"国画"的笔法。右边半幅白云微微显出浓淡;右上角还有两搭极淡的山顶,这就不嫌寂寞,勾引人悠远的想象。——这里叫作长空栈,是华山有名的险峻处所。

最近接到金叶女士封寄的两颗红豆。附信大意说,家乡寄来一些红豆,同学看见了,一抢而光。这两颗还是偷偷地藏起来的,因为好玩,就寄给我。过一些时,还要变得鲜艳呢。从小读"红豆生南国"的诗,就知道红豆这个名称,可是没有见过实物。现在金叶女士使我长些见识,自然欢喜。

红豆作扁荷包形,跟大豆蚕豆绝不相像。皮朱红色,光泽;每面有不规则形的几搭略微显得淡些。一条洁白的脐生在荷包开口的部分,像小孩的指甲。红豆向来被称为树,而有这生在

没有秋虫的地方

荚内的果实,大概是紫藤一般的藤本。豆粒很坚硬,听说可以久藏。如果拿来镶戒指,倒是别有意趣的。

这里记述了近来得到的几种赠品。比起名画跟古董来,这些东西尤其可贵,因为这些东西浸渍着深厚的情谊。

原载《新小说》创刊号(1935年2月15日),原题《最近得到的几种赠品》,有修改。

掮枪的生活

我当中学生的时代在清朝末年,那时候厉行军国民教育,所以我受过三年多的军事训练。现在回想起来,旁的也没有什么,只那掮枪的生活倒是颇有兴味的。

我们那时候掮的是后膛枪,上了刺刀,大概有七八斤重。腰间围着皮带。皮带上系着两个长方形的皮匣子,在左右肋骨的部位,那是预备装子弹的。后面的左侧又系着刺刀的壳子。这样装束起来,俨然是个军人了。

我们平时操小队教练、中队教练,又操散兵线,左右两旁的伙伴离得特别开,或者直立预备放,或者跪倒预备放,或者卧倒预备放。当卧倒预备放的时候,胸、腹、四肢密贴着草和泥土,有一种说不出来的快感。待教师喊出"举枪——放!"的口令的时候,右手的食指在发弹机上这么一扳,更是极度兴奋的举动。

有时候我们练习冲锋,斜执着上了刺刀的枪,一拥而前。不但如此,还要冲上五六丈高的土堆;土堆的斜坡很有点儿陡峭，我们不顾，只是脚不点地地往上冲。嘴里还要呐喊："啊！——啊！"宛然有千军万马的气势。谁第一个冲到土堆的顶上，就高举手里的枪，与教师手里的指挥刀一齐挥动，犹如占领了一座要塞。

有时候我们练习野外侦察，三个四个作一组，各走不同的道路，向田野或树林出发。如果是秋季的晴天，侦察就大有趣味。干草的甘味扑鼻而来；各种昆虫或前或后，飞飞歇歇，好像特地来与我们做伴；清水的池边，断栏的桥上，随处可以坐下来；阳光照在身上，不嫌其热，可是周身感到健康的快感。这当儿，我们差不多忘了教师讲的侦察时候应该注意些什么。我们高兴有这样的机会，从沉闷的教室里逃到空旷的原野里，作一回掮着枪的游散。

一年的乐事，秋季旅行为最。旅行的时候也用军法部勒。一队有队长，一小队有小队长。步伐听军号，归队和散队听军号，吃饭听军号，早起夜眠也听军号。我有几个同级的好友是吹号打鼓的好手，每逢旅行，他们总排在队伍的前头，显耀他们的本领。我从他们那里受到熏染，知道吹号打鼓与其他技艺一样，造诣也颇有深浅的差异；要沉着而又圆转，那才是真功夫。我略能鉴别吹奏的好坏，有几支军号的曲调至今还记得。

旅行不但掮枪束子弹带，还要向军营里借了粮食袋和水瓶来使用。粮食袋挂在左腰间，水瓶挂在右腰间，里头当然装满了内容物。这就颇有点儿累赘了，然而我们都欢喜这样的装束，恨不得在背上再加上背包。其时枪也擦得特别干净，枪管乌乌的，枪柄上不留一点儿污迹，枪管子里面人家看不见的，可是我们也用心擦,直擦到用一只眼睛窥看的时候,来复线条条闪亮,耀着青光,才肯罢手。

旅行到了目的地,或者从轮船上起岸,或者从火车上下来,我们总是排成四行的队伍,开着正步,昂然前进。校旗由排头笔直地执着,军号军鼓奏着悠扬的调子;步伐匀齐,没有一点儿错乱。人家没有留心看校旗上的字,往往说"哪里来的军队"。听了这个话,我们的精神更见振作,身躯挺得更直,步子也跨得更大。有一年秋季旅行,达到目的地已经是晚上八点过后,天下着大雨,地上到处是水潭。我们依然开正步,保持着队伍的整齐形式。一步一步差不多都落在水潭里,皮鞋里完全灌满了水,衣服也湿透了,紧贴着皮肤。我们都以为这是有趣的佳遇,不感到难受。又有一年秋季,到南京去参观南洋劝业会。正走进会场的正门,忽然来一阵粗大的急雨。我们好像没有这回事,立停,成双行向左转,报数,搭枪架,然后散开,到各个馆里去参观。第二天《会场日报》刊登特别记载:某某中学到来参观,完全是军队的模样,遇到阵雨,队伍绝不散乱,学生个个精神百倍,如是云云。我们都珍重这一则新闻记事,认为这一次旅行的荣誉。

旅行时候的住宿又是一件有味的事。往往借一处地方,在屋子里平铺着稻草,就把带去的被褥摊在上面。睡眠的号声幽幽地吹起来时,大家蚱蜢似的窜向自己的铺位,解带子,脱衣服,都觉得异样新鲜,似乎从来没有做过的。一会儿熄灯的号声响了,就在一团黑暗里静待入睡。各人知道与许多伙伴在一起,差不多同睡在一张巨大的床上,所以并不感到凄寂。第二

没有秋虫的地方

天醒来当然特别早,只等起身号的第一个音吹出,大家就站了起来,急急忙忙把自己打扮成个军人了。

从前的掮枪生活,现在回想起来,颇带一些浪漫意味。这在当时主张军国民教育的人说来,自然是失败了。然而我们这批人的青年生活却因此得到了一些润泽。

1934 年

过节

我家过节共有三桌。上海弄堂房子地位狭窄,三桌没法同时祭,只得先来两桌,再来一桌。方桌子只有一只,只得用小圆桌凑一凑。本来是三面设座位的,因为椅子不够,就改设一面。杯筷碗碟拿不出整齐的全套,就取杂色的来应用。蜡盏弯了头。香炉里香灰都没有,只好把三支香搁在炉口算数。总之,一切都马虎得很。好在母亲并不拘于成规,对于这一切马虎不曾表示过不满。但是我知道,如果就此废止过节,一定会引起她的不快。所以我从没有说起废止过节。

供了香,斟了酒,接着就是拜跪。平时太少运动了,才过四十岁,膝关节已经硬化,跪下去只觉得僵僵的,此外别无所思。在满坐的祖先中间,记忆得最真切的是父亲和叔父,因为他们过世最后。但是我不能想象他们同十几个祖先挤坐在两把椅子上举杯喝酒举筷吃菜的情状。又有一个十一岁上过世的妹妹,今年该三十八了,母亲每次给她特设一盆水果,我也不能想象她剥橘皮吐桃核的情状。

没有秋虫的地方

四喜图

从前父亲跟叔父在日，他们的跪拜就不相同。容貌显得很肃穆，一跪三叩之后，又轻轻叩头至数十回，好像在那里默祷，然后站起来，恭敬地离开拜位。所谓"祭如在"，"临事而敬"，他们是从小就成为习惯了的。新教育的推行跟时代的转变把古传的精灵信仰打破，把儒家的报本返始的观念看得并没有什么了不得，于是"如在"既"如"不起来，"临事"自不能装模作样地虚"敬"，只成为一种毫无意义的例行故事：这原是必然的事情。

几个孩子有时跟着我拜；有时说不高兴拜，也就让他们去。焚化纸锭却是他们欢喜做的事情，在一个搪瓷面盆里慢慢地把纸锭加进去，看它给火焰吞食，一会儿变成白色的灰烬，仿佛有冬天拨弄炭火盆那种情味。孩子们所知道的过节，第一自然是吃饭时可有较好较多的菜；第二，这是家庭里的特种游戏，一年内总得表演几回的。至于祖先会扶老携幼地到来，分着左昭右穆坐定，吃喝一顿之后，又带着钱钞回去：这在孩子是没法想象的，好比我不能想象父亲跟叔父会到来参加这家族的宴飨一样。从这一点想，虽然逢时过节，对于孩子大概不致有害吧。

1935 年

第二辑

一个少年的笔记

  我忽然觉得自己仿佛就是一朵荷花。一身雪白的衣裳，透着清香。阳光照着我，我解开衣裳，敞着胸膛，舒坦极了。一阵风吹来，我就迎风舞蹈，雪白的衣裳随风飘动。不光是我一朵，一池的荷花都在舞蹈呢，这不就像电影《天鹅湖》里许多天鹅齐舞蹈的场面吗？风过了，我停止舞蹈，静静地站在那儿。蜻蜓飞过来，告诉我清早飞行的快乐。小鱼在下边游过，告诉我昨夜做的好梦……

一个少年的笔记

驾长

日本船上的驾长就等于轮船上的大副,他掌着舵。

一个晚上,我们船上的驾长喝醉了。他年纪快五十,喝醉了就唠唠叨叨有说不完的话。那天船歇在云阳,第二天要过好几个滩。他说推桡子的不肯卖力,前几天过滩,船在水面打了个转,这不是好耍的。他说性命是各人的,他负不了这个责。当时就有个推桡子的顶他:"'行船千里,掌舵一人',你舵没有把稳,叫我们推横桡的怎么办!"

在大家看来,驾长是船上顶重要的人物。我们雇木船的时候,担心到船身牢实不牢实。船老板说:"船不要紧,人要紧。只要请的人对头,再烂的船也能搞下去。"他说的"人"大一半儿指的驾长。船从码头开出,船老板就把他的一份财产全部交给驾长了,要是他跟着船下去,连他的性命也交给了驾长。乘客们呢?得空跟驾长聊几句,晚上请他喝几杯大曲。"巴望他好好儿把我们送回去吧,好好儿把我们送回去吧。"

舵在后舱,一船的伙计就只有驾长在后舱做活路。我们见着驾长的时候最多，对于驾长做的活路比较熟悉。一清早，我们听驾长爬过官舱的顶篷到后舱的顶篷，一手把后舱的一张顶篷揭起，一片亮就透进舱来。我们看他把后舱的顶篷全收了，拿起那块长长的蹬板搁在两边舱壁上，一脚蹬上去，手把住舵。于是前面的桡夫就下篙子，船撑开了。

驾长那么高高地站在蹬板上，头露出在顶篷外，舵把子捏在手里，眼睛望着前面。我们觉得这条船仿佛是一匹马，一匹能够随意驰骋的马，而驾长是骑手。你要说这是个很美的比喻吧？可是，他掌着舵只是做活路，没有大野驰马的豪兴。我们同行有两条船，两条船上的驾长都喝酒。我们船上的年纪大多了，力气差些，到滩上，他多半在蹬板上踩脚，连声喊："扳重点！扳重点！……就跟搔痒一样！"有一回，舵把子打手里滑脱了，亏得旁边几个乘客帮他扳住。他重新抓住舵把子的时候，笑了笑说："好几个百斤重呢。不是说着驾长耍的。"另一条船上的年轻人什么时候都喝酒，他夸张地摆给我们听："不喝酒可有点儿害怕呢。脚底下水那么凶，不说假的，你们看到就站不住。喝点酒，要放心些。"我们的驾长就不然，做活路的时候他绝不喝酒。这不是说他比那年轻人胆大，对于可怕的水他们两个抱着不同的害怕态度。

木船上禁忌很多，好些话不能说。偏偏那些话关于航行的多，我们时常会不知不觉地说出来。推桡子的听见了，会朝我们说："说不得，说不得。"驾长听见了，会老大的不高兴，好像我们故意在跟他捣蛋。是的，人家把性命财产交给了他，他把这个责任跟他自己的性命一半儿交给了"经验"，还有一半儿呢，不知道交给什么，也许就是交给那些禁忌吧。船上的伙计们说："船开动了头，就不消问哪天到哪里。这是天的事，你还做得到主啊？"

川江的水凶，水太急的地方，单凭一把舵转不过弯来。所以船头上还有一根梢子，在要紧时候好帮帮舵的忙。扳梢子的大家也把他叫作驾长。到滩上，他总站在船头比手势，给掌舵的指明水路，好像是轮船上的领江。他拿的工钱跟掌舵的一样。

原载《消息半周刊》第 4 期（1946 年 4 月 18 日），有修改。

略谈雁冰兄的文学工作

我与雁冰兄初次会面,记不清是民国九年还是十年,总之在《文学研究会》成立,《小说月报》革新之后。列名发起《文学研究会》,经常投稿《小说月报》,都由郑振铎兄来信接头。那时振铎兄在北京,彼此也没会过面,他见我在《新潮》上登载几篇小说,就通起信来了。《小说月报》革新号印出来,我的一篇小说蒙雁冰兄加上几句按语,表示奖赞,我看了真有受宠若惊的感觉。到上海去,就到他鸿兴坊的寓所去访问他。第一个印象是他精密和广博,我自己与他比,太粗略了,太狭窄了。直到现在,每次与他晤面,仍然觉得如此。那时还遇见他的弟弟泽民,一位强毅英挺的青年。振铎兄已从北京到上海来了。我们同游半淞园,照了相片。后来商量印行《文学研究会》丛书,拟订译本目录,各国的文学名著由他们几位提出来,这也要翻,那也要翻,我才知道那些名著的名字。

雁冰兄是自学成功的人。他在商务印书馆任事,编译工作不只是他的职业,是他磨炼自己的课程。在主办《小说月报》

以前，已经有些著译问世了。那时候似乎还不大有人注意世界文艺思潮，杂志上一些译品，以及成本的翻译小说，无非如苏州人所说"拉在篮里就是菜"，碰到什么就翻什么。雁冰兄却专心阅读外国的文艺书报，注意思潮与流派，又运用他的精审识力，选择内容与风格都有特点的那些小说翻出来，后来编成的集子如《雪人》《桃园》等，大家认为最好的选集。他把许多的书堆在床头，纸笔也常备，半夜醒来，想起些什么，就捻亮了电灯阅读，阅读有所得，唯恐其遗忘，赶紧写在纸片上。当时我闻知他有这样的习惯，非常钦服，我是从来没有这样勤奋的。

　　《小说月报》的革新，是极有意义的事。这种杂志记得创刊在宣统年间，原只是供人消闲的东西。后来恽铁樵先生接办，要在小说之中讲求起古文义法来，未免矫枉过正。恽先生办了几年，不知道为什么，又由先前的编者王莼浓先生接办，恢复了以前的格调。但是五四运动起来了，对于文学，喊出了"新文学"的名称。就粗处说，新文学好像等于白话文学。其实并不尽然，除了白话以外，大家心目中还有一个朦胧的影像，要求一种骨子里全新的文学。于是雁冰兄接办《小说月报》了，理论与作品并重，对于文学，认认真真做一番启蒙工作。在以前，梁任公先生以及其他几位也出过小说杂志，意思也在启蒙，然而他们的观点太近于功利了，刊载的作品又是谴责性质的居多，反而把文学的功能缩小了。我不说革新以后的《小说月报》怎样了不起，我只说自从《小说月报》革新以后，我国才有正式的文学杂志，而《小说月报》革新是雁冰兄的劳绩。

雁冰兄起初不写小说，直到从武汉回上海以后，才开始写他的《幻灭》。其时《小说月报》由振铎兄编辑，振铎兄往欧洲游历去了，我代替他的职务。我说，让我试试看，虽说试试看，答应下来就真个动手，不久，《幻灭》的第一部分交来了。登载出来，引起了读者界的普遍注意，大家要打听这位"茅盾"究竟是谁。徐志摩先生曾经问我："幻灭是你的东西吧？"我摇摇头："我哪里写得出这样的东西？"他也不再问到底是谁了，我想他一定讨厌我不肯坦白地告诉他呢。雁冰兄在第一份原稿上署名矛盾，他自有他的意思。可是百家姓中没有矛姓，把矛字改成茅字，算是姓茅名盾，似乎好些，这是我的意思。与他商量，他也不反对，就此写定了。谁知道后来有少数人以为矛盾是茅盾的正写，在用到矛盾的地方，有意把矛字写成茅字，这贻误的责任是应该由我负的。

茅盾

《幻灭》之后接写《动摇》，《动摇》之后接写《追求》，不说他的精力弥满，单说他扩大写述的范围，也就可以大书特书。在他三部曲以前，小说哪有写那样大场面的，镜头也很少对准他所涉及的那些境域。我很荣幸，有读他三部曲的原稿的优先权，又一章一章地替他校对，把原稿排成书页。那时我与他是

一个少年的笔记

贴邻,他的居室在楼上,窗帷半掩,人声静悄,入夜电灯罩映出绿光,往往到深更还未捻灭。我望着他的窗口,想到他的写作,想到他的心情,起一种描摹不来的感念。如今回想起来,那种感念依然如新,但是时间相距已经十七八年了。

他作小说一向是先定计划的,计划不只藏在腹中,还要写在纸上,写在纸上的不只是个简单的纲要,竟是细磨细琢的详尽的记录。据我的记忆,他这种功夫,在写《子夜》的时候用得最多。我有这么个印象,他写《子夜》,是兼具文艺家写创作与科学家写论文的精神的。近来他写《霜叶红似二月花》与《走上岗位》,想来仍然是这样。对于极端相信那可恃而不可恃的天才的人,他的态度该是个可取的模式。

最近问起他《霜叶红似二月花》后文如何,他告诉我还没有写下去。我心里想,《霜叶红似二月花》缓些也无妨,按照他以前作三部曲的先例,在这个时日,他有更急于要写的题目,大家在等待写那种题目的作品,而他正是适于写那种题目的作者。可是我没有把这个意思说出来,我知道说了出来他将怎样回答我。然而,那种昏闷的天气会长久吗?"争自由的波浪"终将掀动整个的海洋。今年雁冰兄是五十岁,算他十年,到他六十岁的时候,他的纪念碑式的作品必然写了起来而且完篇了。我们等着吧!

原载《文哨》第一卷第 3 期,1945 年 10 月 1 日

夏丏尊先生逝世

我们要告诉读者诸君一个哀痛的消息,夏丏尊先生在上月二十三日下午九点三刻逝世了。他害了肺病,一直没有注意,不知道染上了多久。发觉害病在去年夏秋之交,休养了一些日子,到胜利消息传来的时候,已经好起来,当夜的过度兴奋使他没有睡觉。再度发病在今年一月间,起初是不能出门,后来就不能离床,延续三个月,终于不治而死。他享年六十一岁。

本志在十九年创刊,夏先生是创刊当时的主编人。他与我们一班朋友不办旁的杂志,却办《中学生》,老实说,由于我们不满意当前的学校教育。学生在学校里,应该名副其实地受教育,可是看看实际情形,学生只得到些僵化的知识。僵化的知识可以作生活的点缀品,这也懂得一些,那也懂得一些,就可以摆起知识分子的架子来,但是,僵化的知识不能化为好习惯,在生活上终身受用。夏先生写过一篇《受教育与受教材》,阐明的就是这层意思。我们想,尽我们的微力,或许对于学生界有些帮助吧,于是办起《中学生》来。我们自知所知所能都很有限，不敢处于施与者的地位，双手捧出一套东西来，待读者诸君全盘承受。我们只能与读者诸君处于同等地位，彼此商商量量，共学互勉，就在这中间受到一些名副其实的教育。我们说"帮助"，意思就在于此。这个作风是夏先生开创的，后来杂志虽然不归他编了，作风可没有改变。现在夏先生离开我们了，我们自然要继承他的遗志，凭本志给学生界一些帮助，永远不改变。

在目前的读者诸君中，认识夏先生的想来不多。但是，由于本志，由于他所著译的《平屋杂文》《爱的教育》等书，由于他参加创办的开明书店，心目中有个夏先生在的，为数一定不少。现在我们宣布夏先生逝世的消息，诸君该会恻然伤神，悼念这位神交的朋友。在这儿，容我们叙述关于夏先生的几点，供诸君悼念他的时候参考。

夏先生幼年在家塾读书，学作八股文，十六岁上考取了秀才。十七岁开始受新式教育，考进上海的中西学院，只读了一学期。十八岁进绍兴府学堂，也只读了一学期。后来往日本留学，先进宏文学院普通科。没等到毕业，考进东京高等工业学校。不到一年，就因费用不给回国，开始当教员，那时他二十一岁。他受学校教育的时期非常之短，没有在什么学校毕过业，没有领过一张毕业文凭。他对于社会人生的看法，对于立身处世的态度，对于学术思想的理解，对于文学艺术的鉴赏，都是从读书、交朋友、面对现实得来的，换一句说，都是从自学得来的。他没有创立系统的学说，没有建立伟大的功业，可是，他正直地过了一辈子，识与不识的人一致承认他有独立不

夏丏尊

倚的人格。自学能够达到这个地步，也就是大大的成功了。如果有怀疑自学的人，我们要郑重地告诉他，请看夏先生的榜样。

夏先生当教师，没有什么特别的秘诀，用两句话就可以概括：对学生诚恳，对教务认真。人生在世，举措有种种，方式也有种种，可是扼要说来，不外乎对人对事两项。对学生诚恳，对教务认真，在教师的立场上，可以说已经抓住了对人对事两项的要点。所以他的许多学生虽然已届中年，没有不感到永远乐于与他亲近的。分处两地的写信给他，同在一地的时常去看望他，与他谈论或大或小的事，向他表示种种的关切。偶尔有几个见解与他违异，或者因为行为不检，思想谬误，受过他当面或背后的指斥，他们仍然真心地爱他，口头心头总是恭敬地叫他"夏先生"。在他殡殓的那一天，他的一位学生朱苏典先生走进殡仪馆就含着眼泪，眼圈红红的，直到遗体入殓，没有能抑制他的悲戚。朱先生五十光景了，已经留须，牙齿也有脱落，看见这么一位老学生伤悼他的老师，真令人感动，同时觉得必须是这样的老师才不愧为老师。目前的教育要彻底改革，已经毫无疑问，可是教育无论如何改革，总得通过教师才会见实效。我们期望像夏先生那样的教师逐渐多起来，配合着今后政治经济种种的改革，守住教育的岗位，对学生诚恳，对教务认真。

　　上月二十二日上午，距离夏先生逝世三十四小时半，夏先生朝社友叶圣陶说了如下的话："胜利，到底啥人胜利——无从说起！"说这话以前，他已曾昏迷过好几回，说这话的时候却是清醒的，病容上那副悲天悯人的神色，令人永远不忘。胜利消息传来的那一夜他兴奋得睡不成觉，在八个月之后，在他逝世的前一天，却勉力挣扎说出这样的话来，可见几个月来他的伤痛很深。他那伤痛不是他个人的，是我国全体老百姓的，老百姓经历了耳闻目睹以及身受的种种，谁不伤痛，谁不想问一声"胜利，到底啥人胜利？"自私自利的那批家伙太可恶了，他们攘夺了老百姓的胜利，以致应分得到胜利的老百姓得不到胜利。但是我们要虔敬地回答夏先生，胜利终会属于老百姓的，这是事势之必然。老百姓要生活，要好好地生活，要物质上精神上都够得上标准的生活，非胜利不可。胜利不到手，非努力争取不可。努力复努力，争取复争取，最后胜利属于老百姓。夏先生，你安心地休息吧，待你五年祭十年祭的时候，我们将告诉你老百姓已经得到了胜利的消息。

1946 年 5 月

"生活教育"——怀念陶行知先生

关于教育的见解,千差万别,可是扼要地区别起来,也很简单,大致可以分为相反的两派。就教育的目标说,一派希望受教育者成为工具;另一派希望受教育者成为人,独立不倚的人,不比任何人卑微浅陋的人。就教育的理解说,一派认为受教育者像个空瓶子,其中一无所有,开着瓶口等待把东西装进去;另一派认为受教育者自有发掘探讨的能力,这种能力只待培养,只待启发,教育事业并非旁的,就只是做那培养和启发的工作。就教育的方法说,一派注重记诵,使受教育者无条件地吞下若干东西;另一派注重创发,不但使受教育者吞下若干东西,尤其重要的在使受教育者消化那些东西,化为自身的新血液、新骨肉。以上说的目标、理解、方法三项是一致的。前一派希望受教育者成为工具,就不能不把他们认作空瓶子,要他们无条件地吞下若干东西。后一派希望受教育者成为人,自然要把他们当人看待,自然要把培养能力启发智慧作为教育的任务,自然要竭力使他们长成新血液、新骨肉。就受教育者的方面说，受前一派的教育是"为人"，有人需要一批工具，你是应命准备去做工具，不是"为人"是什么？受后一派的教育是"为己"，"古之学者为己"的"为己"，发展知能，一辈子真实受用，这种教育就是陶行知先生所说的"生活教育"。

在皇帝的时代，在法西斯的国家，当然推行前一派的教育。皇帝要人民做工具供养它，法西斯机构要人民做工具拥护它，势所必然把教育作为造成工具的手段。但是，皇帝早已推翻了，法西斯已经打垮了，在人民的世纪中，人人要做独立不倚的人，不比任何人卑微浅陋的人，就必须推行后一派的教育，如陶行知先生所说的"生活教育"。

放眼看我国当前的教育，无论认识方面、表现方面，都还脱不出前一派的窠臼。……所以陶行知先生一方面竭力提倡"生活教育"，一方面身任民主运动的先锋。担任教育工作的人多极了，人的聪明才智，一般说来是相去不远的，然而像陶行知先生那样提倡并且推行"生活教育"的有几人？像陶行知先生那样认清教育与其他事项关系，献身于民主运动的又有几人？安得陶行知先生的精神化而为千，化而为万，整个教育界的人都把陶行知先生作为楷模，使中国的教育一改旧观啊！

1946 年 10 月 23 日

（选自《叶圣陶随笔·生活教育》北京大学出版社 2007 年版，有删减）

朱佩弦先生

本志的一位老朋友,也是读者们熟悉的一位老朋友,朱佩弦(自清)先生,于八月十二日去世了。认识他的人都很感伤,不认识他可是读过他的文字,或者仅仅读过他那篇《背影》的人也必然感到惋惜。现在我们来谈谈朱先生。

他是国立清华大学的教授,任职已经二十多年。以前在浙江省好几个中学当教师,也在吴淞中国公学中学部教过书。他毕了北京大学的业就当教师,一直没有间断。担任的功课是国文和本国文学。他的病拖了十五年左右。工作繁忙,处事又认真,经济也不宽裕,又遇到八年的抗战,不能好好地治疗,休养。早经医生诊断,他的病是十二指肠溃疡,应当开割。但是也有医生说可以不开割的,他就只服用了些药品了事。本年八月六日病又大发,痛不可当,才往北大医院开割。大概是身体大亏了,几次消息传来,都说还在危险期中。延了六天,就去世了。五十一岁。

他是个尽职的胜任的国文教师和文学教师。教师有所谓

"预备"的功夫,他是一向做这个功夫的。不论教材的难易深浅,授课以前总要剖析揣摩,把必须给学生解释或提示的记下来。一课完毕,往往满头是汗,连擦不止。看他神色,如果表现舒适愉快,这一课是教得满意了,如果有点紧张,眉头皱起,就可以知道他这一课教得不怎么惬意。他教导学生取一种平凡不过也切实不过的见解:欣赏跟领受这个在了解跟分析,不了解,不分析,无所谓欣赏跟领受。了解跟分析的基础还在语言文字方面,因为我们跟作者接触凭借语言文字,而且单只凭借语言文字。一个字的含糊,一句话的不求甚解,全是了解跟分析的障碍。打通了语言文字,这才可以触及作者的心,知道他的心意中为什么起这样的波澜,写成这么样的一篇文字或一本书。这时候,说欣赏也好,说领受也好,总之把作者的东西消化了,化为自身的血肉,生活上的补益品。他多年来在语文教学方面用力,实践而外,又写了不少文篇,主要的宗旨无非如此。我们想这是值得青年朋友注意的。好文字好作品拿在手里,如果没有办法对付他,好只在它那里,与我全不相干。意识跟观点等等固然重要,可是不通过语言文字关,就没法彻底了解彻底分析意识跟观点等等。不要以为语言文字只是枝节,要知道离开了这些枝节就没有另外的大事。

他是个不断求知不惮请教的人。到一处地方,无论风俗人情,事态物理,都像孔子入了太庙似的"每事问",有时使旁边的人觉得他问得有点儿土气,不漂亮。其实这样想的人才是"故步自封"。不明白,不懂得,心里可真愿意明白,懂得,请教人家又有什么难为情的?在文学研究方面,这种精神使他经常接触书刊论文，经常阅读新出的作品，不但理解它们，而且与它们同其呼吸。依一般见解说，身为大学教授，自己自然有已经形成的一套，就把这一套传授给弟子，那是分内的事儿。也很有些教授在这么做，大家也觉得他们是行所当然。可是朱先生不然，他教育青年们，也随时受青年们的教育。单就他对于新诗的见解而论，他历年来关心着新诗的发展，认明新诗的今后的方向，是受着一班青年诗人的教育的，他的一些论诗的文字就是证据。但是，同样在大学里当教授，以及在中学里当教师的，以及非教师的知识分子，很有说新诗是"什么东西"的，简直认为胡闹。若不是朱先生的识力太幼稚短浅，就该是那些人太不理会时代的脉搏了。

他待人接物极诚恳，和他做朋友的没有不爱他，分别时深切的相思，会面时亲密的晤叙，不必细说。他在中学任教的时候就和学生亲近，并不是为了什么作用去拉拢学生，是他的教学和态度使学生自然乐意亲近他，一块儿谈话和玩儿是常事。这也很寻常，所谓教育原不限于教几本书讲几篇文章。不知道怎么，我国的教育偏有些别扭，教师跟学生俨然像个压迫者跟被压迫者，这才见得亲近学生的教师有点儿稀罕，说他好的认为难能可贵，说他坏的就不免说也许别有用心了。他在大学里也还是如此，学生就是朋友，他哪里肯疏远朋友呢？可是他绝不是到处随和的好好先生，他督责功课是严的，没有理由的要求是不答应的，我们想当过他的学生的都可以证明这个话。学生对于好好先生当然不至于有什么恶感，可也不会有太多的好感，尤其不会由敬而生爱。像朱先生那样的教师，实践了古人所说"教学相长",有亲切的友谊,又有强固的责任感,那才自然而然成为学生敬爱的对象。据报纸所载的北平电讯说,他入殓的当儿在场的学生都哭了。哭当然由于哀伤,而在送死的时候这么哀伤,不是由于平日的敬爱已深吗?

他作文,作诗,编书极为用心,下笔不怎么快,有点儿矜持。非自以为心安的意见决不乱写。不惮烦劳地翻检有关的材料。文稿发了出去发现有些小节目要改动,乃至一个字的不妥,宁肯特写一封信去,把它改了过来才满意。他早期的散文如《匆匆》《荷塘月色》《桨声灯影里的秦淮河》都有点儿做作,太过于注重修辞,见得不怎么自然。到了写《欧游杂记》《伦敦杂记》的时候就不然了,全写口语,从口语中提取有效的表现方式,虽然有时候还带一点文言成分,但是念起来上口,有现代口语的韵味,叫人觉得那是现代人口里的话,不是不尴不尬的"白话文"。当世作者的白话文字,多数是不尴不尬的"白话文",面貌像个说话,可是绝没有一个人的口里真会说那样的话。又有些全从文言而来,把"之乎者也"换成了"的了吗呢",那格调跟腔拍却是文言。照我们想来,现代语跟文言是两回事儿,不写口语便罢,要写口语就得写真正的口语。自然,口语还得问什么人的口语,各种人的生活经验不同,口语也就两样。朱先生写的只是知识分子的口语,念给劳苦大众听未必了然。但是,像朱先生那样切于求知,乐意亲近他人,对于语言又有敏锐的感觉,他如果生活在劳苦大众中间,我们料想他必然也能写劳苦大众的口语。话不要说远了,近年来他的文字越见得周密妥帖,可是平淡质朴,读下去真个像跟他面对面坐着,听他亲亲切切的谈话。现在大学里如果开现代本国文学的课程,或者有人编现代本国文学史,论到文体的完美,文字的全写口语,朱先生该是首先被提及的。他早年作新诗不少,后来不大作,可是一直关心着新诗,时常写关于新诗的文字,那些文字也是研究现代本国文学的重要资料。他也作旧体诗,只写给朋友们看看,发表的很少。旧体诗的形式限定了它的内容,一作旧体诗,思想情感就不免跟古人接近,跟现代人远离。作旧体诗自己消遣,原也没有什么,发表给大家看,那就不足为训了。

他的著作出版的记在这里。散文有《踪迹》的第二辑(亚东版,第一辑是新诗)《背影》《欧游杂记》《伦敦杂记》(开明版)《你我》(商务版)五种。新诗除了《踪迹》的第一辑之外,又有《雪朝》里的一辑(《雪朝》是八个人的诗集,每人一辑,商务版)。文学论文集有《诗言志辨》(开明版),大旨是我国的文学批评开始于论诗,论诗的纲领是"诗教"跟"诗言志",这一直影响着历代的文学批评,化为种种的意见跟理论。谈文学的散文有《标准与尺

朱自清

一个少年的笔记

度》(文光版)跟《论雅俗共赏》(观察版)两种,都是近年来的作品。用他自己的话说,他"企图从现代的立场上来了解传统","所谓现代的立场,按我的了解,可以说就是'雅俗共赏'的立场,也可以说是偏重俗人或常人的立场,也可以说是近于人民的立场"。(《论雅俗共赏》序文中的话)从这中间可以见出他日进不已的精神。又有《语文零拾》一种(名山版)。《新诗杂话》(作家版)专收论诗之作,谈新诗的倾向跟前途,也谈国外的诗。《经典常谈》(文光版)介绍我国四部的要籍,采用最新最可靠的结论,深入而浅出,对于古典教育极有用处。论国文教学的文字收入《国文教学》(开明版,与圣陶的同类文字合在一块儿)。又有《精读指导举隅》《略读指导举隅》(商务版,与圣陶合作),这两本书的性质同于教案,希望同行举一而反三。他编的东西有《新文学大系》中的诗选一册(良友版)。去年的大工程是编辑《闻一多全集》(开明版)。今年与吕叔湘先生和圣陶合编《开明高级国文读本》《开明文言读本》,预定各六册,只编到第二册的半中间,他就和他的同伙分手了。

　　看前面所开的,可知他毕生尽力的不出国文跟文学,他在学校里教的也是这些个。"思不出其位",一点一滴地做去,直到他倒下,从这里可以见到个完美的人格。

原载《中学生》1984年9月

纪念杨贤江先生

贤江先生去世一十八年,我们才来纪念他,以前只是记在心头,没有为他开过会,写过纪念文字。

我跟贤江先生在商务印书馆相识,同在编译所。他编《学生杂志》,可不是主编。他一方面顾到主编人的意旨(在当时也算不得高明的意旨),一方面不肯放松读者的利益,居然使《学生杂志》在学生界起了不小的作用,现在的中年人还记住民国十几年间《学生杂志》给他的影响。这件事看似平常,其实是很不容易的。

他的生活最有规律。工作时间以外,什么时候读书,什么时候运动,很少有更改;偶尔去看他,见他毕恭毕敬地坐在那里用功,立刻想起这是他的读书时间,就不好意思多坐了。我好几次猜想,他这么认真,大概受过理学家那一套说法的影响,后来知道果然。但是他那时候已经是个革命者了。从阶级意识说,从唯物唯心的观点说,革命者跟理学家截然不同。然

一个少年的笔记

而在凡事认真这一点上,彼此是相同的(那些假冒的当然不能算在内)。从理学转到革命的似乎很有几位,恽代英先生也是一个。

他怎样干革命活动,我不大清楚。只知道到编译所来看他的人很多,会客室里时常可以见着他。青年们对他很有信仰,开什么会往往找他去演说。他曾经邀我加入共产党,有一天,他叫我晚上就去行入党式,我没有答应他。

他平时研读跟著译的大多在社会科学跟教育方面。他对于教育的见解,现在看来也还是正确的。本来,只要认定教育并非孤立的事项,只要认定教育该为什么人服务,见解就错不到哪里去。我想,如果他健在到今天,也许早就到老解放区干了多年的教育工作吧。凭他的认真精神,配合着解放区里色色求其土生土长的风尚,在教育上该会有不少的贡献。

他讲究卫生,经常做健身操,挺挺的高高的身躯,肩膀宽阔,脸色红红的,谁都看得出他是个标准的健康人。不料他忽然病起来了,我现在已经记不清,好像是肺结核。只记得去看他的时候,他不是静静地坐着就是

杨贤江

静静地躺着，说需要多休养。后来病侵入了肾脏，医治总不见好。他的夫人韵漪照料他无微不至，不说自己劳困，只为他的病在他看不见的时候皱眉。最后到日本去治，割了一个肾脏，经过相当好。可是不几天突然转变，他去世了。韵漪带回来他的骨灰。

十几年来，韵漪在学校担任教师，艰苦的生活，勤劳的服务，直到如今。朋友间都说她不愧为革命者的遗族。一个儿子在抗战期间进了苏北解放区，就没有消息，历年来托有关方面详细打听，毫无结果。朋友们都想，恐怕牺牲了，可不敢当她的面说。最近上海传来消息说她的儿子有了着落，大家替她欢喜，她的欢喜当然可想而知了。

1949 年

回忆瞿秋白先生

认识秋白先生大约在民国十一二年间，常在振铎兄的寓所里碰见。谈锋很健，方面很广，常有精辟的见解。我默默地坐在旁边听，领受新知异闻着实不少。他的身子不怎么好，瘦瘦的胳膊，细细的腰身，一望而知是肺病的形式。可是他似乎不甚措意这个。曾经到他顺泰里的寓所去过，看见桌上"拍勒托"跟白兰地的瓶子并排摆着，谈得有劲就斟一杯白兰地。

他离开了上海就没有再见着他，只从报上知道他的消息。后来他给《中学生》写过稿子，篇名现在记不起了，是从朋友手里辗转递来的，不知道他是不是秘密地住在上海。那稿子好像是斥责托洛斯基的。最后知道他被捕了，被杀了。直到今年碰见之华，之华告诉我秋白先生有一些材料，遗嘱说可以交给我，由我作小说。之华没有说明是什么样的材料，我也没有追问。我自己知道我作小说是不成的，先前胆大妄为，后来稍稍懂得其中的甘苦，就觉得见识跟功夫都够不上，再不敢胡乱欺人。因而听见有一些材料的话，也引不起姑且来试试的野心。

鲁迅先生编辑秋白先生的《海上述林》是大可令人感动的。搜辑、编排、校对、装帧,一丝不苟,事事躬亲,这中间贯彻着超过寻常友谊的崇高精神。朋友们分到一部,读了秋白先生的大部分述作,也感染了这种崇高精神。鲁迅先生写赠秋白先生的集句对联道:"人生得一知己足矣,斯世当以同怀视之。"这副对联挂在许广平先生上海寓所的客室里。每一次抬头观玩,就觉得他们两位精心研讨,唯愿文化普及而且提高的情景如在目前,自然使人志愿奋发,不敢贪懒。——可惜我的一部《海上述林》在抗战期间给人拿走了。

《乱弹及其他》还是最近才借到的,翻过一下,没有细看,这中间谈到拼音文字的问题,写作上运用语言的问题。中国文字拉丁化的字母是秋白先生选定的。写作上运用的语言,在白话文运动当时没有详细研讨,大家各随其便,保持文言的语汇跟句式,仿效欧洲的语汇跟句式,只不过换上些"的了吗呢",结果成了一种能看而不便说不便听的语言,跟文言一样。没有想到改革应该改换个源头,文言的源头在目。改换过来就得在口在耳,才能够切合当前的生活,表达现代的心声。到如今,不满意白话文的人多起来了,要写俗话,要写工农大众的语言。如果推究关心这个问题谁最早,就要数秋白先生了。

他的全集必须好好地编,分类要分得精密,排次要按时期先后,校对要像鲁迅先生那样认真,还要有翔实的传记或者年谱。

记徐玉诺

假设我没有记忆,
现在我已是自由的了。
人类用记忆把自己缠在笨重的木桩上。

这是玉诺许多杂诗中的一首。他对记忆最感愤慨,他辨出了记忆的味道。在又一首小诗里,他说:

当我走入了生活的黑洞,
足足地吃饱了又苦又酸的味道的时候,
我急吞吞地咽了咽;
我就又向前进了。
历史在后边用锥子刺我的脊梁筋;
我不爱苦酸,我却希望更苦更酸的味道。

他的记忆确是非常酸苦的。只就他的境遇来说:他的家乡在河南鲁山县，是兵和匪的出产地。他眼见掮着枪炮杀人的人扬长走过；他眼见被杀的尸骸躺在山野间；他眼见辛苦的农人白天给田主修堡垒，夜间又给田主守堡垒，因为要防抢劫；他在因运兵而断绝交通的车站旁边，眼见在尘土里挣扎的醉汉，只求赏一个钱的娼妓，衙门里的老官僚，沿路赌博的赌棍，东倒西歪的烟鬼和玩弄手枪的土匪，而且与他们做伴。当初与他一起的，后来他觉得他们变了，虽然模样依旧，还能认识；这更使他伤心得几乎发狂，尝到了记忆的最酸苦的味道。他曾经对我说："在我居住的境界里，似乎很复杂，却也十分简单，只有阴险和防备而已！"我虽然不知道他所有的记忆，只就"阴险和防备"来想，倘若拿来搁在舌尖上，就足以使我们哭笑不得了。

他咒诅"阴险和防备"的境况和人物的诗很多。在这样的境况和人物之中，当然只有诅咒，只有悲痛，而无所期求。但是在咒诅倦了，悲痛像波浪一样暂时平息了的时候，他羡慕"没有一点特殊的记忆"的海鸥。当然，他要像海鸥似的，漂浮在"不能记忆的海上"生活，是做不到的。所以他赞美颠倒记忆的梦幻，羡慕泯没记忆的死灭，以为在这两种境界里，尝到的总不是现在尝到的酸苦的味道了。但是，梦幻不会破空飞来，死灭又不可骤得，这又引起他深沉的悲叹。试读以下两首诗：

现实是人类的牢笼，
幻想是人类的两翼。
一只小鸟——失望的小东西——

他的两翼破碎而且潮湿；
他挣扎着起飞。
但他终归落下。
呵，可怜的脱不出牢笼的人呀！
——《现实与幻想》

自杀还算得有意义的：
没意义的人生，
他觉得自杀也是没趣味。
——《小诗》

不过他在一首《春天》里，起先叙了小鸟、小草、小孩对于春天的赞颂，以下说：

失望的哲学家走过，
逗留着无目的的寻求；
搂一搂乱发，
慈祥地端详着小鸟，小草，小孩……
仿佛这……告诉他说虚幻的平安。
倦怠的诗人走过，
擦一擦他的眼泪，微笑荡漾漾在枯皱的额上，
仿佛这……点缀了他梦境的美丽。

在现实的境界里，足以使他暂时满足的只有"虚幻的平安"

和"梦境的美丽"的自然景物了。他最喜爱和自然景物相亲；不仅相亲，他能融化陶醉在自然景物之中，至于忘了自己。去年的初夏，他到杭州去，中途在我的乡间住了三天。那正是新苗透出不容易描绘的绿，云物清丽，溪水涨满的时候，我因为工作忙，不能每天陪着他玩。他看惯了中原的旷野，骤然见到江南的田畴，格外觉得新鲜有趣。他独自赤着脚，跨进水齐到膝盖的稻田，抚摩溪上的竹树，采访农家的小女孩，憩坐在临门的小石桥阑干上，偃卧在开着野花的坟墓上，回来告诉我说："我已经领略了所见的一切的意思。"后来他回鲁山去了，还在信里问起他抚摩过的竹树和踏过的稻田。他描写景物的诗，与其说是描写，不如说是他自己与自然融化的诗，都有奇妙的表现力，"这一片树叶拍着那一片"，"一片片小叶都张开它的面孔来，一个个小虫都睁开它的眼睛来"。他常常有奇妙的句子花一般怒放在他的诗篇里，不在于别的，在于他有特别灵敏的感觉。他并不是故意做作，感觉到这样，就这样写下来了。不仅是写景物的诗，他所有的诗都如此。他并不把写诗当一回事，像猎人搜寻野兽那样。在感觉强烈，情绪兴奋的时候，他不期然而然地写了；写出来的，我们叫它作诗。他的稿子往往有许多别字和脱漏的地方。我曾经问他为什么不仔细一点儿写，他说："我这样写，还恨我的手指不中用。仔细一点儿写，那些东西就逃掉了。"这就可知他的诗有时不免结构松散，修辞草率的缘故。但是也可知他的诗所以那么自然，没有一点儿雕凿的痕迹，那么真实，没有一点儿无谓的呻吟。

他虽然有时陶醉在自然里，但是"记忆"像锥子似的在背后刺他,他不能不醒来,醒来的时候当然还是愤慨;他在福州,大半是为了吃饭,所以他觉得"勉强"。他曾经对我说:"我一切都有些勉强。"既然"勉强",热带的密林和微风的海边,于他都漠然了,他只是恋念遥远的故乡。故乡虽然是兵和匪的巢穴,然而有他的母亲父亲在那里。他还没到福州,在途中就有一首题为《给母亲的信》的诗:

当我迷迷糊糊地思念她的时候,就心不自主地写了一封信给她。

——料她一字不识——

待我用平常的眼光,一行一行看了这不甚清晰的字迹时,

我的眼泪就像火豆一般,经过两颊,滴存灰色的信纸上了。

他写了许多恋念故乡的诗。在那些诗里,爱慕母亲之外,还记挂鲁山的山谷,草原、田园,家里的小弟弟,两头母牛,三头牛犊,以及父亲的耕耘,小弟弟的玩弄小石子与他自己的割草。他的心时时飞过林原和海天,翱翔在所爱的故乡。他的爱实在很热烈而广大。他所以有咒诅的声音,就像鲁迅先生说爱罗先珂那样,叫作无所不爱而不得所爱的悲哀。所以他一方面咒诅,一方面又宽恕被咒诅的,同时还加上十分的怜悯。这种情形在他的诗里时常可见。从这里就可以推知他对于和他心灵相通的几个人是怎样地热诚而天真地相爱了。

　　他脸色苍黄,眼睛放射出神秘的光,"乱发乘风飘拂",不常剃的短髭围着唇边。绍虞兄看了他的相片,说他是个神秘家。我说有些儿意思,但是你如果与他见面,即使不开口谈话,就能感到他真朴的心神。在他乘着小汽轮来我的乡间那时候,我在埠头听见报到的汽笛,期待的心紧张到十二分了。汽轮泊定,乘客逐一登岸,我逐一打量。在许多客人的后面,一个人穿黑布衣服,泥污沾了很多,面貌像前面说的那样,一手拿一个轻巧的铺盖,一手提一只新的竹丝篮,中间满盛着枇杷香蕉等果品。我仿佛受着神秘的主宰命令似的,抢先紧握着他的胳膊,"你——玉诺?"他的目光注定在我的脸上,几乎使我想要避开,端详了一会儿,才把铺盖也提在提篮子的手里,随即紧握着我的手说,"你——圣陶!"这当儿有一种说不出来的感觉,只感到满足,至今也忘不了。

1924 年 8 月 16 日

胡愈之先生的长处

胡愈之先生是我们《中学生杂志》的老朋友,从《中学生杂志》创刊到复刊,他一直给我们许多帮助,不但为我们写文字,还帮我们出主意,定规划。如今的新读者也许不很知道胡先生其人,可是从五年之前起往上溯,那时候的读者一定知道他。假如那时候的读者在《中学生杂志》以外还看旁的杂志,接触他的文字更多,那就不但知道他,并将永远地记住他了。

今年得到消息,说胡先生在南洋某地病故了。朋友们听了,都感到异样的怅惘,与他做朋友很少会是泛泛之交的。消息极简略,可是据说十之八九可靠。我们真个失掉了这位老朋友吗?于是大家作些文字来纪念他,汇刊在这儿,成个特辑。万一的希冀是海外东坡,死讯误传。如果我们有那么个幸运,等到与他重行晤面,这个特辑就是所谓"一死一生,乃见交情"的凭证,也颇有意义。

我不想在这儿说我与胡先生的私交,因为这在一般读者看来,没有多大关系。我只想说胡先生的自学精神。他没有在中学毕业，从职业中学习，从生活中学习，始终不懈，结果既博且通，为多数正途出身的人所不及。我们经常标榜自学，也许有人以为徒然说得好听，难收真实效果。但是我们可以坚决地说绝对不然，胡先生就是个最可凭信的实例。

我只想说胡先生的组织能力。他创设了许多团体，计划了许多杂志与书刊，理想不嫌其高远，而步骤务求其切实。他善于识别朋友的长处，加以运用与鼓励，使朋友人人尽其所长，把团体组织得很好，把杂志书刊办得很好。这种能力，在现代社会中是极端需要的，却又是一般人所极端缺乏的。章程议定，计划通过，招牌挂起，下文就没有了，是我们常见的事。但是我们深切地知道，要真个干一些事，非有胡先生那样的组织能力不可。

我只想说胡先生的博爱思想。我想这或许是从他学习世界语种下根的。世界语原来不仅是一种工具，其中还蕴蓄着人类爱的精神。后来他入世更深，知道普遍的人类爱还是未来的事，在当前，有所爱就不能不有所憎，爱的方面越真切，憎的方面也越深刻，深刻的憎正所以表现真切的爱，而表现的方式不限于用口用笔，尤其紧要的是用行为。在后半截的生涯中，他奔走各地，栖栖皇皇。计划这个，讨论那个，究竟何所为呢？为名吗？为利吗？都不是。无非实做"有所为"三个字而已。为什么要"有所为"？本于他那种博爱思想，只觉得非"有所为"不可而已。

我只想说胡先生的友爱情谊。这与前一点是关联的。朋友之可贵，不在聚集在一起吃点儿，喝点儿。一个人既要"有所为",他知道无论什么事绝不是独个儿办得了的,必须与他人通力合作才成,那时候朋友就像自己的性命一样,友爱情谊自然而然深挚起来。近来有几位朋友与我谈起,朋辈之中,胡先生最笃于友谊,他关顾朋友甚于关顾他自己。在感叹家说起来,这是"古道",如今不可多得了。其实这也是"新道",唯有不"古"不"新"的人物,才以为友谊是无足轻重的。

以上说了四点,自学精神,组织能力,博爱思想,友爱情谊,是胡先生的长处,我们一班朋友所公认的。关于这四点,都没有记叙及具体事实,因为几位朋友的文字中都有叙及,不必重复了。

在纪念人物的文字中。有句老调,"我们要学某人的什么什么"。我不想学这句老调。我以为看了几篇纪念文字就会"学"起某人来,没有这么简单,"学"的因素很多,种种因素具备了才得完成个"学"字。不过,看了几篇纪念文字,在思想行为上发生或多或少的影响,如茅盾先生说的,受了那人物的感召力,是可能的。现在我们纪念胡先生,一位可敬的朋友,写了几篇纪念文字,这几篇文字如果能在读者的思想行为上发生若干影响,那就不是浪费笔墨,我们对于胡先生的怀念也可以稍稍发抒了。

在本志复刊后第十八期中,登过胡先生的一篇《论进步与后退》,现在在本期重印一次,让读者们再与他接触一回,听听他那非进步不可的论调。

1945 年

邻舍吴老先生

一天早晨,太阳很好,可没见同院的吴老先生出来晒他的手提皮箱。一打听知道他病倒了。说是病其实不大贴切,既不发烧,又没什么痛楚,不过头脑有些儿发涨,胸口有些儿发闷,就懒得起来。他那儿子任夫先生,一个公务员,对我解释道:"只为昨天表兄来了,随随便便说了一句话。"

"什么话呢?"

"家父问他家乡情形怎么样,他说秩序还不错,地方上跟日本人处得很好,日本人常常说,你们这儿的人是最出色的中国人。就是这一句话。"

"他老先生听了怎么说?"

"他听了闭上眼睛皱着眉,不说什么。半晌才看定了我,'我决意做迁川第一代世祖了。'他说,'最出色的中国人,日本人亲口评定的,咱们不能跟他们一伙儿住。我是老了,无所谓,你还年轻,还有小林儿,我希望你们的骨头有些斤两。四川也好，就住四川吧。往后有人问你贵处哪儿，你就说敝籍四川。千万不要把家乡的名儿说出来。打这会子起，我对家乡的名儿感到羞愧，我不好意思再说我是某地方人。'他老人家说了这么些话，到夜就没有吃晚饭。"

"他老先生原是最巴望回去的，听说成渝铁路又将动工他高兴，听说盟国在计划发展民航事业他高兴，今儿胜利等不到明儿动身似的。"

"你看他见着太阳总不忘晒他的手提皮箱，只怕动身日子一到，为了晒皮箱耽搁。"

"他老先生真的就横了心，不想回去了吗？"

"我想也不过说说罢了。昨天他说了，我当然顺着他，说做四川人也好。到那一天把日本人赶了出去，我们还不是钻头觅缝想办法，最好挤上头一班下水船？我们为什么不回去？你想，人家是动也没动一动，死守在本乡本土，当顺民，当小汉奸，到了那个时候，他们哪儿还说得嘴响？我们可完全不一样，我们是吃尽辛苦，跑了几千里路，跟着政府内迁的，我们是义民——谁说的，一下子想不起来了，总之没错，我们是义民。地方上有什么事啊务的，还不该由我们来承当？就是说两句公众话，我们的当然也特别有力量。我们为什么不回去？"

我虽然跟他们吴氏父子一样，家乡还在沦陷中，自己是寄寓在四川，可没有想到将来回去可以享受特殊权益。像任夫先生说的。我想这个想头有些妙，一时说不下去，只见任大先生嫌他的身材不够高似的，狠狠地挺了一挺。

两天过去，吴老先生好了，可是从此以后，太阳虽然，再没见他晒他的手提皮箱。廊沿前他种着两盆石斛，以前几乎见我一回说一回，石斛这东西滋阴，清内热，煎汤喝是最妙的饮料，回去的时候一定要带着走，哪怕多花些脚力，川石斛，在下江是太名贵了，这些话现在他也不再说了。

他改变了不出门的习惯，正月初七游草堂寺，春二三月青羊宫赶花会，四月初八望江楼看放生，有什么应景的名目他都要去看看。回来就气吁吁地躺在廊下那张竹榻上，见着我或是他儿子，往往说："成都确也不错，成都确也不错……"有时还加上说："只是菜吃不惯，住了足足六个年头还没有惯，样样要加些花椒面和辣子，还有葱蒜，简直是跟舌头鼻子为难。"

门前有挑着树苗卖的，随便讲价讲成了，他老先生买了两株橘树苗。他叫他儿子种在院子里，他在一旁相度，两株该距离多少远将来才可以各自发展。种停当了，他坐下来，自言自语道："开花，总得七八年；结果，总得十来年吧。不过没关系，反正有人闻它的花香，吃它的橘子就是了。"

从橘子谈到了四川省的水果。他说除了橘子、广柑、苹果、龙眼以外，其他都不好吃，尤其是枇杷，一层厚皮包着几颗核儿，单单忘了长肉。他说他们家里有两株大枇杷树，每年结上五六担，红毛白沙，个儿有核桃大，甜得胜过冰糖，冰糖没有它那股鲜味。他说现在是采枇杷的时令了。

他沉默了一会儿，突然朝我说："叶先生，古人说到处为家，你看是不是有些道理？"

"人不比树木,树木生根在地里,移动不得,人当然可以到哪儿住哪儿。"我迎合老先生的意思。

"你看,这儿四川这么多人,打听他们的祖先,都是旁的地方来的。他们来了,住下了,一样在这儿成立了家业,长养了子孙。"

任夫先生朝我看看,同时擦掉他手掌心的土。

吴老先生低下头,喃喃地念着不知道哪儿来的文句:"其俗柔靡,人轻节义……"

1944年5月5日作

一个少年的笔记

好友宾若君

前晚,善儿将睡,倦意已笼住他的眉目,忽然懊丧地说:"听济昌说,明天他要跟着祖父母母亲回苏州去了。"

济昌跟善儿同班,是善儿最好的朋友。当善儿说起学校里的玩戏时,我们往往不待思索地问:"是不是跟济昌?"或者陈说功课的成绩时,我们也常常会问:"那么济昌的成绩怎样?"

听善儿这么说,知道离别之感侵入他的心了。而在我,更触动了似已淡忘而实在是有意避开的生死之感,于是颇觉凄然。

济昌的父亲宾若君,我永远纪念的好友,是给火车轮碾伤而惨死的。在我粘贴照片的簿子里,有他一帧半身的遗像,我在上边题着"是具真诚能实行的教育家"十一个字。

宾若君在角直当高小学校校长,先后邀伯祥与我去当教员。本来是同学,犹如亲兄弟一样,复为同事,真个手足似的无分彼此,只觉各是全体的一部分。我因年轻不谙世故,当了几年教师,只感到这一途的滋味是淡的,有时甚且是苦的;但自从到角直以后,乃恍然有悟,原来这里头也颇有甜津津的味道。

宾若君不好空议论,当然也不作现在所谓宣传性质的文字,他对于教育只是"认真",当一件事去干。在到角直之前,他在诗人所萦系的虎丘下的七里山塘当小学校长。山塘的店家每看宾若君的往还作他们的时计;而学生家属有难决的事,如关于疾病资产营业等的,宾若君往往是他们的重要顾问:这就见得他不单是个教读书写字的教师。

  我与他同事以后,只觉得他的诚恳远过于我,竟略带压迫的力量。学生偶犯过失,他招犯过失的学生到他的办事室里详细地开导,严正而慈祥,往往是一点钟两点钟。末了,那学生擦着悔悟的眼泪退出来,宾若君自己的眼眶也好像湿润了。他热心于卫生常识的传授,以为这是一切的基本,所以讲刷牙齿洗澡等每至两三星期,讲了之后,见学生一一照着做了,他才放心。

  他并不主张什么教育什么教育,像其他的教育工作者。

  他的唱歌是学生时代早著名的,曼声徐引,有女性的美而无其靡。课毕,学生回去了,我们有时沽酒小酌,酒既半酣,他按拍而歌,双颊红润,殊觉可爱。数阕以后,歌者听者皆觉无上快适,已消散了积日的辛劳。

  我对他也有不满意之点,就在他略带粘滞的性质。他总是"三思而后行",而我以为未免多了一思或两思。但是轻忽偾事的先例正多呢,像他这样审虑再四,欲行又止,即从最平常的方面说,也未必不因而少偾了几件事。所以我的不满意只因彼此的气质有不同罢了。

  那年暑假已过,我因父亲去世,移家住南直。宾若君家里有事,来了又回去,说两三天就来。但是第三天没有来。他是不肯失约的,这不来颇使我们疑怪,揣度的结论是他害病了。次日傍晚,两条航船都已泊在埠头,连船夫也散得渺无踪影,而他仍杳然。我与伯祥回家,正在谈论不知他的病重不重,那每晚来一趟的瘦脸邮差送信来了。伯祥接信,看了看,似乎放心又略带惊讶地说:

"果然,他病了,这是他的老太爷写的。"

"啊!"伯祥抽出信笺看,突然叫起来。我赶忙凑近去看,八九行的话,似乎个个字是生疏的,重看一遍方才明白。信里说宾若君在昆山下车,车尚未停稳,失足陷入月台与车身之间,致下身被轧受伤甚重;现由路局送回苏州,入福音医院医治;医生说暂时没有把握,要看一两天内经过情形再说。

这消息于我们真是一声霹雳似的震撼;也不是悲伤,也不是惊慌,实在无以名心头一时的情状。想到这个具有真诚的心的可贵的躯体正淌着红血,想到老年的父母亲爱的哥哥正在伤心这猝然降临的不幸,我们的心都麻木了……

次日,这消息震荡了全校的心,有如突然来了狂飙。

又次日,我们买舟到苏探视。原是怀着寒怯的心情的,到望见福音医院低低的围墙时,全身仿佛被束缚了,不相信等会儿会有登岸跨进门去的勇气。"但愿是梦里吧!"这样无聊地想。

真同梦里一样,恍惚地登岸,恍惚地进医院的门。繁密的绿叶遮蔽了下射的阳光,细沙路阴森森的,树以外飘来礼拜堂里唱颂祷诗的沉静而稍带悲哀的声音,一缕哀酸直透心胸,我流泪了。

前边来了宾若君的大哥勖初君，我们迎上去问，差不多都噤口了，只简短地低低说："怎样？"

勖初君的眼睛网着红丝，惘然的，想来已经过度失眠而且流了好些眼泪吧。他摇头默叹，说宾若君失血太多了，至于十之六七，大半身无处不烂，肠也有被轧出来的，简直无望了。

立刻要去看见的是个未死而被判定必死的好友，还能有余裕想什么！无形的大石块早已紧紧压住我们了。我们承着这无形的大石块踅进病房，一切所见全是浮泛的，也不曾嗅到病房里特有的药气或者其他气味。

宾若君盖在红色的被单之下，这个想是医院里特别预备来混淆可怕的血迹，以减轻视疾者的忧惧的吧。但是我们明知这里掩盖着半截腐烂了的身体，虽用红色，又有什么用呢？他的脸色纯乎灰白，眼睛时时张开，头发乱结像衰草。他神志还清，抬起眼来望着我们，说："你们来看我了，谢谢。我的毛病……学校……唔……唔……"一阵剧痛打断了他的话。

除了"你放心养病，一切都有我们在"这样虚空的安慰语，还有什么可说的？不知怎样的，两条腿就把我们载出这间病室，与直躺着的宾若君分别了。伤心呵，这就是永远永远的分别，我竟不曾仔细地多看他一眼。

记得床头站着个悲伤的影子，默默的，低头，是宾若君的夫人。

受伤后的七天，宾若君才离开了人世。我因牵于校课，不曾去送殓。后来知道，宾若君在最后的两三天里是吃尽了剧烈的痛楚。血流得越多，残破的肌肉和内脏越发不可收拾，痛觉也越见厉害。不知几千百回的沉吟哀号，不知几千百回的辗转反侧，使在旁侍奉的人想不出一点儿办法。医生给他打吗啡针，麻醉他的痛觉，但是不见有效，还是一阵阵的痛。后来他实在担当不住了，对自己的命运也已明白，含着眼泪哀恳他的二哥致觉君说："二哥，你是我的亲哥哥，疼我的，请设法让我早点儿死吧！"

致觉君是个诚笃的人，虽然万分伤心，却同意宾若的要求，就去与医生商量。

把病人看作死物一般的医生只是摇头；他们对于病人亲属的眼泪和哀泣，视同行云流水，无所动心。

"他不是绝对没有希望了吗？"

"是的，绝对没有希望。"

"他当不起强烈的痛楚呢！"

"我们能够做的，就是给他打针。"

"打了针还是痛。"

"这就没有办法了。"

"与其听他多延时刻，多吃痛苦，还不如让他早点儿解脱，这是我们对于他的唯一帮助，我们是人，人有同情心，不这样做是我们的罪过！""向来没有这个办法。""哥罗仿（三氯甲烷）之类，你们不是惯用的吗？只要分量适合，给他一嗅，就完事了。"

"我不能依你，因为我是医生。"

"病人自己愿意。"

"不相干。"

"我用病人的亲哥哥的名义给你写笔据,并且签字在上面!"致觉君郁悒久了的心情一不自禁,泪珠与哭声迸裂而出,鹘落地跪在医生面前。"医生,我求你,求你的仁慈,请你依我的话!该是犯罪,是杀人,都由我承当!"

"但是医生的宣誓是绝不弄死一个还有一线生机的生命。"

"不管病人比死还难堪的痛苦吗?"

"虽然痛苦,生机未尽的绝不能绝灭他的生机。"

"这是人情吗!"致觉君转为愤愤了。

"不问人情不人情,当医生就得如此。"医生还是那样冷静。

于是致觉君只得怀着自己害了弟弟似的歉意再去坐在宾若的榻前,直看他的生命一丝一丝地自己断绝。

宾若君受伤的消息才传出的时候,好些人就开始"逐鹿",希望继任校长;他们用了各色各样的方法,有巧捷的,也有拙劣的,这且不说。到他的死信传来,学校里立刻笼罩着一重惨雾,却是千真万确的事实。特地为他唱追念的歌,特地为他刻碑砌入教务室的墙壁,都是凭神灵如在的信念来作的。

开追悼会的一天,致觉君出席致感谢。还没有开口,出于天性的友爱的眼泪先已流满两颊,开口时是凄苦的声音,我忍不住,低下头来哭了。

各有各的伤心,可以达到同样的深度而各异其趣,所以说谁最伤心其实是不合的。但是据传闻的消息,宾若君的母亲太伤心了。她因宾若君死于火车,视火车如残暴的恶魔。可是住家贴近西城,每天城外来往的火车不知经过多少回,就得听不知多少回凄厉的汽笛。她听着,心就震荡了,仿佛还将夺去她

一个少年的笔记

的别的宝贝！有时惘然失神了，有时泫然掉泪了。忧伤痛苦笼罩她的一切，差不多没法继续她的生活。

关于招魂之类的方术经人推荐，就时时一试。这当然是迷信；但是只要想起母性的生死不渝的爱，你就不会有那种心存鄙弃的轻薄想头了。

其中一个术者声誉最高，也说得最动听。她说宾若君已在某某菩萨座旁为童子，光明而快乐；如果生者多多给他念些经卷，升天成佛是十分稳当的。

这是一条新的道路！她开始念经，凭着坚强的信念，以为果得升天成佛，也就差足安慰。直到现在，念经是她的日课——将永远是她的日课了。

然而念经完全替代了忧伤痛苦吗？此殊未必，有一事可以证明。前年江浙战争，他们全家搬来上海，住在致觉君那里。每天下午没到四点半，她就倚着楼廊的栏杆，望致觉君归来。

望到了，这才安心，知道放出去的宝贝重复回到掌中。致觉君偶或因事迟归，虽经先期禀明，她必对灯等候，直到看见儿子的笑容确已呈现于面前，然后去睡。使她致此的根源，不就是永远不能磨灭的忧伤痛苦吗？

有时经过致觉君家，望见宾若夫人寂寞的侧影，或在灌花，或在闲立，心头就不禁暗淡了。抱着终生的悲哀，为恐伤翁姑的老怀，想来时时要自为敛抑吧；而为孩子的前途起见，想也不愿意多给他伤感的印象：于是只有闷闷地暗自咀嚼那悲哀的滋味，这比起哀号长叹，尽情倾吐来，其难堪岂止十倍。

看见济昌，我同样地黯然，虽然他是个苹果红的面颊乌亮亮的眼睛的可爱的孩子。宾若夫人对于济昌，听说是竭尽了所有的心力的，差不多自己生存的意义就是为着孩子。

济昌与善儿成为很好的朋友，我觉得安慰，父亲与父亲突然中断的缘分，让他们好好接下去，直到永远吧！有一次，善儿来说济昌小病新愈，在家寂寞，济昌的母亲的意思要他去陪着济昌玩儿。我听说，催善儿立刻去；能够使人慰悦的事总是我们应该做的，何况需要慰悦的是济昌母子俩！

现在，两个孩子暂时分别了。我愿他们永远是很好的朋友。这不单是济昌的母亲祖父母伯父等以及我的欢喜，也该是永生在我意念中的宾若君的极大安慰。

1926 年 11 月 7 日

邻居

那一天傍晚,我和弟弟在门前玩儿。他向前走,两只手伸到后面来牵住我的两只手,算是拉黄包车。我一摇一摆跟着他。他嘴里叫唤:"黄包车来了,黄包车来了。"

忽然一辆脚踏车从里门口闪进来。我并不特意去看,可是知道骑在车上的准是住在我们西首的那个日本孩子。不过一眨眼的工夫,脚踏车已经到了我们身边。为要让开我们这一辆"黄包车",那日本孩子把车柄向左旋转。不知道怎么样,他旋转得不得法,车身却向右翻转来。他赶忙跳下车来,这就撞到了我们的"小黄包车夫"。

"哇……"弟弟哭了。他的胸脯贴在地上,两只手支撑着,两只脚一上一下地乱动。

我有点儿动怒,用两只手托着弟弟的胳臂,把他扶起来。啊,刺眼的鲜红!他的张开的嘴唇涂着一脬血。

"对不起,对不起。"日本孩子用中国话表示歉意,同时把脚踏车靠在他自己门前的墙上。回转身来,看着鲜红的血,他也慌了，满脸涨红，直到颈根。他想了一想，说："我去拿冷开水，冷开水。"就嗒嗒嗒跑进他家里去。

一会儿冷开水拿来了，还有消毒棉花。他蹲下身子，用棉花蘸了冷开水，在弟弟的嘴唇内外轻轻地擦。弟弟还是"哇……"地哭，豆粒大的泪珠一颗颗滚下来。这时候我好像医生的一个助手，把弟弟的后脑勺托住，使他的面部仰起一点儿，同时安慰他："不要哭了，一点点痛算得什么呢？"

"还好，还好。"日本孩子把弟弟嘴唇上的血擦去之后，放心地说。的确还好，只上唇和下唇的粘膜各有三四分宽的一处破碎，鲜红的血还在渗出来。

妈妈听见声音跑出来了。她问明了原因，又知道弟弟并没受到旁的损伤，就拍着弟弟的身躯说："你再张大了嘴哭，血要出不止哩。不要哭吧，我们进去看图画书去。图画书上有高背心的骆驼，长脖子的鹿，很好玩的。"

弟弟听见图画书，渐渐停止了哭，一只手擦着眼睛，一只手牵着妈妈往家里走。

日本孩子挺直了身子，又诚恳地说："对不起，对不起。"

这时候我的怒气已经消散了。我回答他说："你不必放在心上。你也并不是有意的。"

"当然并不是有意，不过你弟弟吃这个小苦头，总是我累他的。"他说着不纯熟的中国话，态度像一个在先生面前悔过的学生。

第二天傍晚，他到我们家里来看我弟弟。带来四个嫩绿色的饼，算是送给我们的礼物。

弟弟的嘴唇已经结好了,留着两个殷红的瘢,他看嫩绿色的饼很可爱,就取一个在手里。

日本孩子说:"这是日本的东西,皮子和馅儿都是豆做的。味道还清美。你们尝尝看。"

我请他自己也吃一个。味道的确不错,比起我们的月饼来,没有那么甜,也没有那么腻,真够得上"清美"两个字。

从此之后,我和他遇见了常常随便谈话。我才知道他是生在上海的,在一家日本书店里当学徒。他父亲在一家日本的什么铺子里做伙计,到上海来将近二十年了。

他告诉我日本的种种风俗:门首放着斜劈的青竹竿是什么意思,屋顶上矗起鱼形的布袋子是什么意思。他告诉我住在日本的他们的亲友的苦况:做伙计的找不到职业,种田的吃不到自己种出来的东西。

我也把我家的情形告诉他。因而说起"一·二八"那一回打仗把我家什么都毁了,光剩几个人没死。像小鸟做窝一样,今天衔一根柴,明天衔一棵草,我们把家从新建立起来。可是到现在还没有真像一个家,有了箱子没有橱,有了棉的没有夹的。

"我们也一样!"他激动地说,"那时候我家住在宝山路旁边,炮弹把我家什么都毁了。比起你们来,我们这场灾祸尤其没有名目。你们算是为国牺牲,我们算什么呢!"

"你们当然也是为国牺牲啰。"我顺口这样说。

"这是你挖苦我了。他们胡闹,他们喜欢强盗行为,我们为什么要为他们牺牲呢!"他的声音有点儿发抖,他的眼睛里含着愤怒。

我抱歉地说:"请你原谅吧,我不应该这样说的。总之,你们的牺牲和我们的牺牲,都得上在那批喜欢干强盗行为的人的账上。"

"这样说才对了,"他点点头。接着他又恨恨地说:"日本人中间有那批人,是日本人的羞耻!我是一个日本人,在这一点上,我真实地觉得对不起你。"他说着,紧紧握着我的手。

我心里着实有点儿感动,可是我回答他说:"你觉得对不起我也没有什么用处。我们总得锻炼自己的力量,用力量对付那批人,使你再不用觉得对不起我。"

他把我的手握得更紧些,过了一会儿才说:"我们也得锻炼自己的力量,自己的力量!"

我们东首那家人家搬走了。过了三天,就有新搬来的。搬来的东西有矮矮的紫檀几,铺地用的厚席,一望而知是日本人家。随即看见我们的新邻居只有夫妻两个,没有小孩。男的浓眉毛,高颧骨,连鬓短髭须。女的很瘦弱,涂了满脸的粉,一副可怜样子。

后来就难得看见那男的。只是女的出去买东西,提了水桶冲洗门前的一段水门汀地。据西邻的日本孩子告诉我,他打听明白了,那男的是什么会社里的高级职员。

一天夜间,我睡熟了,突然被一种声音惊醒。"砰!砰!砰!"好像木匠在拆板壁,抡起斧头死命地敲。我张开眼睛看,妈妈起来了,衣服没有扣整齐,手里抱着缩作一团的弟弟。爸爸的声音在亭子间里,带着怒气问:"你做什么?你做什么?"

回答是"砰!砰!砰!"还有叽里咕噜的许多话,听不清什

一个少年的笔记

么,可是辨得出那是骂人的调子。

我赶忙穿衣服,下了床,向亭子间跑去。虽然妈妈阻止我说:"不知道是什么蛮横的人,你不用去看。"可是我并没有听从她。

我从亭子间的窗口望下去,看见一个人像理发匠捶背似的在敲我家的后门,"砰!砰!砰!砰!……砰!砰!砰!砰!"路灯的光照着他的脸,浓眉毛,高颧骨,正是我们东首的新邻居。他的脚步有点儿站不稳,敲了一阵,身躯摇了几摇,就向前直撞,不得不伸起两条胳臂来支撑住。

"半夜三更,你来敲人家的门,做什么?"爸爸提高了嗓子问,完全改变了平时的声调。

又是一阵"砰!砰!砰!"大概他的手觉得痛了,换了脚踢。门框震动,波及亭子间的墙,好像就要坍下去似的。他的嘴里沸水壶一般翻滚着日本话,我们听不懂。

这时候里里的人听见声音出来了,男男女女聚了二十几个,中间有几个日本人,西邻那孩子的父亲也在里头。他走过来同浓眉毛搭话。浓眉毛这才摊手摊脚地回答他,一会儿指指我们,一会儿向空中举起他的拳头。

西邻那孩子的父亲听明白之后,他用中国话告诉我们,说那人来敲门,为的是我们家里有一个孩子骂了他家"东洋乌龟",特地来找大人论理的。

这个话真把我气得要死。孩子,我们家里只有两个。弟弟年纪小,独个儿不会出门。那么骂他家的就是我了。我为什么要骂他家呢?讨一点儿嘴上便宜,学那种孱头的行径,我是向来不干的。我就对爸爸说,我绝不说谎,我没有骂过他家。

爸爸托西邻那孩子的父亲告诉那人,凭正直的中国人的名义答复他,我们没有骂过他家。

那人显出不相信的态度,脸红红地说了许多话,接着又回身敲我家的后门。几个日本人商量了一会儿,走近来把他扶住,大概向他说些劝慰的话,同时推推挽挽地送他进他家的后门。

人散了。各家的门咿呀地关上。只听隔墙的楼梯蹬得腾腾地响,打着骂人调子的日本话滔滔不绝。

我们受了这一场诬赖,心里都感觉不痛快,重行睡到床上,一时睡不熟。忽听"啪!啪!"两下,是手掌打着皮肉的声音,随即有呜呜咽咽的女子的哭声。"啪!啪!"又是更重的两下,哭声突然尖锐起来,拖下去转作震荡的调子,可以想见那个满脸白粉的女人正在打滚呢。

我听,听,听,哭声渐渐模糊了。

第二天早上,我到学校去,西邻那孩子正骑着脚踏车出门,看见了我就下车来和我一同走。他告诉我,父亲方才对他讲昨夜的事,原来那人喝醉了酒,先前不知道受的什么气,酒下肚就找人家生事。他又说邻里的几个日本人都派那人不是,没凭没据,怎么能随便诬赖人家,半夜里乱敲人家的门?

我听说那人喝醉了酒,心里倒宽了不少,胡作胡为都不由他的意思,我们又何必怪他?我接着说:"他醉得很可以了,昨夜回到家里,还打他的妻子呢。"

"他气到那样地步,想来真有人骂了他了。你是不干这种没意思的事的,我相信你。可是有些人却在那里干。我在路上经过,耳朵边也常常听到'日本小鬼'的骂声。"

"这不能怪他们,中国人和日本人感情太坏了。"

"我也知道这一点,所以每听到一回骂声,我不恨那骂我的人,却另外有一种说不出的难过。"

谈到这里,我们已经走到里口。他就跨上脚踏车到他的店,我到我的学校。

这一天下午,我从学校回家,看见有一个巡官三个警察坐在客堂里。那麻脸的巡官看见了我,把头歪一歪,问道:"骂人的就是你吗?"

"骂什么人?"我不明白。

巡官努着嘴向东墙示意,说:"隔壁的日本人。"

妈妈替我回答说:"我们没有骂过他家,刚才已经对你说过了。"

"不行啊。你们没有骂过他家,他到领事馆去可说你们骂过他家,领事馆就向我们说话来了。"

我听说,把宽恕那人的心情完全打消了,他硬要咬定我们,真是无赖的行径。我恨恨地说:"他自己喝醉了酒,诬赖人家,半夜三更乱敲人家的门,他应该受扰乱公安的处分!"

"他应该受处分?他要求我们处分你们呢!告诉你,小弟弟,现在是什么日子,你要搞清楚。对日本人应该客客气气,上头有命令,我们要同他们和睦。总不要嘴里不干不净,也不要暗里扔一块小砖头,射一片细竹片。闹出事情来就是交涉,交涉!你这小身体担当得起吗?"

巡官的态度倒并不凶,他像学校里的先生,我是在他面前受训诫的学生。可是那训诫我实在受不了，仿佛有许多尖刺，从后脑勺沿着背脊一直刺下去似的。我避开了那个麻脸，我自顾自解开我的书包。

这当儿，爸爸回来了。巡官把那一套话重说了一遍，又说现在没有别的，无非警告我们的意思，以后可千万要当心。

爸爸的脸色很不好看，斩钉截铁地回答说："以前我们没有骂过他家，以后也绝不会无事无端骂他家，请你放心好了！"

于是他们四个去了。可是我们吃过晚饭以后，又有两个警察被派了来。先在我家客堂里坐坐，据说要在这里看守个通夜，一个前门，一个后门。爸爸说："我们这里并没有事，做什么要看守呢？"

"只怕你们闯事呀！"一个太监脸的警察说。

"我们没有闯过事，做什么要防我们闯事呢？"爸爸的声音又像昨夜对那敲门人说话时候一样了。

另一个警察按一按他那红鼻子，向东墙努着嘴说："你要知道，他们不好缠呢。你们没有闯过事，我们也清楚。有我们在这里看守，你们也省得受冤枉。我们原是来保护你们的。"

"这样说起来，我应该感谢你们呢。——对不起，我家要关门了，请你们到外边去吧。"爸爸带着冷笑送客。

太监脸的警察从前门出去。红鼻子的警察从后门出去。他们都显出一副不高兴的脸色。是爸爸的话使他们难受呢，还是不情愿担任一夜的露天看守？我可不知道了。

我们睡到床上，只听皮鞋底的铁钉一步一步打着水门汀地发响。

下一天早上,派来两个警察调班。到了下午,太监脸和红鼻子又来上班了,他们把我家的客堂作为休息所,坐下来抽一支香烟,讨一杯茶喝,还杂七夹八谈些关于他们私生活的事情。我们问他们:"这看守的差使什么时候才完了呢?"他们扮一个鬼脸,说:"不知道呀。"

再下一天早上,我又遇见西邻那孩子。他告诉我说:"东首那家伙经人家派他不是,脸上下不过去,他就坚持他的醉话,报告了领事馆。真是活见鬼,你看,警察守了两夜了。而且,他去领事馆不止一趟,听说昨天又去了。"

"那么今天或许又有什么新花样发生了。"我预感地说。

我的预感果然应验了。下午放学回家,看见一个什么员带着四个警察坐在那里等我爸爸。妈妈对我说,他们一家一家都去关照过了,因为我家情形特殊,非等爸爸回来当面关照不可。

妈妈又说:"有些人家在怨我们呢。他们不问事情的底细,只说我们闯事,累他们住得不平安。"

我听了感到异样地不舒服,只好对妈妈苦笑。

爸爸回来之后,那什么员像训斥属员一样满不在乎地说:"据说昨天又有人在骂你家隔壁那位邻居了。"

"他说是我吗?我的女人吗?我的孩子吗?"

"倒没有说,总之又有人在骂他就是了。"

"那我可不知道。也用不着叫我知道。"

"我对你说,对待日本人总要有礼貌,客客气气,和和睦睦,才是道理。你是读书人,应该看见了上头的命令。在你们这地方,尤其要当心,因为日本人住得多。一家不安分,闹出事情来,大家都吃亏,不是要的。"

"请教你,你这个话为什么要向我说呢?"

"不只向你说,一家一家都说过了。因为事情是由你们家里起的,所以特地当面对你说。"

"由我们家里起的?"爸爸的脸色发青了。

"吓,他昨天还在说呢,先是你家的孩子骂了他家。"那什么员转过他那肥脸对着我,点点头说,"恐怕就是这个孩子吧。"

我正在想,把那个肥脸重重地打它几下倒是痛快的事情,爸爸忽然顿一顿脚,用力地说:"他还在说,好,我同他决斗去!"

那什么员一把拉住爸爸的衣袖,肥脸上现出慌张的神色,说:"你能不能轻一点儿说?决斗,哪里可以瞎来来的?万一伤了人家一个指头,弄得兴兵动众,你就是十恶不赦的罪魁祸首!"

"不然,我只有让他,"爸爸坚决地说,"你们放心吧,明天我一准搬家!"

那什么员的脸色果然像放了心的样子,可是他拍拍爸爸的背心说:"搬家,那又何必呢?你要是搬了,倒像怕了他似的,见得我们中国人太没用了。"

"明天一准搬家!"爸爸头也不回,好像对他自己说的,"免得做十恶不赦的罪魁祸首,写在历史上遗臭万年!"

妈妈顺着说:"我也赞成明天搬家。这样噜噜苏苏缠不清,叫人麻烦死了!"

睡了一夜,爸爸一清早就跑出去。我不到学校,帮助妈妈

一个少年的笔记

理东西。一会儿爸爸回来了,说租定了朋友人家一间楼面,同时把搬运夫也雇了来。

下午,前门那个太监脸的警察调班来了,看见搬运夫正把末了儿一车的东西拉走,他做一个很难看的笑脸对爸爸说:"到底你们读书人,懂道理,识相。让了他们就是了,何必同他们争什么意气?我们也好松一松肩膀,我想,明天该不用来上班了。"

爸爸没有理睬他。

我走出那所住了将近四年的房子,特地走到西邻的门首去站一会儿。黑漆的两扇门关着。那孩子还没回来呢。我竟不能向他告一声别。

1936年3月10日

两法师

在到功德林去会见弘一法师的路上,怀着似乎从来不曾有过的洁净的心情;也可以说带着渴望,不过与希冀看一出著名的电影剧等的渴望并不一样。

弘一法师就是李叔同先生,我最初知道他在民国初年;那时上海有一种《太平洋报》,其艺术副刊由李先生主编,我对于副刊所载他的书画篆刻都中意。以后数年,听人说李先生已经出了家,在西湖某寺。游西湖时,在西泠印社石壁上见到李先生的"印藏"。去年子恺先生刊印《子恺漫画》,丏尊先生给它作序文,说起李先生的生活,我才知道得详明些;就从这时起,知道李先生现在称弘一了。

于是不免向子恺先生询问关于弘一法师的种种。承他详细见告,十分感兴趣之余,自然来了见一见的愿望,就向子恺先生说了。"好的,待有机缘,我同你去见他。"子恺先生的声调永远是这样朴素而真挚的。以后遇见子恺先生,他常常告诉我弘一法师的近况;记得有一次给我看弘一法师的来信,中间有

"叶居士"云云,我看了很觉惭愧,虽然"居士"不是什么特别的尊称。

前此一星期,饭后去上工,劈面来三辆人力车。最先是个和尚,我并不措意。第二是子恺先生,他惊喜似的向我点头。我也点头,心里就闪电般想起"后面一定是他"。人力车夫跑得很快,第三辆一霎经过时,我见坐着的果然是个和尚,清癯的脸,颔下有稀疏的长髯。我的感情有点激动,"他来了!"这样想着,屡屡回头望那越去越远的车篷的后影。

第二天,就接到子恺先生的信,约我星期日到功德林去会见。

是深深尝了世间味,探了艺术之宫的,却回过来过那种通常以为枯寂的持律念佛的生活,他的态度该是怎样,他的言论该是怎样,实在难以悬揣。因此,在带着渴望的似乎从来不曾有过的洁净的心情里,还掺着些惝悦的成分。

走上功德林的扶梯,被侍者导引进那房间时,近十位先到的恬静地起立相迎。靠窗的左角,正是光线最明亮的地方,站着那位弘一法师,带笑的容颜,细小的眼眸子放出晶莹的光。丏尊先生给我介绍之后,叫我坐在弘一法师的侧边。弘一法师坐下来之后,就悠然数着手里的念珠。我想一颗念珠一声"阿弥陀佛"吧。本来没有什么话要向他谈,见这样更沉入近乎催眠状态的凝思,言语是全不需要了。可怪的是在座一些人,或是他的旧友,或是他的学生,在这难得的会晤时,似乎该有好些抒情的话与他谈,然而不然,大家也只默然不多开口。未必因僧俗殊途，尘净异致，而有所矜持吧。或许他们以为这样默对一二小时，已胜于十年的晤谈了。

晴秋的午前的时光在恬然的静默中经过，觉得有难言的美。

随后又来了几位客，向弘一法师问几时来的，到什么地方去那些话。他的回答总是一句短语；可是殷勤极了，有如倾诉整个心愿。

因为弘一法师是过午不食的，11点钟就开始聚餐。我看他那曾经挥洒书画弹奏钢琴的手郑重地夹起一荚豇豆来，欢喜满足地送入口中去咀嚼的那种神情，真惭愧自己平时的乱吞胡咽。

"这碟子是酱油吧？"

以为他要酱油，某君想把酱油碟子移到他前面。

"不，是这个日本的居士要。"

果然，这位日本人道谢了，弘一法师于无形中体会到他的愿欲。

石岑先生爱谈人生问题，著有《人生哲学》，席间他请弘一法师谈些关于人生的意见。

"惭愧，"弘一法师虔敬地回答，"没有研究，不能说什么。"

以学佛的人对于人生问题没有研究，依通常的见解，至少是一句笑话。那么，他有研究而不肯说吗？只看他那殷勤真挚的神情，见得这样想时就是罪过。他的确没有研究。研究云者，自己站在这东西的外面，而去爬剔、分析、检查这东西的意思。像弘一法师，他一心持律，一心念佛，再没有站到外面去的余裕。哪里能有研究呢？

我想，问他像他这样的生活，觉得达到了怎样一种境界，或者比较落实一点儿。然而健康的人不自觉健康，哀乐的当时也不能描状哀乐；境界又岂是说得出的？我就把这意思遣开；从侧面看弘一法师的长髯以及眼边细密的皱纹，出神久之。

饭后，他说约定了去见印光法师，谁愿意去可同去。印光法师这个名字知道得很久了，并且见过他的文抄，是现代净土宗的大师，自然也想见一见。同去者计七八人。

决定不坐人力车，弘一法师拔脚就走，我开始惊异他步履的轻捷。他的脚是赤着的，穿一双布缕缠成的行脚鞋。这是独特健康的象征啊，同行的一群人哪里有第二双这样的脚。

惭愧，我这年轻人常常落在他背后。我在他背后这样想：

他的行止笑语，真所谓纯任自然，使人永不能忘。然而在这背后却是极严谨的戒律。丏尊先生告诉我，他曾经叹息中国的律宗有待振起，可见他是持律极严的。他念佛，他过午不食，都为的持律。但持律而到达非由"外铄"的程度，人就只觉得他一切纯任自然了。

似乎他的心非常之安，躁忿全消，到处自得；似乎他以为这世间十分平和，十分安静，自己处身其间，甚而至于会把它淡忘。这因为他把所谓万象万事划开了一部分，而生活在留着的一部分内之故。这也是一种生活法，宗教家大概采用这种生活法。

他与我们差不多处在不同的两个世界。就如我，没有他的宗教的感情与信念，要过他那样的生活是不可能的。然而我自以为有点儿了解他,而且真诚地敬服他那种纯任自然的风度。哪一种生活法好呢?这是愚笨的无意义的问题。只有自己的生活法好,别的都不行,夸妄的人却常常这么想。友人某君曾说他不曾遇见一个人他愿意把自己的生活与这个人对调的,这是踌躇满志的话。人本来应当如此,否则浮漂浪荡,岂不像没舵之舟?然而某君又说尤其要紧的是同时得承认别人也未必愿意与我对调。这就与夸妄的人不同了;有这么一承认,非但不菲薄别人,并且致相当的尊敬。彼此因观感而潜移默化的事是有的。虽说各有其生活法,究竟不是不可破的坚壁;所谓圣贤者转移了什么什么人就是这么一回事。但是板着面孔专事菲薄别人的人绝不能转移了谁。

到新闸太平寺,有人家借这里办丧事,乐工以为吊客来了,预备吹打起来。及见我们中间有一个和尚,而且问起的也是和尚,才知道误会,说道,"他们都是佛教里的"。

寺役去通报时,弘一法师从包袱里取出一件大袖僧衣来(他平时穿的,袖子与我们的长衫袖子一样),恭而敬之地穿上身,眉宇间异样地静穆。我是欢喜四处看望的,见寺役走进去的沿街的那个房间里,有个躯体硕大的和尚刚洗了脸,背部略微佝着,我想这一定就是了。果然,弘一法师头一个跨进去时,就对这位和尚屈膝拜伏,动作严谨且安详。我心里肃然。有些人以为弘一法师该是和尚里的浪漫派,看见这样可知完全不对。

印光法师的皮肤呈褐色,肌理颇粗,一望而知是北方人;

头顶几乎全秃，发光亮；脑额很阔；浓眉底下一双眼睛这时虽不戴眼镜，却用戴了眼镜从眼镜上方射出眼光来的样子看人，嘴唇略微皱瘪，大概六十左右了。弘一法师与印光法师并肩而坐，正是绝好的对比，一个是水样的秀美、飘逸，一个是山样的浑朴、凝重。

弘一法师合掌恳请了："几位居士都欢喜佛法，有曾经看了禅宗的语录的，今来见法师，请有所开示，慈悲，慈悲。"

对于这"慈悲，慈悲"，感到深长的趣味。

"嗯，看了语录。看了什么语录？"印光法师的声音带有神秘味。我想这话里或者就藏着机锋吧。没有人答应。弘一法师就指石岑先生，说这位先生看了语录的。

石岑先生因说也不专看哪几种语录，只曾从某先生研究过法相宗的义理。

这就开了印光法师的话源。他说学佛须要得实益，徒然嘴里说说，作几篇文字，没有道理；他说人眼前最紧要的事情是了生死，生死不了，非常危险；他说某先生只说自己才对，别人念佛就是迷信，真不应该。他说来声色有点儿严厉，间以呵喝。我想这触动他旧有的愤愤了。虽然不很清楚佛家的"我执""法执"的含蕴是怎样，恐怕这样就有点儿近似。这使我未能满意。

弘一法师再作第二次恳请，希望于儒说佛法会通之点给我们开示。

印光法师说二者本一致，无非教人父慈子孝兄友弟恭等等。

不过儒家说这是人的天职,人若不守天职就没有办法。佛家用因果来说,那就深奥得多。行善就有福,行恶就吃苦。人谁愿意吃苦呢?——他的话语很多,有零星的插话,有应验的故事,从其间可以窥见他的信仰与欢喜。他显然以传道者自任,故遇有机缘不惮尽力宣传;宣传家必有所执持又有所排抵,他自也不免。弘一法师可不同,他似乎春原上一株小树,毫不愧怍地欣欣向荣,却没有凌驾旁的卉木而上之的气概。

在佛徒中,这位老人的地位崇高极了,从他的文抄里,见有许多的信徒恳求他的指示,仿佛他就是往生净土的导引者。这想来由于他有很深的造诣,不过我们不清楚。但或者还有别一个原因。一般信徒觉得那个"佛"太渺远了,虽然一心皈依,总不免感到空虚;而印光法师却是眼睛看得见的,认他就是现世的"佛",虔敬崇奉,亲接謦欬,这才觉得着实,满足了信仰的欲望。故可以说,印光法师乃是一般信徒用意想来装塑成功的偶像。

弘一法师第三次"慈悲,慈悲"地恳求时,是说这里有讲经义的书,可让居士们"请"几部回去。这个"请"字又有特别的味道。

房间的右角里,装钉作似的,线装、平装的书堆着不少;不禁想起外间纷纷飞散的那些宣传品。由另一位和尚分派,我分到黄智海演述的《阿弥陀经白话解释》,大圆居士说的《般若波罗蜜多心经口义》,李荣祥编的《印光法师嘉言录》三种。中间《阿弥陀经白话解释》最好,详明之至。

于是弘一法师又屈膝拜伏,辞别。印光法师点着头,从不大敏捷的动作上显露他的老态。待我们都辞别了走出房间,弘一法师伸两手,郑重而轻捷地把两扇门拉上了。随即脱下那件大袖的僧衣,就人家停放在寺门内的包车上,方正平帖地把它摺好包起来。

弘一法师就要回到江湾子恺先生的家里,石岑先生予同先生和我就向他告别。这位带有通常所谓仙气的和尚,将使我永远怀念了。

我们三个在电车站等车,滑稽地使用着"读后感"三个字,互诉对于这两位法师的感念。就是这一点,已足证我们不能为宗教家了,我想。

1927年10月8日作

一个少年的笔记

诗的材料

今天清早进公园,闻到一阵清香,就往荷花池边跑。荷花已经开了不少了。荷叶挨挨挤挤的,像一个个大圆盘,碧绿的面,淡绿的底。白荷花在这些大圆盘之间冒出来。有的才展开两三片花瓣儿。有的花瓣儿全都展开了,露出嫩黄色的小莲蓬。有的还是花骨朵儿,看起来饱胀得马上要破裂似的。

这么多的白荷花,有姿势完全相同的吗?没有,一朵有一朵的姿势。看看这一朵,很美,看看那一朵,也很美,都可以画写生画。我家隔壁张家挂着四条齐白石老先生的画,全是荷花,墨笔画的。我数过,四条总共画了十五朵,朵朵不一样,朵朵都好看,如果把眼前这一池的荷叶荷花看作一大幅活的画,那画家的本领比齐白石老先生更大了。那画家是谁呢……

我忽然觉得自己仿佛就是一朵荷花。一身雪白的衣裳,透着清香。阳光照着我,我解开衣裳,敞着胸膛,舒坦极了。一阵风吹来,我就迎风舞蹈,雪白的衣裳随风飘动。不光是我一朵，一池的荷花都在舞蹈呢，这不就像电影《天鹅湖》里许多天鹅齐舞蹈的场面吗？风过了，我停止舞蹈，静静地站在那儿。蜻蜓飞过来，告诉我清早飞行的快乐。小鱼在下边游过，告诉我昨夜做的好梦……

周行、李平他们在池对岸喊我，我才记起我是我，我不是荷花。

忽然觉得自己仿佛是另外一种东西，这种情形以前也有过。有一天早上，在学校里看牵牛花，朵朵都有饭碗大，那紫色鲜明极了，镶上一道白边儿，更显得好看。我看得出了神，觉得自己仿佛就是一朵牵牛花，朝着可爱的阳光，仰起圆圆的笑脸。还有一回，在公园里看金鱼，看得出了神，觉得自己仿佛就是一条金鱼。胸鳍像小扇子，轻轻地扇着，大尾巴比绸子还要柔软，慢慢地摆动。水里没有一点儿声音，静极了，静极了……

我觉得这种情形是诗的材料，可以拿来作诗。作诗，我要试试看——当然还要好好地想。

三棵老银杏

舅妈带表哥进城，要在我家住三天。今天早晨，我跟表哥聊天，谈起我想作诗，谈起我认为可以作诗的材料。我说："要是问我什么叫诗，我一点儿也说不上来。可是我要试作诗。作成以后，看它像诗不像诗。"

表哥高兴地说："你也这么想，真是不约而同。这几天我也在想呢。诗不一定要诗人作，咱们学生也不妨试作。不懂得什么叫诗，没关系，作几回就懂得了。我已经动手作了，还没完成,只作了四行。要不要念给你听听?"

我说:"我要听,你念吧。"

表哥就念了:

村子里三棵老银杏,
年纪比我爷爷的爷爷还大。
我没见过爷爷的爷爷,
只看见老银杏年年发新芽。

我问:"你说的是娘娘庙里的那三棵?"

表哥说:"除了那三棵,还有哪三棵?"

我问:"年纪比外公的爷爷还大,多大岁数呢?"

表哥说:"我也说不清楚。只听我爷爷说,他爷爷小时候,那三棵银杏已经是大树了,他爷爷还常常跟小朋友拿叶子当小扇子玩呢。"

我问:"那三棵老银杏怎么样?你的诗预备怎么样作下去呢?"

表哥说:"还没想停当呢,不妨给你说一说大意。我的诗不光是说那三棵老银杏。"

我问:"还要说些什么呢?"

表哥说:"我们村子里种了千把棵小树,你是看见了的,村子四周围,家家的门前和院子里,差不多全种通了。那些小树长得真快,去年清明节前后种的,到现在才十几个月,都高过房檐七八尺了。再过三四年,我们那村子会成什么景象,想也

一个少年的笔记

想得出。除了深秋和冬天,整个村子就是个密密丛丛的树林子,房子全藏在里头。晴朗的日子,村子里随时随地都有树荫,就是射下来的阳光,也像带点儿绿色似的,叫人感觉舒畅。"

我想着些什么,正要开口,表哥拍拍我的肩膀,抢着说:"不光是我们那村子,别的村子也像我们村子一样,去年都种了许多树呢。你想想看,三四年以后,人在道上走,只见近处远处,这边那边,一个个全是密密丛丛的树林子,怎么认得清哪个是哪村?"

我说:"尽管一个个村子都成树林子,我一望就能认出你们集庆村,保证错不了。你们村子有特别的标记,老高的三棵银杏树。"

表哥又重重地拍一下我的肩膀,笑着说:"你说的正是我的意思!所以我的诗一开头就说三棵老银杏。"

爬山虎的脚

学校操场北边墙上满是爬山虎。我家也有爬山虎,从小院的西墙爬上去,在房顶上占了一大片地方。

爬山虎刚长出来的叶子是嫩红色。不几天叶子长大,就变成嫩绿色。爬山虎在十月以前老是长茎长叶子。新叶子很小,嫩红色,不几天就变绿,不大引人注意。引人注意的是长大了的叶子,那些叶子绿得那么新鲜,看着非常舒服。那些叶子铺在墙上那么均匀,没有重叠起来的,也不留一点儿空隙。叶子一顺儿朝下,齐齐整整的,一阵风拂过,一墙的叶子就漾起波纹,好看得很。

以前我只知道这种植物叫爬山虎，可不知道它怎么能爬。今年我注意了，原来爬山虎有脚的。植物学上大概有另外的名字。动物才有脚，植物怎么会长脚呢？可是用处跟脚一样，管它叫脚想也无妨。

爬山虎的脚长在茎上。茎上长叶柄儿的地方，反面伸出枝状的六七根细丝，每根细丝像蜗牛的触角。细丝跟新叶子一样，也是嫩红色。这就是爬山虎的脚。

爬山虎的脚触着墙的时候，六七根细丝的头上就变成小圆片儿，巴住墙。细丝原先是直的，现在弯曲了，把爬山虎的嫩茎拉一把，使它紧贴在墙上。爬山虎就是这样一脚一脚地往上爬。如果你仔细看那些细小的脚，你会想起图画上蛟龙的爪子。

爬山虎的脚要是没触着墙，不几天就萎了，后来连痕迹也没有了。触着墙的，细丝和小圆片儿逐渐变成灰色。不要瞧不起那些灰色的脚，那些脚巴在墙上相当牢固，要是你的手指不费一点劲儿，休想拉下爬山虎的一根茎。

（前二篇原载《旅行家》1956年第11期，后一篇原载1956年11月1日《中国少年报》）

书桌

十多年前寄居乡下的时候,曾经托一个老木匠做一张书桌。我并不认识这个老木匠,向当地人打听,大家一致推荐他,我就找他。

对于木材,我没有成见,式样也随便,我只要有一张可以靠着写写字的桌子罢了。他代我作主张,用梧桐,因为他那里有一段梧桐,已经藏了好几年,干了。他又代我规定桌子的式样。两旁边的抽屉要多少高,要不然装不下比较累赘的东西。右边只需做一只抽屉,抽屉下面该是一个柜子,安置些重要的东西,既见得稳当,取携又方便。左右两边里侧的板距离要宽些,要不然,两个膝盖时时触着两边的板,就感觉局促,不舒服。我样样依从了他,当时言明工料价六块钱。

过了一个星期,过了半个月,过了二十多天,不见他把新书桌送来。我再不能等待了,特地跑去问他。他指着靠在阴暗的屋角里的一排木板,说这些就是我那新书桌的材料。我不免疑怪,二十多天工夫,只把一段木头解了开来!

一个少年的笔记

他看出我的疑怪,就用教师般的神情给我开导。说整段木头虽然干了,解了开来,里面还未免有点儿潮。如果马上拿来做家伙,不久就会出毛病,或是裂一道缝,或是接榫处松了。人家说起来,这是某某做的"生活",这么脆弱不禁用。他向来不做这种"生活",也向来没有受过这种指摘。现在这些木板,要等它干透了,才好动手做书桌。

他恐怕我不相信,又举出当地的一些人家来,某家新造花厅,添置桌椅,某家小姐出阁准备嫁妆,木料解了开来,都搁在那里等待半年八个月再上手呢。"先生,你要是有工夫,不妨到他们家里去看看,我做的家伙是不容它出毛病的。"他说到"我做的家伙",黄浊的眼睛放射出夸耀的光芒,宛如文人朗诵他的得意作品时候的模样。

我知道催他快做是无效的,好在我并不着急,也就没说什么催促的话。又过了一个月,我走过他门前,顺便进去看看。一张新书桌站在墙边了,近乎乳白色的板面显出几条年轮的痕迹。老木匠正弯着腰,几个手指头抵着一张"沙皮",在磨擦那安抽屉的长方孔的边缘。

我说再过一个星期,大概可以交货了吧。他望望屋外的天,又看看屋内高低不平的泥地,摇头说:"不行。这样干燥的天气,怎么能上漆呢?要待转了东南风,天气潮湿了,上漆才容易干,才可以透入木头的骨子里去,不会脱落。"

此后下了五六天的雨。乡下的屋子,室内铺着方砖,每一块都渗出水来,像劳工背上淌着汗。无论什么东西,手触上去总觉得黏黏的。穿在身上的衣服也散发出霉蒸气。我想,我的新书桌该在上漆了吧。

又过了十多天,老木匠带同他的徒弟把新书桌抬来了。栗壳色,油油地发着光亮,一些陈旧的家具有它一比更见得黯淡失色了。老木匠问明了我,就跟徒弟把书桌安放在我指定的地位,只恐徒弟不当心,让桌子跟什么东西碰撞,因而擦掉一点儿漆或是划上一道纹路,他连声发出"小心呀""小心呀"的警告。直到安放停当了,他才松爽地透透气,站远一点儿,用一只手摸着长着灰色短须的下巴,悠然地鉴赏他的新作品。我交给他六块钱,他随便看了一眼就握在手心里,眼光重又回到他的新作品。最后说:"先生,你用用看,用了些时,你自然会相信我做的家伙是可以传子孙的。"他说到"我做的家伙",夸耀的光芒又从他那黄浊的眼睛放射出来了。

以后十年间,这张书桌一直跟着我迁徙。搬运夫粗疏的动作使书桌添上不少纹路。但是身子依旧很结实,接榫处没有一点儿动摇。直到"一·二八"战役,才给毁坏了。大概是日本军人刺刀的功绩。以为锁着的柜子里藏着什么不利于他们的东西,前面一刀,右侧一刀,把两块板都划破了。左边只有三只抽屉,都没有锁,原可以抽出来看看的,大概因为军情紧急吧,没有一只一只抽出来看的余裕,就把左侧的板也划破了,而且拆了下来,丢在一旁。

事后我去收拾残余的东西。看看这张相守十年的书桌,虽然像被残害的尸体一样,肚肠心肺都露出来了。可是还舍不得就此丢掉。于是请一个木匠来,托他修理。木匠说不用抬回去,下一天带了材料和家伙来修理就是了。

第二天下午，我放工回家，木匠已经来过，书桌已经修理好了。真是看了不由得生气的修理！三块木板刨也没刨平。边缘并不嵌入木框的槽里，只用几个一寸钉把木板钉在木框的外面。涂的是窑煤似的黑漆，深一搭，淡一搭，仿佛还没有刷完工的黑墙头。工料价已经领去，大洋一块半。

我开始厌恶这张书桌了。想起制造这张书桌的老木匠，他那种一丝不苟的态度，简直使缺少耐性的人受不住，然而他做成的家伙却是无可批评的。同样是木匠，现在这一个跟老木匠比起来，相差太远了。我托他修理，他就仅仅按照题目做文章，还我一个修理。木板破了，他给我钉上不破的。原来涂漆的，他也给我涂上些漆。这不是修理了吗？然而这张书桌不成一件家伙了。

同样的事在上海时时会碰到。从北京路那些木器店里买家具，往往在送到家里的时候就擦去了几处漆，划上了几条纹路。送货人有他的哲学。你买一张桌子，四把椅子，总之送给你一张桌子，四把椅子，绝不短少一件。擦去一点儿漆，划上几条纹路，算得什么呢！这种家具使用不久，又往往榫头脱出了，抽屉关不上了，叫你看着不舒服。你如果去向店家说话，店家又有他的哲学给你作答。这些家具在出门的时候都是好好的，总之我们没有把破烂的东西卖给你。至于出门以后的事，谁管得了！这可以叫作"出门不认货"主义。

又譬如冬季到了，你请一个洋铁匠来给你装火炉。火炉不能没有通气管子，通气管子不能没有支持的东西，他就横一根竖一根地引出铅丝去，钉在他认为着力的地方。嗒，嗒，嗒，一个钉子钉在窗框下。嗒，嗒，嗒，一个钉子钉在天花板上。嗒，嗒，嗒，一个钉子钉在墙壁上。可巧碰着了砖头，钉不进去，就换个地方再钉。然而一片粉刷已经掉了下来，墙壁上有了伤疤了。也许钉了几回都不成功，他就凿去砖头，嵌进去一块木头。这一回当然钉牢了，然而墙壁上的伤疤更难看了。等到他完工，你抬起头来看，横七竖八的铅丝好似被摧残的蜘蛛网，曲曲弯弯伸出去的洋铁管好似一条呆笨的大蛇，墙壁上散布着伤疤好像谁在屋子里乱放过一阵手枪。即使火炉的温暖能给你十二分舒适，看着这些，那舒适不免要打折扣了。但是你不能怪洋铁匠，他所做的并没有违反他的哲学。你不是托他装火炉吗？他依你的话把火炉装好了。还有什么好说呢？

倘若说乡下那个老木匠有道德，所以对于工作不肯马虎，上海的工匠没有道德，所以只图拆烂污，出门不认货，不肯为使用器物的人着想，这未免是拘墟之见。我想那个老木匠，当他幼年当徒弟的时候，大概已经从师父那里受到熏陶，养成了那种一丝不苟的态度了吧。而师父的师父也是这么一丝不苟的，从他的徒孙可以看到他的一点儿影像。他们所以这样，为的是当地只有这么些人家做他们永远的主顾，这些人家都是相信每一件家伙预备传子孙的，自然不能够潦潦草草对付过去。乡下地方又很少受时间的催迫。女儿还没订婚，嫁妆里的木器却已经在置办了。订做了一件家具，今天拿来使用跟下一个月拿来使用，似乎没有什么分别，甚至延到明年拿来使用也不见得怎样不方便。这又使他们尽可以耐着性儿等待木料的干燥和天气的潮湿。更因主顾有限，手头的工作从来不会拥挤到忙不过来，他们这样从从容容，细磨细琢，一半自然是做"生活"，一半也就是消闲寄兴的玩意儿。在这样情形之下做成的东西，固然无非靠此换饭吃，但是同时是自己精心结撰的制作，不能不对它发生珍惜爱护的心情。总而言之，是乡下的一切生活方式形成了老木匠的那种态度。

都市地方可不同了。都市地方的人口是流动的，同一手艺的作场到处都有，虽不能说没有老主顾，像乡下那样世世代代请教某一家作场的老主顾却是很少的。一个工匠制造了一件家具，这件家具将归什么人使用，他无从知道。一个主顾跑来，买了一两件东西回去，或是招呼到他家里去为他做些工作，这个主顾会不会再来第二回，在工匠也无从预料。既然这样，工作潦草一点儿又何妨？而且，都市地方多的是不嫌工作潦草的人。每一件东西预备传子孙的观念，都市中人早已没有了（他们懂得一个顶扼要的办法，就是把钱传给子孙，传了钱等于什么都传下去了）。代替这个观念的是想要什么立刻有什么。住亭子间的人家新搬家，看看缺少一张半桌，跑出去一趟，一张半桌载在黄包车上带回来了，觉得很满意。住前楼的文人晚上写稿子，感到冬天的寒气有点儿受不住，立刻请个洋铁匠来，给装上个火炉。生起火炉来写稿子，似乎文思旺盛得多。富翁见人家都添置了摩登家具，看看自己家里，还一件也没有，相形之下不免寒碜，一个电话打出去，一套摩登家具送来了。陈设停当之后，非常高兴，马上打电话招一些朋友来叙叙。年轻的小姐被邀请去当女傧相了，非有一身"剪刀口里"的新装不可，跑到服装公司里，一阵的挑选和叮嘱，质料要时髦，缝制要迅速，临到当女傧相的时刻，心里又骄傲又欢喜，仿佛满堂宾客的眼光一致放弃了新娘而集中在她一个人身上似的。当然，"想要什么"而不能"立刻有什么"的人居大多数，为的是钱不凑手。现在单说那些想要什么立刻有什么的，他们的满足似乎只在"立刻有什么"上，要来的东西是否坚固结实，能够用得比较长久，他们是不问的。总之，他们都是不嫌工作潦草的人。主顾的心理如此，工匠又何苦一定要一丝不苟？都市地方有一些大厂家，设着验工的部分，检查所有的出品，把不合格的剔出来，不让它跟标准出品混在一起，因而他们的出品为要求形质并重的人所喜爱。但是这种办法是厂主为要维持他那"牌子"的信用而想出来的，在工人却是一种麻烦，如果手制的货品被认为不合格，就有罚工钱甚至停工的灾难。现在工厂里的工人再也不会把手制的货品看作艺术品了。他们只知道货品是玩弄他们生命的怪物，必须服侍了它才有饭吃，可是无论如何吃不饱。——工人的这种态度和观念，也是都市地方的一切生活方式形成的。

近年来乡下地方正在急剧地转变，那个老木匠的徒弟大概要跟他的师父以及师父的师父分道扬镳了。

1937 年 8 月 1 日发表

我们的骄傲

我们四个四十五以上的人一路走着,谈着幼年同学时候的情形:某先生上理科,开头讲油菜,那十字形的小黄花的观察引起了大家对自然界的惊奇;某先生教体操,说明开步走必须用力在脚尖上,大家听了他的话,连平时走路也是一步一踢的了;为了让厨夫受窘,大家相约多吃一碗饭,结果饭桶空了,添饭的人围着饭桶大声叫唤,个个露出胜利的笑容;为了偷看《红楼梦》一类的小说,大家把学校发给的蜡烛省下来,到摇了熄灯铃,就点起蜡烛来,几个人头凑头地围在一起看,偶尔听到老鼠的响动,以为黄先生查寝室来了,急忙吹灭了蜡烛,伏在暗中连气也不敢透……

重庆市上横冲直撞的人力车以及突然窜过的汽车,对于我们只像淡淡的影子。后来我们拐了弯,走着下坡路,那难走的坡子也好像没有什么了。我们的心都沉没在回忆里,我们回到三十多年以前去了。

邹君拍着戈君的肩膀说:"还记得吗?那一回开恳亲会,

你当众作文。来宾出了个题目,你匆忙之中看错了,写的文章牛头不对马嘴。散会之后,先生和同学都责备你,你直哭了半夜。"

戈君的两颊已经生满浓黑的短须,额上也有了好几条皱纹,这时候他脸上显出童稚的羞惭神情,回答邹君说:"你也哭了的,你当级长,带领我们往操场上运动,你要踢球,我们要赛跑。你因为大家不听你的号令,就哭到黄先生那儿去了。"

"黄先生并不顶严厉,可是大家怕他;怕他又不像老鼠见了猫似的,是真心地信服他。"孙君这么自言自语,似乎有意把话题引到别的方面去。

我就接着说:"他的一句话不只是一句话,还带着一股深入人心的力量,所以能叫人信服。我小时候常常陪父亲喝酒,有半斤的酒量,自从听了黄先生的修身课,说喝酒有种种害处,就立志不喝,一直继续了三年。在那三年里,真是一点一滴也没有沾唇。"

"教室里的讲话能在学生生活上发生影响,那是顶了不起的事。"当了十多年中学校长的孙君感叹地说。

我们这样谈着走着,不觉已到了黄先生借住的那所学校。由校工引导,走上坡子,绕过了两棵黄桷树,校工指着靠左的一间屋子,含糊地说了一句什么,就转身走了。我们敲那屋子的门。

门开了,"啊,你们四位,准时刻来了,"那声音沉着有力,跟我们小时候听惯的一模一样,"咱们多年不见。你们四位,往常也难得见面吧?今天在这儿聚会,真是料想不到的事。"

我在上海跟黄先生遇见，还在十二三年以前，那十二三年的时间加在黄先生身上的痕迹，仅仅是一头白发，一脸纤细的皱纹。他的眼光依然那么敏锐有神，他的躯干依然那么挺拔，岂但跟十二三年前没有两样，简直可以说三十多年来没有丝毫改变。我这么想着，就问他一路跋涉该受了很多辛苦吧。

黄先生让我们坐了，就叙述这回辗转入川的经历。他说在广州遇到了八次空袭，有一次最危险了，落弹的地点就在两丈以外，他在浑忘生死的心境中体验到彻底的宁定。他说桂林的山好像盆景，一座一座地拔地而起，形状尽有奇怪的，可惜没有千岩万壑茫茫苍苍的气概，就只能引人赏玩，不足以怡人神情了。他说在海棠溪小茶馆里躲避空袭，一班工人不知道利害，还在呼幺喝六地赌钱，他就给他们讲，叫他们非守秩序不可。

他说得很多，滔滔汩汩，有条理又有情趣，也跟三十多年前授课时候一个样儿。

等他的叙述告个段落，邹君就问他从家乡沦陷直到离开家乡的经过。

"我不能不离开了，"他的声音有些激昂，"我是将近六十的人了，不能像他们一样，糊糊涂涂，没有一点儿操守。我宁肯挤在公路车里跑长途，几乎把肠子都震断；我宁肯伏在树林里避空袭，差不多把性命跟日本飞机打赌；我宁肯两手空空，跑到这儿来，做一个无业难民；我再不愿留在家乡了。"

听到这儿，我才注意那个房间。以前大概是阅报室或者学生自治会的会议室吧，一张长方桌子七八个凳子以外，就只有黄先生的一张床铺，床底下横放着一只破了两个角的柳条提箱；要是没有窗外繁密的竹枝，那个房间真太萧条了。

黄先生略微停顿了一下，就从家乡沦陷的时候说起。他说那时候他在乡间，办理收容难民的事，一百多家人家，男女老少一共四百多人，总算完全安顿停当了，他才回到城里。于是这个也来找他了，那个也来找他了，要他出来参加维持会。话都说得挺好听，家乡糜烂，不能不设法挽救啊，不入地狱，谁入地狱啊，无非那一套。他的回答非常干脆，他说："人各有志，不能相强。你们要这么做，我没有那种感化力量叫你们不这么做，可是我绝不跟着你们这么做。"接着他愤慨地说："这些人都是你们熟悉的，都是诗礼之家的人物，在临到考验的时候，他们的骨头却软了，酥了。我现在想，越是诗礼之家的人物，仿佛应着重庆人的一句话，越是'要不得'！"

一霎间我好像看见了家乡那些熟悉的人的状貌，卑躬屈节，头都抬不起来，尴尬的笑脸对着敌人的枪刺。"在他们从小到大的教养之中，从来没有机会知道什么叫作民族吧。"我这么想着，觉得黄先生对于诗礼之家的人物的感慨是切当的。

黄先生又说拒绝了那些人的邀请以后，他们好像并不觉得没趣，还是时常跟他纠缠不清。县政府成立了，要请他当学务委员，薪水多少；省政府成立了，要请他当教育厅科长，薪水多少；原因是他以前当过省督学多年，全省六十多县的教育界人物，没有谁比他更熟悉的了。他为避免麻烦起见，就在上海一个教会女学校里担任两班国文；人家有职务在这儿，你们总不好意思再来拖三拉四的了。于是他到上海

一个少年的笔记

去，咬紧了牙对城门口的日本兵鞠躬，侧转了头让车站上的日本兵检验良民证。说到这儿，他掏出一个旧皮夹子，从里边取出一张纸来授给我们看，他说："你们一定想看看这东西。这东西上贴得有照片，我算是米店的掌柜，到上海办米去的。你们看，还像吗？"

我们四个传观之后，良民证回到黄先生手里，黄先生又授给孙君说："送给你吧。你拿到学校里去，也可以叫你的学生知道，现在正有不知多少同胞在忍辱受屈，让敌人在身上打着耻辱的戳记！"

孙君接了，珍重地放进衣袋里。黄先生又说他到了上海以后，半年中间，教书很愉快，那些女学生不但用心听课，还知道现在是个非常严重的时代，一个人必须在书本子以外懂些什么，做些什么。但是，在两个月之前，纠缠又来了，上海的什么政府送来了一份聘书，请他当教育方面的委员，没有特定的事务，只要在开会的时候出几回席，尽不妨兼任，月薪两百元。事前不经过商谈，突然送来了聘书，显而易见地，那意思是你识抬举便罢，要是说半个不字，哼，那可不行！

"我不能不走了。我回想光绪末年的时候，一壁办学校，一壁捧着教育学心理学的书本子死啃，穷，辛苦，都不当一回事，原来认定教育是一种神圣的事业，它的前程展开着一个美善的境界。后来我总是不肯脱离教育界，缘故也就在此。我怎么能借了教育的名义，去叫人家当顺民当奴隶呢！我筹措了两百块钱，也不通知家里人，就跨上了开往香港的轮船。"

"我们有黄先生这样一位老师，是我们的骄傲！"戈君激动地说着,讷讷然的,说得不很清楚。

  我心里想,戈君的话正是我要说的。再看黄先生,他那敏锐的眼光普遍注射到我们四个,脸上现出一种感慰的神情。他大概在想我们四个都知道自好,能够做点儿正当事情,还不愧为他的学生吧。

1940年3月5日作

第二辑

坐羊皮筏到雁滩

秦岭的下半截让厚厚的白云封住。那白云的顶部那么齐平,好像用一支划线尺划过似的。韩昌黎的诗有"云横秦岭"的话,我们亲眼看见了,而且体会到那个"横"字下得实在贴切。露出在云上的峰峦或作淡青色,或作深青色,或只是那么浑然的一抹,或显出凹凸的纹理,看峰峦的远近高低而定。有些云上的峰峦又让白云截断,还有些简直没了顶。

记游洞庭西山

四月二十三日,我从上海回苏州,王剑三兄要到苏州玩儿,和我同走。苏州实在很少可以玩儿的地方,有些地方他前一回到苏州已经去过了,我只陪他看了可园、沧浪亭、文庙、植园以及顾家的怡园,又在吴苑吃了茶,因为他要尝尝苏州的趣味。二十五日,我们就离开苏州,往太湖中的洞庭西山。

洞庭西山周围一百二十里,山峰重叠。我们的目的地是南面沿湖的石公山。最近看到报上的广告,石公山开了旅馆,我们才决定到那里去。如果没有旅馆,又没有住在山上的熟人,那就食宿都成问题,洞庭西山是去不成的。

上午八点,我们出胥门,到苏福路长途汽车站候车,苏福路从苏州到光福,是商办的,现在还没有全线通车,只能到木渎。八点三刻,汽车到站,开行半点钟就到了木渎,票价两毛。经过了市街,开往洞庭东山的裕商小汽轮正将开行,我们买西山镇夏乡的票,每张五毛。轮行半点钟出胥口,进太湖。以前在无锡鼋头渚,在邓尉还元阁,只是望望太湖罢了,现在可亲身在太湖的波面，左右看望，浑黄的湖波似乎尽量在那里涨起来，远处水接着天，间或界着一线的远岸或是断断续续的远树。晴光照着远近的岛屿，淡蓝、深翠、嫩绿，色彩不一，眼界中就不觉得单调、寂寞。

十二点一刻到达西山镇夏乡，我们跟着一批西山人登岸。这里有码头，不像先前经过的站头，登岸得用船摆渡。码头上有人力车，我们不认识去石公山的路，就坐上人力车，每辆六毛。和车夫闲谈，才知道西山只有十辆人力车，一般人往来难得坐的。车在山径中前进，两旁尽是桑树、茶树和果木，满眼的苍翠，不常遇见行人，真像到了世外。果木是柿、橘、梅、杨梅、枇杷。梅花开的时候，这里该比邓尉还要出色。杨梅干枝高大，屈伸有姿态，最多画意。下了几回车，翻过了几座不很高的岭，路就围在山腰间，我们差不多可以抚摩左边山坡上那些树木的顶枝。树木以外就是湖面，行到枝叶茂密的地方，湖面给遮没了，但是一会儿又露出来了。

十二点三刻，我们到了石公饭店。这是节烈祠的房子，五间带厢房，我们选定靠西的一间地板房，有三张床铺，价两元。节烈祠供奉全西山的节烈妇女，门前一座很大的石牌坊，密密麻麻刻着她们的姓氏。隔壁石公寺，石公山归该寺管领。除开一祠一寺，石公山再没有房屋，唯有树木和山石而已。这里的山石特别玲珑，从前人有评石三字决叫作"皱，瘦，透"，用来品评这里的山石，大部分可以适用。人家园林中有了几块太湖石，游人就徘徊不忍去，这里却满山的太湖石，而且是生着根的，而且有高和宽都达几十丈的，真可以称大观了。

坐羊皮筏到雁滩

饭店里只有我们两个客,饭菜没有预备,仅能做一碗开洋蛋汤。一会儿茶房高兴地跑来说,从渔人手里买到了一尾鲫鱼,而且晚饭的菜也有了,一小篮活虾,一尾很大的鲫鱼。问可有酒,有的。本山自制,也叫竹叶青。打一斤来尝尝,味道很清,只嫌薄些。

吃罢午饭,我们出饭店,向左边走,大约百步,到夕光洞。洞中有倒挂的大石,俗名倒挂塔。洞左右壁上刻着明朝人王鏊所写的寿字,笔力雄健。再走百多步,石壁绵延很宽广,题着"联云嶂"三个篆字。高头又有"缥缈云联"四字,清道光间人罗绮的手笔。从这里向下到岸滩,大石平铺,湖波激荡,发出汩汩的声音。对面青青的一带是洞庭东山,看来似乎不很远,但是相距十八里呢。这里叫作明月浦,月明的时候来这里坐坐,确是不错。我们照了相,回到山上,从所谓一线天的裂缝中爬到山顶。转向南往下走,到来鹤亭。下望节烈祠和石公寺的房屋,整齐、小巧,好像展览会中的建筑模型。再往下有翠屏轩。出石公寺向右,经过节烈祠门首,到归云洞。洞中供奉山石雕成的观音像,比人高两尺光景,气度很不坏,可惜装了金,看不出雕凿的手法。石公全山面积一百八十多亩,高七十多丈,不过一座小山罢了,可是山石好,树木多,就见得丘壑幽深,引人入胜。

回饭店休息了一会儿,我们雇一条渔船,看石公南岸的滩面。滩石下面都有空隙,波涛冲进去,作鸿洞的声响,大约和石钟山同一道理。渔人问还想到哪里去,我们指着南面的三山说,如果来得及回来,我们想到那边去。渔人于是张起风帆来。

横风,船身向右侧,船舷下水声哗哗哗。不到四十分钟,就到了三山的岸滩。那里很少大石,全是磨洗得没了棱角的碎石片。据说山上很有些殷实的人家。他们备有枪械自卫,子弹埋在岸滩的芦苇丛中,临时取用,只他们自己有数。我们因为时光已晚,来不及到乡村里去,只在岸滩照了几张照片,就迎着落日回船。一个带着三弦的算命先生要往西山去,请求附载,我们答应了。这时候太阳已近地平线,黄水染上淡红,使人起苍茫之感。湖面渐渐升起烟雾,风力比先前有劲,也是横风,船身向左侧,船舷下水声哗哗哗,更见爽利。渔人没事,请算命先生给他的两个男孩子算命。听说两个都生了根,大的一个还有贵人星助命,渔人夫妻两个安慰地笑了。船到石公山,天已全黑。坐船共三小时,付钱一块二毛。饭店里特地为我们点了汽油灯,喝竹叶青,吃鲫鱼和虾仁,还有咸芥菜,味道和白马湖出品不相上下。九时熄灯就寝。听湖上波涛声,好似风过松林,不久就入梦。

二十六日早上六时起身。东南风很大,出门望湖面,皱而暗,随处涌起白浪花。吃过早餐,昨天约定的人力车来了,就离开饭店,食宿小账共计六块多钱。沿昨天来此的原路,我们向镇夏乡而去。淡淡的阳光渐渐透出来,风吹树木,满眼是舞动的新绿。路旁遇见采茶妇女,身上各挂一只篾篓,满盛采来的茶芽。据说这是今年第二回采摘,一年里头,不过采摘四五回罢了。在镇夏乡寄了信,走了多路,到林屋洞,洞口题"天下第九洞天"六个大字。据说这个洞像房屋那样有三进,第一进人可以直立,第二三进比较低,须得曲身而行。再往里去,直通到湖广。凡有山洞处,往往有类似的传说,当然不足凭信。再走四五里,到成金煤矿,遇见一个姓周的工头,峄县人,和剑三是大同乡,承他告诉我们煤矿的大概。这煤矿本来用土法开采,所出烟煤质地很好,运到近处去销售,每吨价六七块钱,比远来的煤便宜得多。现在这个矿归利民矿业公司经营,占地一万七千亩。目前正在开凿两口井,一口深十七丈,又一口深三十丈,彼此相通。一个月以后开凿成功,就可以用机器采煤了。他又说,西山上除开这里,矿产还很多呢。他四十三岁,和我同年,跑过许多地方,干了二十来年的煤矿,没上过矿业学校,全凭实际得来的经验。谈吐很爽直,见剑三是同乡,殷勤的情意流露在眉目间。剑三给他照了个相,让他站在他亲自开凿的井旁边。回到镇夏乡正十一点。付人力车价,每辆一块二毛半。在面馆吃了面,买了本山的碧螺春茶叶,上小茶楼喝了两杯茶,向附近的山径散步了一会儿,这才挨到午后两点半。裕商小汽轮靠着码头,我们冒着狂风钻进舱里,行到湖心,颠簸摇荡,仿佛在海洋里。全船的客人不由得闭目垂头,现出困乏的神态。

1936 年

过三峡

本篇选自叶圣陶1946年1月7日至12日之日记,抗战胜利后,入川的下江人纷纷东归。叶圣陶与开明书店同人亦急于返沪。但车、船、飞机票已被抢售一空。无奈之下,只能包乘木船两艘,顺江而下。本篇所选,正是船过瞿塘、巫峡两处险段的日记,题目是编者所加。

一月七日　星期一

今日不开船,三船皆动工修整。余之主张,彼舟之人表示同意,云至此亦唯有如是。明日开行,只得老小五十余人挤坐一舱,如在公路上乘卡车矣。

九时许,同舟多数人出发游白帝城,余未往。远望夔门,高山莽莽,颇为壮观。白帝城可见,高仅及高山之三之一。下有白烟丛起,云是盐灶煮盐。水落之时,沙滩有盐泉涌出,取而煮之。一午中可煮四个月。据云盐质不多,而费燃料殊甚。

午后一时,游白帝城者归来。谓其地距城十余里,循山腰而往,至山半始有石级。石级凡四百余,乃至其颠。昭烈庙无可观,而地势绝胜,俯瞰滟滪堆,对望夔门,平眺峡景,皆为胜览。然往回奔走,众皆疲劳。三午亦由小墨、三官抱之往,归来由二位邱君与陈君抱持,亦可记也。

三时,与芷芬、清华等入城。城如山野小邑,人口无多,市肆不盛。见有产科医生黄俊峰悬牌。系吴天然之同学,昔尝往来。入访之,告以天然已去世。未坐定,即言别。购酒与零食而归。有卖梳子筷子者,木质白润如象牙,各购若干。饮酒,饭毕即就睡。

一月八日 星期二

晨七时后开船。另一船昨经修理,渗水已甚少。诸人以为移乘我舟,未免拥挤,索性不移动矣。

经白帝城下,仰望亦复巍然。滟滪堆兀立水中,今非如马如龟之时,乃如盆景湖石。夔门高高,真可谓壁立。石隙多生红叶小树。朝阳斜照于峡之上方,衬以烟雾,分为层次,气象浩茫。风甚急,泊于夔门壁下避风。

小墨、三官等爬乱石而上,捡石子,色彩纹理均平常,无如乐山所捡者。又有木片,亦经水力磨洗成圆形,略如鹅卵石,盖不知何年何月覆舟之遗骸也。

停舟二时许复开。大约于下午二时,瞿塘峡尽。复历激滩数处,四时抵巫山,泊岸。人多入城游观,舟中清静,余遂独酌,竟醉。进饭毕,即倒头而卧。半夜醒来,滩声盈耳。

一月九日　星期三

六时半开船。入巫峡，山形似与昨所见有异，文字殊难描状。水流时急时缓，急处舟速不下小汽轮，缓处竟若不甚前进。舟人言巫峡九十里，行约三十里，风转急如昨日，且有小雨，船不易进，复泊岸。

左边连峰叠嶂，以地图按之，殆即是巫山十二峰。以画法言，似诸峰各个不同。画家当此，必多悟入。而我辈得以卧游巫峡，此卧游系真正之卧游，亦足自豪。

泊舟二时许，再开。行不久，泊碚石。地属巫山县，系川鄂交界处。我店另一舟先泊岸，我舟在后数百丈。忽见彼舟之人纷纷登岸，行李铺盖亦历乱而上，疑遇暴客。舟人见此情形，断为船漏。及靠近问询，则知驾长不慎，触岸旁礁石者两次，水乃大入。此驾长好为大言，自夸其能，而举动粗忽，同人时时担心，今果出事。犹幸在泊岸之际，若在江心，不堪设想。于是众往抢救行李与货品，亚南、亚平、小墨、三官、两邱君皆颇奋其勇力。书籍浸湿者殆半，非我店之物，而余与三官之书则有三四包着湿，即晒干可看，书品已不存矣。逮货物取出，水已齐舷，下搁礁石，不复沉。

乡公所派壮丁七八人看守货物，且为守夜。舟中之人则由乡公所介绍一人家，以屋三间留宿。晚饭后商量善后，决依船主之意，破船修好再开，唯不乘人而装货，人则悉集我舟，且到宜昌再说。乘舟十余日，意已厌倦，又遇此厄，多数人意皆颓唐。唯愿此后一路顺利，不遇他险耳。

今夜余守上半夜，倚枕看谷崎润一郎之《春琴抄》终篇。篷上淅沥有雨点，风声水声相为应和。身在巫峡之中，独醒听之，意趣不可状。

一月十日　星期四

早起，知失事之驾长已逃，惧遭拘系。船主雇匠修船。其方法殊为原始，以棉絮塞破洞，钉上木板，涂以米饭，又用竹丝嵌入，如是而已。

午饭后，与芷芬访碚石（云应作"培"）乡长于乡公所。经过街道，清寂如小村落，仅有小铺子数家。坡路或上或下，皆以沿岸之青石铺之。晤乡长易春谷，谢其保护之好意。易约于傍晚款我辈，却之弗得。乡公所旁为中心小学，校长为宋女士，教师六人，多数系二十余龄之青年，皆知余名。啜茗闲谈，题纪念册数本而出。是校学生现仅四十余名。云学龄儿童远逾此数，皆以在家助劳作，不肯入学。乡公所强派，且以壮丁压之至，如拉夫，校中始有学生。乡僻之区，大都如是。

返舟，舟中正在下另一舟之行李，全舟纷然。俟其毕事，余重整铺位。

乡公所以人来邀，余与芷芬、知伊三人往。易乡长与其属下及校中教师劝酒甚殷，并告以下行程应注意之事项，情意殊可感。酒毕，为乡长书一联一单条。为他人书三联。然后辞出，乡长等送之于舟次，握手道别。又承馈鸡一，酱蹄一，咸菜一罐。受之有愧。

一月十一日　星期五

晨间，留宿岸上之另一舟之人皆来我舟，全船载客至六十人。以铺盖卷衔接直放于中舱，人坐其上。于是如三等火车，众客排坐，更无回旋余地。然较公路上之满载一车，犹觉宽舒。舟以八时开。未几，舟人告已出四川境。十时许，船首一主棹折，泊舟修理。与芷芬、士扬饮酒，自成一小天地。午餐时，人各一碗饭，上加菜肴，由数人传递，他人则坐而受之。

四时许，泊巴东。一部分人上岸宿旅馆。墨以不耐烦扰，亦上岸宿。余上岸观市街，荒陋殊甚，旋即返舟。所有儿童几全集舟中，哭闹之声时作，便溺之气充塞，甚不舒适，余竟夜未得好睡。

一月十二日　星期六

晨以八时开。过滩不少，皆无大险。晴明无风。意较闲适。闲望两岸，总之如观山水画。仍与芷芬、士扬饮酒。

午后三时抵新滩。今日众心悬悬，为此一滩。将到时，即闻水声轰轰。此滩洪水期较好，枯水期危险。通常过此滩，改请当地舵工驾驶，乘客则登岸步行。而我舟之舵工李姓尤姓以为可以胜任，不须别请，乘客登岸则不敢阻挡。于是众皆登岸，唯留三官、亚南数人于舟中。母亲与墨皆乘滑竿，三午由一十余龄少年驮之。余与其他步行者循沿岸石路而行。处身稍高，下望滩势，悉在眼中。此滩凡三截。第一截最汹涌。礁石拦于江中，水自高而下，有如瀑布，目测殆有丈许，未足为准。第二三两截则与其他之滩无异。我舟顺水流而下，一低一昂之顷，即冲过第一截，有乘风破浪之快。三官、亚南扬手高呼，岸上诸人亦高呼应之。我辈行抵滩尾，舟已泊岸。风势转急，云今日不能再开矣。

母亲登舟，跳板两截不胜重载，由老李驮之涉水，船上四人提而上之。念行程才及四分之一，此后上岸登舟，次数尚多，老母不便行履，殊可忧心。

四时半进晚餐。一部分人上岸借小店宿。入夜风益狂肆，吼声凄然。篷皆张上，且幔油布，乃如无物。寒甚，小孩闹甚，余又未得安眠。

从西安到兰州

十月三十一日下午二点四十分，火车从西安开，七点十多分到宝鸡。车程一百七十六公里。还没有快车，逢站都停。靠近西安和宝鸡的几站，乘客上下的多，车厢里坐得满满的。中间一段比较空，三个人的座位上有的只坐一个人。乘客里头农民居多。车上的广播室广播保藏红薯的方法，这是认定对象而又很适时的。

在咸阳和茂陵两站之间，北面耸起好些个大土堆，轮廓齐整。那是汉唐的陵墓，前些日子我们原想去看一看，可是没有去成。

南面远处是秦岭。始而终南山，既而太白山，还有好些个叫不出名儿的峰峦，一路上轮替送迎。那一天轻阴，梨树的红叶和留在枝头的红柿子都不怎么鲜明。秦岭的下半截让厚厚的白云封住。那白云的顶部那么齐平，好像用一支划线尺划过似的。韩昌黎的诗有"云横秦岭"的话，我们亲眼看见了，而且体会到那个"横"字下得实在贴切。露出在云上的峰峦或作淡青色,或作深青色,或只是那么浑然的一抹,或显出凹凸的纹理,看峰峦的远近高低而定。有些云上的峰峦又让白云截断,还有些简直没了顶。那些看得清凹凸的纹理的峰峦,山凹里有积雪。

从咸阳起,铁路始终跟渭河平行,渭河在铁路的南面。因为距离有远近,渭河有时看不见,有时看得见,渭河的水黄浊,看来跟黄河相仿。

就农事而言,铁路两旁的田野好像跟成都平原跟太湖流域都差不多。土色的黄是个显然不同之点,可是土质的肥沃恐怕不相上下。麦苗萌发了,这里那里一方方的嫩绿的绒毯。翠绿的葱绿的是各种蔬菜。林木时而稀时而密,跟方才提起的两个区域比起来,就只是绝对不见竹林,经常看见白杨树——茅盾先生所赞美的傲然挺立的白杨树。

出了宝鸡车站,人力车在新修的开阔的马路上慢慢地前进。两旁店铺灯光不太强,显得安静。马路旁的横路渐渐低下去,坡度不怎么大。心中突然发生一种感觉,仿佛到了四川省沿江的那些城市,虽是初到,很觉亲切。

十一月一日早晨上车站,九点四十分开车,第二天上午十一点到兰州。车程五百零三公里,宝鸡到天水一百五十四公里,天水到兰州三百四十九公里。

在这条路上,最显著的是山崖迫近了,火车尽在丛山间跑。不但在丛山间跑,许多地方还得穿过山跑——这就是说在隧道里跑。隧道多极了,长的短的也不知道有几百个。一会儿电灯亮了,窗外一无所见,轮轨相激的声音特别响亮,仿佛蒙在坛

坐羊皮筏到雁滩

子里似的。一会儿出了隧道，又看见窗外的天光山色。可是才抽得两三口烟，又钻进前一个隧道里了。这样的情形并非少见。最长的是天兰铁路的第四十一号隧道，在关内，数它是第一大隧道。

渭河也迫近了。靠着车窗往往可以低头看水流，或急或缓，或窄或宽，沿河的冲积土上种着庄稼。河中有滩的地方，哗哗的水声也可以听见。渭河怎么样弯曲，铁路就跟着它弯曲。我们的车厢挂在后段，常常看见前面的机车和车厢拐弯，宛如夭矫的龙。

直到陇西，铁路才跟渭河分手，转向西北。陇西以东，铁路绝大部分在渭河北岸，少数几段移到南岸。这就得在渭河上架桥。可惜经过几座渭河大桥在夜间。后来借到《庆祝天兰铁路通车纪念画刊》来看，那几座大桥真配得上"雄姿"这个字眼。桥柱像罗马建筑的柱子那样，下面流着浩浩荡荡的渭河水，上面承着钢梁，简洁壮伟，显出现代工程的美。

不但渭河桥，铁路要跨过深谷也得架桥。那些桥往往是好几座钢塔架承着钢梁，另外一种壮观。至于中型的小型的桥梁，一眨眼间就开过的，说得笼统些，简直不知其数。

铁路既然在山间通过，就得把高低不平的山地凿成近乎水平的路堑，两旁削成斜壁，使土石不至于崩塌。好些斜壁还得加工，或者涂上水泥，或者砌上石片，筑成御土墙。有些地方筑个明洞来防御土石的崩塌。所谓明洞就是并不穿山而过的隧道，筑在山脚下，一壁贴着山，一壁显露在外，开些小穹洞，可以透光。

219

我们完全不懂铁路工程,照我们想,这条铁路有那么些个艰难的工程,该经过较长的年月才能完工,可是我们知道,从一九五〇年的五月到一九五二年的秋天,在不到两年半的时间内,天兰铁路就修成了,一九五二年的国庆前夕提前通车,同时又改善了陷于瘫痪状态的宝天铁路,使西北的大动脉畅通无阻。这是中国人民解放军的七万军工的功劳,这是不止一个民族的两万多民工的功劳,当然,毛主席和其他党政领导人的号召和指示,是工程迅速完成的最重要的因素。请听一听当时的《筑路歌》吧——"树要人来栽,路要人来开,人民天兰路,人民修起来!"唯有人民自己做了主人,彼此团结起来,发挥力量和智慧,什么高山大河都可以征服,要怎么办就怎么办。来睦铁路通车了,成渝铁路通车了,天兰铁路通车了,我们听见这些个消息,那时候的感情跟从前听见什么铁路修成了完全不一样。这一回初次经过宝天铁路和天兰铁路,我们更深切地分享到十万军工民工的成功的喜悦。

为什么说以前的宝天铁路陷于瘫痪状态呢?原来国民党反动政府修筑宝天铁路,工程是很草率的,曲线的半径极小,路基极狭窄,旁壁陡直,隧道大多没有加工衬砌,很多应修桥涵的地方没有修,修了桥涵的,孔径又不大,不能畅泄流水,因而线路常被崩塌的土石阻断,路基常被受阻的流水冲毁。当时名义上虽说通了车,实际上通车的日子很少。一九四九年将要解放的时候,主要桥梁又让蒋匪军给破坏了,于是全线陷于瘫痪状态,只是那么一条烂铁路,简直行不来车。新中国成立以后,一面动手修筑天兰铁路,一面施工恢复宝天铁路,施工期间还是维持通车。弯曲太厉害的线路改了，路基放宽了，旁壁削斜了，该修的御土墙修起来了，隧道加上了衬砌，又加筑了好些个明洞和桥涵，孔径太小的桥涵也改大了，又吸取了苏联的先进经验，做了大规模的排水工程，种了树，种了草，用来保持水土。于是宝天铁路有了新生命，天兰铁路工程的供应运输有了可靠的保证。

据考古家的说法，这一带河谷两岸随着河谷的下降和黄土的冲积，形成台地，史前人类和现在的居民就住在那些台地上。台地可以分作五级。第五级台地高出现在的河面二百到五百公尺，到现在还没发现人类居住过的遗迹。下一级是第四级，那里有史前人类的墓葬。再往下是第三级和第二级，高出现在的河面二十到五十公尺，新石器时代的人类就住在那里，彩陶文化的遗迹非常丰富。第一级是现在的居民居住的地方，高出河面五到二十公尺不等，我们想象那些使用石器陶器的史前人类，他们大概只能沿着河谷活动，走那大家不约而同走出来的道路，而且不可能走得太远。河这一岸的人跟河那一岸的人彼此可以望见身影，可是，恐怕始终不能够聚在一块儿说句话吧。他们的时代距离现在不到五千年，就算它五千年吧，就整个人类历史说，五千年是很短的一会儿。可是现在亮得发青的钢轨横躺在山岭间河谷上了。起初是大家不约而同走出来的道路。随后是有意铺设的道路，可是行走还得凭人力，或者利用畜力。最后才有铁路，铁路把道路机械化了。这五千年的进步多大啊！此外，公路也是机械化的道路，公路上可以开行汽车卡车。河里行了轮船，水路也机械化了。空中本来没有路，自从有了飞机，空中有路了，而且一开头就是机械化。各种机械化的道路掌握在人民手里，人民的物质生活和文化生活更将飞速地提高，那还待说吗？

说得稍稍远点儿了，再来说些所见的景物吧。

一路上两旁的山大都作黄色，少树木，垦成一鳞一鳞的梯田。可是宝鸡往西开头的几站间并不然。那里山上全是树木，同是绿色而浓淡深浅有差别。又掺杂着好些红叶，红叶又分鲜红和淡红。这就够好看的了。再说那些山。不懂地质学的人只好借用画家的皴法来说。那些山的皴法显然不同，这一座是大斧劈皴，那一座是小斧劈皴，这一座是披麻皴，那一座是荷叶筋皴……几乎可以一一指点。皴法不同的好些座山重叠在周围，远处又衬托着两三峰，全然不用皴法，只是那么淡淡的一抹。忽然想起这不跟长江三峡相仿吗，我们坐在火车里就像坐在江船里一样，峰回路转，景象刻刻变换，让你目不暇接。我把这个意思告诉我的同伴。我说，没有走过三峡的，看了这里的景象也就可以知道个大概。一位同伴脱口而出说："这个得拍电影！"是的，语言文字的确难以描写，唯一有彩色活动电影才胜任愉快。

虽说山崖迫近，也有不少地段山崖退得远一些儿。这就是所谓第一级台地吧，全都平铺着各种农作物，当然也有树木和村屋。不用想得太远，至少从周秦时代起，古先的农民就在这里翻垦每一块土，他们的汗滴在每一块土里。前一辈过去了，后一辈接上去，无休无歇，直到如今。我们如今看见的那些平田以及山上一鳞一鳞的梯田，哪一处不留着历代农民改造自然的"手泽"？仔细想来，实在是伟大的事业。最近大家认明了总路线，知道农业要经过社会主义改造，不再像以前那样光靠"一手一足之烈"，要大伙儿合起来搞，要逐步机械化。预想改造完成的时候，农村经过飞跃的改变，景象必然跟如今大不相同，那是更伟大的事业了。

第二天早晨醒来，车正靠站，站名梁家坪，距离兰州只有十多站了。连绵的黄色的山，山顶大多平圆。村落里的房屋用黄土修筑的多，偶然看见用砖瓦的。除了地里的农作物和一些树木，就只见浑然一片的黄。可是将近兰州的时候，景象就不同了。显著的是树木多了，这里一丛，那里一丛，树叶还没有落，苍然成林，其中有拂着地面的垂柳。地里界划着发亮的小溪沟，沟水缓缓地流动。好些地里刚灌过，着潮的土色显得深些。那溪沟里的水是黄河水，用大水车引上来。兰州附近一带用水车引黄河水从明朝开始，据说是一位理学家段容思的儿子段续从西南方面学来的。现在有水车两百多架，每架可以灌五十亩到百把亩。

在兰州附近看见好些地里尽是小卵石或是黑色的小石片，平匀地铺在那里，像富春江的江底。我们不明白那是什么玩意儿，打听人家才知道那是兰州农作方面一种特殊的发明。原来兰州的土地干燥，又含着卤质，遇到旱天虽有沟水灌溉，还是嫌干燥，下过大雨卤质就升起来，都对农事不利。于是发明沙地的办法——把湿沙平匀地铺在地面，上面再铺一层小卵石或是小石片来保持它。在旱天，那沙地有减少蒸发保护幼苗的功用，大雨下过，雨水透过沙地渗到土里，卤质不至于升起来，因而水旱都可以不愁。这是很细致很烦劳的功夫，你想，田地多么大，沙和卵石石片就得铺多么大。可是农民为了生产，愿意下这个又细致又烦劳的功夫。据说铺一回沙可以支持三十年，过了三十年沙老了，必须去掉旧沙，换上新沙。

黄河又见面了，在铁路的北面。几个人在河岸边慢慢地走，各掮着个长方形的架子，比人身高，架子上是些胀鼓鼓的东西，看不太清楚。可是我们立刻想到那是羊皮筏。看，黄河上一个人蹲在羊皮筏上轻飘飘地浮过去了。羊皮筏闻名已久，现在才亲眼看见，心中涌起这一回非试它一下不可的想头。

看图表，兰州海拔一千五百公尺。路上经过的寒水岔金家庄两站最高，都在两千公尺以上。从宝鸡到寒水岔是一路往上爬。

1953 年 12 月 16 日

游临潼

那一天天气晴朗。上午九点过,我们出西安城往临潼。临潼是西安人游息的处所。逢到休假的日子,到那里去洗一个澡,爬一回山,眺望渭河和田野,精神舒快,回来做工作格外有劲儿。

经过浐河和灞河。浐河上跨着浐桥,灞河上跨着灞桥。灞河灞桥都有名。沛公入关,驻军灞上。唐朝人送出京东去的直送到灞桥,在那里设饯,折柳赠别,以灞桥为题材的送行诗也不知道有几多首。浐河比较小,灞河可宽大,虽然秋季水落,靠两边露出了沉沙,浩荡的气势还是很显然。桥是平铺的,一列的方桥墩,一个个的方桥洞,汽车、大车、行人都在桥上过。岸边有些柳树,并不是倒垂拂地的那一种,也许唐朝人所折的柳跟这个不同吧。

从灞桥柳树想起《紫钗记》传奇里的那出《折柳》。霍小玉就在这里送李益,情意缠绵,难舍难分,说灞桥"分明是一座销魂桥"。可是汤玉茗更改了《霍小玉传》的情节,让李益往河西参军,往河西怎么倒朝东走?这与其说是作者的小小疏忽,不如说他舍不得灞桥折柳的故事,定要拿来做他传奇的节目。反正像作画一样,花无正色鸟无名,只要取个意思就成,既是传奇里的动人场面,又何必核实方位,究东问西呢?

在右手边望见一座新建筑,矗起个又高又大的烟囱,形式简净明快,大玻璃窗一排上头又是一排。铁路的支线跟公路交叉,横过去直通到新建筑那里。那是西安第二发电厂,去年十一月间开的工,不到一年工夫,今年十月九日已经举行了庆祝落成发电的剪彩典礼。最新式的设计,最新式的机器,最先进的技术,机械化、自动化达到了很高的程度。厂里现有的设备全部开动起来,发电量等于西安第一发电厂的两倍。在今后的两三年内,西安、咸阳地区的工业生产用电和城市居民用电这就可以充分供应了。

两旁地里的小道上三三两两有人在走动,都汇合到公路上来。老汉衔着旱烟管。老太太带着小孙女儿,手里挂着拐杖,可是脚步挺软爽。壮年男子跑得热了,簇新的青布棉短褂搭在肩上。年轻妇女当然爱打扮,无论留发的剪发的都把头发梳得整整齐齐的,有些个留发的还在发髻旁边插朵菊花。他们大都有说有笑的,瞧那神气好像赴什么宴会。

不但汇合到公路上来的行人越来越多,看,大车也不少呢。一辆大车往往挤着一二十人,偏着身子,挨着肩膀,有些人两条腿挂在车沿,那么一颠一荡地按着韵律前进。骡子拉着重载本来跑得慢,又因出生在乡间,跟汽车还有些生分,见我们的汽车赶过去,它索性停了步。于是赶车的老乡下来遮住骡子的视线，我们的汽车也开得挺慢，那么轻轻悄悄地蹑过去。

打听之后才知道斜口逢集，这些人大都是赶集来的。我们停车去看看。经过一条小道，从一排房子的后面抄过去就是斜口。铺子前面一些摊子已经摆得端端正正了——卖东西的到得早。菜蔬，布匹，饮食，杂用零件，陈设跟一般市集差不多。需要东西的人这边看一看，那边挑些合用的什么，或者坐下来吃一碗泡馍，几乎可以说摩肩接踵，颇有一番热烘烘的景象。市梢头陈列着许多木柜子和门窗槅扇，全是木工的手制品。秋收差不多了，农民们添置个新柜子储藏家用东西，或者买些现成的门窗槅扇把房子刷新一下，这也是改善生活的要求，料想四年以前的市集该不会有这些东西吧。

十点半到临潼。并不进临潼县城，径到华清池。这一带树木比一路上繁茂，苍翠成林。仰望骊山不怎么高，可是有丘壑，有丘壑就有姿致，绿树红叶跟山石配合，俨然入画。从前唐明皇在这里修华清宫，周围起些公卿的邸宅，不致孤单寂寞，于是在华清池洗洗温泉澡，在长生殿跟杨玉环起个鹣鹣鲽鲽的恩爱誓。就享乐方面说，他可真是个老在行。

现在所谓华清池是个紧靠着骊山的花园布置。纯粹中国式，有假山、回廊、花栏、荷池、小桥，亭馆全用彩椽，当然，浴室也包括在里头。花栏里菊花、西番莲、美人蕉开得正有劲儿，还有些粉红的大型月季——这时候还开月季，可见地气之暖。荷池里只剩荷梗了，几只鸭悠然浮在池面。这池水是从温泉引过来的，因而想起"春江水暖鸭先知"的诗句。

我们不急于洗澡，先去爬山。目的在看西安事变那时候蒋

介石躲藏的处所。从华清池右边上山。土坡缓缓地屈曲地往上延伸。路不算窄,大概可以并行两辆汽车,是新修的。路旁边栽些槐树。将近半山腰才是比较陡的石级,登完石级就到捉蒋亭。亭子后面朝石壁。亭子里正面上方题一段文字,叙述西安事变前后经过的大略情形。两三个老乡为游人指点蒋介石躲藏处,其说不一。一个说亭子后面那石壁稍微凹进去像个洞子,那夜晚蒋就像耗子似的躲在里头。一个说他还想往上逃,不知是光脚底跑破了还是挫伤了腰,再也跑不动,只好闪在右手边那块岩石的侧边。听起来总不离这一带石壁。为了掩饰蒋的丑,国民党反动派就在这里修个亭子,取名叫"正气亭"。正气,这是文天祥用来题他的诗歌的,反动派可窃取珍贵的珠花往癞子脑壳上插戴。单是这个冒用美名的罪名,他们就十恶不赦。不过反动派全惯于搞这一套,你看,帝国主义者不是总把他们那些个乌烟瘴气的国度叫作"自由世界"吗?新中国成立以后,据实定名，亭子叫捉蒋亭，连同亭子里的那段文字，可以让游人知道个真情实况。

坐在捉蒋亭的台阶上休息。朝北望去，眼界宽阔极了。明蓝的晴空无边无际。渭河和它的支流界划着远处的平原，安安静静的。近处这里那里一丛丛的树林。地里差不多全种菜蔬，特别肥美，嫩绿浓绿都像起绒似的。通常说锦绣河山，这眼前的景物可真是一幅货真价实的锦绣。

下山吃过饭，在华清池旁边一家小茶馆前喝茶。帆布躺榻，矮矮的桌子，有成都茶馆的风味。茶馆老板是个爱说话的人，偶然问他几句，他就粘在那里舍不得走开。他指着半山腰的捉蒋亭，说当年捉住了蒋介石送西安，就在茶馆门前上的车——穿的单衫，一位弟兄好意，给他穿了件棉军衣。他说："蒋介石这副形容去西安，来的时候可神气呢。一路上两旁布岗位，比电线杆子密得多，上刺刀的枪横在腰间，脸全朝外，他在汽车里只看他们的后脑勺。地里做活的全都让他给赶回去，不问你的活放得下手放不下手。不用说，我们这些小铺子也非关门不可，你得做一天吃一天，那是你的事，他不管。"

模仿了几声枪响之后，茶馆老板接着说："我想，他们准是开会谈不拢，闹翻了。亏得他们闹翻，我这小铺子才得就开门。要是他住在这里过个冬，我怎办？……后来他还来过一趟，照样布岗位，照样赶地里做活的回去，叫铺子关门。他穿一件长袍子，抬起尖下巴朝山上望了一会儿，不知道他想些什么。不多久汽车就开走了……"

茶馆附近有两个水果摊子，带卖菜蔬。曾听说临潼石榴有名,我们就买石榴。摆摊子问要酸的还是甜的。我们说当然要甜的。可是一问价钱,酸的贵一倍。什么道理呢?茶馆老板又有话说了。他说酸石榴什么病都治,妇道人家尤其爱吃。大概病人胃口不好,什么都没味,吃些酸东西倒有爽利的感觉,那是真的。说什么病都治,未免夸张过分了。至于多数妇女爱吃酸是实情,恐怕是生理的关系,不大清楚。我们反正不生病,还是买了甜的,确然甜。

摊子上还有苹果和柿子。柿子分两种。一种是大型的,朱红色,各地常见,一种是小型的,大红色,近似苏州的"金钵盂"和杭州的"火柿儿"。这种小型的柿子在西安市上见过,没注意,这回可注意了,因为联想到苏州的金钵盂。我从小不爱吃那朱红色的大型柿,生一些的,涩味巴着舌头固然难受,熟透了的,那甜味也怪腻,没有鲜洁之感。我只爱吃金钵盂。自从离开了苏州,经常遇见那些大型的,我从来不想拿一个来尝尝,可以说跟柿子绝缘了。现在看见这近似金钵盂的小型柿,不由得回忆起幼年的嗜好。捡一个熟透了的,轻轻地撕去表面那一层大红色的衣,露出朱红色的内皮,还是个柿子的形状,送到嘴里,甜得鲜洁,跟金钵盂一个样,而且没有硬核——金钵盂有硬核,或多或少。这种柿子是临潼的特产,名叫火柿,跟杭州相同。

临潼的菜蔬,白菜、花菜都好,韭黄尤其有名,在西安都吃过了。菜大都肥嫩,咀嚼起来没有骨子,很和润地咽下去。韭黄爽脆极了,咀嚼的时候起一种快感,汁水有些儿甜味,几乎没有那股臭气,吃过之后口齿间又绝不发腻。

茶馆的右手边就是公共浴池。温泉养成了临潼人勤洗澡的习惯，应该有公共浴池满足大众的需要。分男的和女的，都在屋子里，规定每天开闭的时间。我们去看男浴池。一股热气，比澡堂子里的大池子大。屋内光线不太强，可是看得清池水是清澈的。十来个近乎酱赤色的光身子泡在池水里，有几个只透出个脑袋。池沿上也有十来个人，正在擦呀抹的。

于是我们重入华清池。那一天不是星期日，等了大约一刻钟工夫就轮到我们洗澡了，据说星期日买了票等两三个钟头是常事。华清池内也有大池子，浴室分单人的、双人的，还有一间四个人的，美其名曰"贵妃池"。我和三位朋友挑了贵妃池。

池作长方形，周围全砌白瓷砖。一边一个台阶，没在水里，供洗澡的坐。不坐那台阶而坐在池底，水面齐脖子，四个人的手脚都可以自由舒展，不至于互相碰撞。水清极了，温度比福州的温泉和重庆的南温泉、北温泉似乎都高些（我只洗过这三处温泉），可是不嫌其烫。论洗澡是大池子好，你可以舒臂伸腿，转动身躯，让热水轻轻地摩擦你周身的皮肤，同时你享受一种游泳似的快感，在澡盆子里洗差多了，你只能直僵僵地躺在里头让热水泡着，两边紧紧地挨着，不免有些压迫之感。这贵妃池虽然不及大池子宽广，也尽够自由活动了。我们足足洗了三十分钟，轻松舒快，身上好像剥去了一层壳似的。起来之后倒茶壶里的水尝尝。那是煮过的温泉水，清淡，没有什么矿质的气味。

澡洗过了，到夜还有两点来钟，我们去看秦始皇墓。起先车顺着公路开，后来转入田地间的小道。一路上多的是柿子树，柿子承着斜阳显得更鲜明。没有二十分钟工夫就到了秦始皇墓下。那是个极大的土堆,据说地盘有四百亩,原先还要大得多。大略有些像金字塔,缓缓地斜上去,除了土面的草而外,什么也没有。骊山默默地衬托在背面。这一面山上红叶特别多,山容比华清池那边望见的似乎更好看。从墓顶往下望,平原上红柿子宛如秋夜的星星,洋洋大观。听说春天是一片桃花和杏花。

秦始皇墓让古来所谓"发冢"的发掘过好多回了,按《高祖本纪》的记载,项羽是头一个。他们的目的无非在盗些宝物。往后在研究古代文物的整个计划之下,这座陵墓该来一回科学的发掘。前些日子在西安的《群众日报》上看见一位先生的文章,说这一带农家常常捡到古砖,又掘到过埋在地下的古时的排水管,发现过还看得清形制的建筑结构,等等。猜想起来,发掘该不会一无所获,或许竟大有所获,使历史家、考古家高兴得不得了,互相庆幸又得到了可贵的新资料。当然,这只是外行人的想头,未必有价值。——再说句外行话,要是古代通行了火葬,不搞什么坟墓,现代的历史家、考古家至少要短少一大宗重要的凭借吧。

上了车,在小道上开行,忽听当的一声,以为小石子打在钢板上,没有事。可是回头一看,小道上画了很长的一条,是乌绿的机油。车底盛机油的部分破了。于是停车,司机仰着身子钻到车底下去检查。站起来的时候是两泡眼泪,一只手尽拍前额,几乎哭出声来。小道中间高两边低,车底当然接近些地面,车轮子滚过,小石子当然要蹦起来,完全没有理由怪到他,可是爱护公共财物的观念叫他淌了眼泪。

大家说有什么哭的，想办法要紧。吉普车的那司机说机油漏光了，花生油什么的可以代替，油箱的窟窿呢，塞一把土，拿布裹一裹，拴一下，就成了。——听那司机说办法，我立刻想起在巫山下经历的事。那一年冬天从重庆东归，飞机、轮船全没份，我们六十多人雇了两条木船。一天黄昏时分歇碚石，拢岸了，一条木船触着江边的石头，船侧边一个窟窿，饭碗那么大。那时候的惊慌情状不必细说，幸而没有事，只灌湿了好些箱笼书籍。你知道管船的怎么修补那穿了窟窿的破船？一大碗饭，拿块不知从哪里撕下来的布一裹，往窟窿里一塞，再钉上块木板，第二天早晨就照常开船了。急救治疗就有那么一手。

两个司机作急救治疗去了，我们跟几个农民商量油的事情。农民们说村里各家去问问，大家凑一些，不过要六七斤怕凑不齐。一会儿村干部也来了，问明白之后说："总得想办法，保证你们今夜晚回西安。"

太阳落下去了，道旁场上有个四十来岁的农民在收晒在那里的棉花，一大把一大把地往筐子里塞。我们跟他攀谈，不免问长问短，最后请他说说今昔的比较。他把手在筐子边上一按，似笑非笑地说："从前吗，搞出来的东西人家给拿走了，人还不得留在家里。现在搞出来的是自家的了，人也能安安心心地留在家里了。"

他这个话多么简括，说出了最主要的。在今年，他那"自家的"里头包括新盖的房子，新买的一头小牛——他那村子里有八家盖了新房了呢。真的事实，亲身的体会，什么道理都容易搞明白，搞得明白自然能够简括地扼要地说出来。在社会主义改造完成之后，就是这个农民，今天在这里一大把一大把往筐子里塞棉花的，他一定会说："从前吗，一家人勤勤恳恳地搞，可是搞不怎么多，比工人老大哥差得远。现在大伙儿合起来搞，比从前好多了，我们跟得上工人老大哥了！"

凑来的油灌好，汽车开动，已经七点多了。月亮还没升起来，车窗外的景物都成了剪影。老远就望见西安第二发电厂烟囱高头极亮的红灯，那是航空的安全设备。

1953 年 12 月 27 日

记金华的两个岩洞

今年四月十四日,我在浙江金华,游北山的两个岩洞,双龙洞和冰壶洞。洞有三个,最高的一个叫朝真洞,洞中泉流跟冰壶、双龙上下相贯通,我因为足力不济,没有到。

出金华城大约五公里到罗甸。那里的农业社兼种花,种的是茉莉、白兰、珠兰之类,跟我们苏州虎丘一带相类,但是种花的规模不及虎丘大。又种佛手,那是虎丘所没有的。据说佛手要那里的土培植,要双龙泉水灌溉,才长得好,如果移到别处,结成的佛手就像拳头那么一个,没有长长的指头,不成其为"手"了。

过了罗甸就渐渐入山。公路盘曲而上,工人正在填石培土,为巩固路面加工。山上几乎开满映山红,比较盆栽的杜鹃,无论花朵和叶子,都显得特别有精神。油桐也正开花,这儿一丛,那儿一簇,很不少。我起初以为是梨花,后来认叶子,才知道不是。丛山之中有几脉,山上沙土作粉红色,在他处似乎没有见过。粉红色的山,各色的映山红,再加上或深或淡的新绿,眼前一片明艳。

一路迎着溪流。随着山势,溪流时而宽,时而窄,时而缓,时而急,溪声也时时变换调子。入山大约五公里就到双龙洞口,那溪流就是从洞里出来的。

在洞口抬头望,山相当高,突兀森郁,很有气势。洞口像桥洞似的作穹形,很宽。走进去,仿佛到了个大会堂,周围是石壁,头上是高高的石顶,在那里聚集一千或是八百人开个会,一定不觉得拥挤。泉水靠着洞口的右边往外流。这是外洞,因为那边还有个洞口,洞中光线明亮。

在外洞找泉水的来路,原来从靠左边的石壁下方的孔隙流出。虽说是孔隙,可也容得下一只小船进出。怎样小的小船呢?两个人并排仰卧,刚合适,再没法容第三个人,是这样小的小船。船两头都系着绳子,管理处的工友先进内洞,在里边拉绳子,船就进去,在外洞的工友拉另一头的绳子,船就出来。我怀着好奇的心情独个儿仰卧在小船里,遵照人家的嘱咐,自以为从后脑到肩背,到臀部,到脚跟,没一处不贴着船底了,才说一声"行了",船就慢慢移动。眼前昏暗了,可是还能感觉左右和上方的山石似乎都在朝我挤压过来。我又感觉要是把头稍微抬起一点儿,准会撞破了额角,擦伤了鼻子。大约行了二三丈的水程吧(实在也说不准确),就登陆了,那就到了内洞。要不是工友提着汽油灯,内洞真是一团漆黑,什么都看不见。即使有了汽油灯,还只能照见小小的一搭地方,余外全是昏暗,不知道有多么宽广。工友以导游者的身份,高高举起汽油灯,逐一指点内洞的景物。首先当然是蜿蜒在洞顶的双龙,一条黄龙,一条青龙。我顺着他的指点看,有点儿像。其次是些石钟乳和石笋,这是什么,那是什么,大都依据形状想象成仙家、动物以及宫室、器用,名目有四十多。这是各处岩洞的通例,凡是岩洞都有相类的名目。我不感兴趣,虽然听了,一个也没有记住。

有岩洞的山大多是石灰岩。石灰岩经地下水长时期的侵蚀,形成岩洞。地下水含有碳酸,石灰岩是碳酸钙,碳酸钙遇着水里的碳酸,就成酸性碳酸钙。酸性碳酸钙是溶解于水的,这是岩洞形成的逐渐扩大的缘故。水渐渐干的时候,其中碳酸分解成水和二氧化碳气跑走,剩下的又是固体的碳酸钙。从洞顶下垂,凝成固体的,就是石钟乳,点滴积累,凝结在洞底的,就是石笋,道理是一样的。唯其如此,凝成的形状变化多端,再加上颜色各异,即使不比做什么什么,也就值得观赏。

在洞里走了一转,觉得内洞比外洞大得多,大概有十来进房子那么大。泉水靠着右边缓缓地流,声音轻轻的。上源在深黑的石洞里。

查《徐霞客游记》,霞客在崇祯九年(1636年)十月初十日游三洞。郁达夫也到过,查他的游记,是一九三三年十一月十二日。达夫游记说内洞石壁上"唐宋人的题名石刻很多,我所见到的,以庆历四年的刻石为最古。……清人题壁,则自乾隆以后绝对没有了,盖因这里洞,自那时候起,为泥沙淤塞了的缘故"。达夫去的时候,北山才经整理,旧洞新辟。到现在又是二十多年了,最近北山再经整理,公路修起来了,休憩茶饭的所在布置起来了,外洞内洞收拾得干干净净。我去的那一天是星期日,游人很不少,工人、农民、干部、学生都有,外洞内洞闹哄哄的,要上小船得排队等候好一会儿。这种景象,莫说徐霞客,假如达夫还在人世,也一定会说二十年前绝想不到。

我排队等候,又仰卧在小船里,出了洞。在外洞前边休息了一会儿,就往冰壶洞。根据刚才的经验,知道洞里潮湿,穿布鞋非但容易湿透,而且把不稳脚。我就买一双草鞋,套在布鞋上。

从双龙洞到冰壶洞有石级。平时没有锻炼,爬了三五十级就气呼呼的,两条腿一步重一步了,两旁的树木山石也无心看了。爬爬歇歇直到冰壶洞口,也没有数一共多少级,大概有三四百级吧。洞口不过小县城的城门那么大,进了洞就得往下走。沿着石壁凿成石级,一边架设木栏杆以防跌下去,跌下去可真不是玩儿的。工友提着汽油灯在前边指导,我留心脚下,踩稳一脚再挪动一脚,觉得往下走也不比向上爬轻松。

忽然听见水声了,再往下没有多少步,声音就非常大,好像整个洞里充满了轰轰的声音,真有逼人的气势,就看见一挂瀑布从石隙吐出来,吐出来的地方石势突出,所以瀑布全部悬空,上狭下宽,高大约十丈。身在一个不知道多么大的岩洞里,凭汽油灯的光平视这飞珠溅玉的形象,耳朵里只听见它的轰轰,脸上手上一阵阵地沾着飞来的细水滴,这是平生从未经历的境界,当时的感受实在难以描述。

再往下走几十级,瀑布就在我们上头,要抬头看了。这时候看见一幅奇景,好像天蒙蒙亮的辰光正下急雨,千万枝银箭直射而下,天边还留着几点残星。这个比拟是工友说给我听的,听了他说的，抬头看瀑布，越看越有意味。这个比拟比较把石钟乳比作狮子和象之类，意境高得多了。

在那个位置上仰望，瀑布正承着洞口射进来的光，所以不须照灯，通体雪亮，所谓残星，其实是白色石钟乳的反光。

这个瀑布不像一般瀑布，底下没有潭，落到洞底就成伏流，是双龙洞泉水的上源。

现在把徐霞客记冰壶洞的文句抄在这里，以供参证。"洞门仰如张吻。先投杖垂炬而下，滚滚不见其底。乃攀隙倚空入。忽闻水声轰轰，秉炬从之，则洞之中央，一瀑从空下坠，冰花玉屑，从黑暗处耀成洁彩。水穴石中，莫稔所去。乃依炬四穷，其深陷逾朝真，而屈曲少逊。"

1957年10月25日

登赐儿山

赐儿山距离张家口市区三里光景。据市文化局所编的《名胜古迹》，这座山海拔一千零五公尺，山上有云泉寺，始建于明朝洪武二十六年（公元1393年）。随着山势，高高低低建筑好些殿宇，都不怎么大，石级小道曲折可通。多数殿宇里供奉道教的神像，如果按《封神榜》来指认，该说得清谁是谁。最高的一座殿宇是玉皇殿，就高度说，大约已经超过半山腰。佛教的殿宇，有一座里佛像最多。小小的三间，有塑像，有壁上的画像，三世如来和地藏菩萨在正中，韦驮站在左边，面朝内。我们几个人戏言，他们大概是厉行精简节约，故而大家挤在一块儿。

赐儿山有水洞冰洞，在半山腰石崖下。两个洞真可以说相距咫尺，可是洞里的情形却全不一样。水洞里泉水下滴，积在洞底，据说有两公尺深，寒冬也不冻结。冰洞里泉水结成冰，上面盖着灰沙，望进去好像铺一块平石板，据说炎夏也不融化。相距那么近，而温凉互异，这是什么道理，可惜没有人给我们作解释。两个洞的前边有两棵大柳树，水洞左上方的石隙中伸出一棵大榆树，相传是元榆明柳。树身那么大，历年那么久，毫无衰老意味，枝叶繁茂，叶色葱绿，给人一种青春盛年的印象。那棵大榆树生根在石隙中，得不到多少土，而能欣欣向荣，尤其奇妙。或许是得到泉水的滋润之故吧。坐在柳荫下，喝水洞里的水沏的茶，其味甘美。张家口市的居民逢到休假的日子，常到这里或是距离市区七里光景的水母宫玩儿。

水洞冰洞果然奇，古老的榆树柳树也值得欣赏，但是在这赐儿山上眺望，还有一种景色叫你喜欢赞叹，想得很远很远。张家口市东北西三面全是山，峰峦重叠，山色越远越淡。我们站在半山腰，远望那些峰峦，全都染上绿色。那绿色是草吗？不是，是近几年来尤其是今年"大跃进"中新栽的树。照原来的计划，全都绿化那些峰峦需要三十多年。照今年"大跃进"的规模，可只要三年，就是说，再加两年工夫，就可以做到全部绿化了。某一座山归某机关负责，某一座山归某学校包下来，全都有了着落。眼前已经是山山有绿意，试想两年以后，不将像江南的山一样地郁郁葱葱吗？这是自古以来没有的事，是破天荒的事。那些峰峦耸起在那里，也说不清经历了多少年，在那么悠久的时间里，哪曾跟树木有过缘分？也不必想到远古的人，只从修筑了长城那时候想起，戍守长城的兵士，进出长城的行旅，历代以来不知有多少人，他们中间谁曾见过那些峰峦

上染上绿色,像今天我们所见到的?说真的,我感动极了,不待思索,作成如下一首诗:

叠岭重峰自古然,长城亦复二千年。
望中景色空前史,绿树新栽遍万山。

1958年6月10日

我坐了木船

从重庆到汉口，我坐了木船。

木船危险，当然知道。一路上数不尽的滩，礁石随处都是。要出事，随时可以出。还有盗匪——实在是最可怜的同胞，他们种地没的吃，有力气没处出卖，当了兵经常饿肚子，没奈何只好出此下策。假如遇见了，把铺盖或者身上衣服带了去，也是异常难处的事儿。

但是，回转来想，从前没有轮船，没有飞机，历来走川江的人都坐木船。就是如今，上上下下的还有许多人在那里坐木船，如果统计起来，人数该比坐轮船坐飞机的多得多。人家可以坐，我就不能坐吗？我又不比人家高贵。至于危险，不考虑也罢。轮船飞机就不危险吗？安步当车似乎最稳妥了，可是人家屋檐边也可能掉下一片瓦来。要绝对避免危险就莫要做人。

要坐轮船坐飞机，自然也有办法。只要往各方去请托，找关系，或者干脆买张黑票。先说黑票，且不谈付出超过定额的钱，力有不及，心有不甘，单单一个"黑"字，就叫你不愿领教。"黑"字表示作弊,表示越出常轨,你买黑票,无异帮同作弊,赞助越出常轨。一个人既不能独个儿转移风气,也该在消极方面有所自守,帮同作弊,赞助越出常轨的事儿,总可以免了吧。——这自然是书生之见,不值通达的人一笑。

再说请托找关系,听人家说他们的经验,简直与谋差使一样的麻烦。在传达室恭候,在会客室恭候,幸而见了那要见的人,他听说你要设法船票或飞机票,爱理不理地答复你说:"困难呢……下个星期再来打听吧……"于是你觉着好像有一线希望,又好像毫无把握,只得挨到下个星期再去。跑了不知多少回,总算有眉目了,又得往这一处签字,那一处盖章,看种种的脸色,候种种的传唤,为的是得一份充分的证据,可以去换一张票子。票子到手,身份可改变了,什么机关的部属,什么长的秘书,什么人的本人或是父亲,或者姓名仍旧,或者必须改名换姓,总之要与你自己暂时脱离关系。最有味的是冒充什么部的士兵,非但改名换姓,还得穿上灰布棉军服,腰间束一条皮带。我听了这些,就死了请托找关系的念头。即使饿得要死,也不定要去奉承颜色谋差使,为了一张票子去求教人家,不说我自己犯不着,人家也太费心了。重庆的路又那么难走,公共汽车站排队往往等上一个半个钟头,天天为了票子去奔跑实在吃不消。再说与自己暂时脱离关系,换上别人的身份,虽然人家不大爱惜名器,我可不愿滥用那些名器。我不是部属,不是秘书,不是某人,不是某人的父亲,我是我。我毫无成就,样样不长进,我可不愿与任何人易地而处,无论长期或是暂时。为了跑一趟路,必须易地而处,在我总觉得像被剥夺了什么似的。至于穿灰布棉军服更为难了,为了跑一趟路才穿上那套衣服,岂不亵渎了那套衣服?亵渎的人固然不少,我可总觉不忍。——这一套又是书生之见。

抱着书生之见,我决定坐木船。木船比不上轮船,更比不上飞机,千真万确。可是绝对不用请托,绝对不用找关系,也无所谓黑票。你要船,找运输行。或者自己到码头上去找。找着了,言明价钱,多少钱坐到汉口,每一块钱花得明明白白。在这一点上,我觉得木船好极了,我可以不说一句讨情的话,不看一副难看的嘴脸,堂堂正正凭我的身份东归。这是大多数坐轮船坐飞机的朋友办不到的,我可有这种骄傲。

决定了之后,有两位朋友特地来劝阻。一位从李家沱,一位从柏溪,不怕水程跋涉,为的是关爱我,瞧得起我。他们说了种种理由,设想了种种可能的障碍,结末说,还是再考虑一下的好。我真感激他们,当然不敢说不必再考虑,只好带玩笑地说"吉人天相",安慰他们的激动的心情。现在,他们接到我平安到达的消息了,他们也真的安慰了。

原载《消息半周刊》第 1 期(1946 年 4 月 7 日),有修改。

游了三个湖

出玄武门,走了一段堤岸,在岸左边上小划子。那是上午九点光景,一带城墙受着晴光,在湖面和蓝天之间划一道界限。我忽然想起四十多年前头一次游西湖,那时候杭州靠西湖的城墙还没拆,在西湖里朝东看,正像在玄武湖里朝西看一样,一带城墙分开湖和天。当初筑城墙当然为的防御,可是就靠城的湖来说,城墙好比园林里的回廊,起掩蔽的作用。回廊那一边的种种好景致,亭台楼馆,花坞假山,游人全看过了,从回廊的月洞门走出来,瞧见前面别有一番境界,禁不住喊一声"妙",游兴益发旺盛起来。再就回廊这一边说,把这一边、那一边的景致合在一块儿看也许太繁复了,有一道回廊隔着,让一部分景致留在想象之中,才见得繁简适当,可以从容应接。这是园林里修回廊的妙用。湖边的城墙几乎跟回廊完全相仿。所以西湖边的城墙要是不拆,游人无论从湖上看东岸或是从城里出来看湖上,就会感觉另外一种味道,跟现在感觉的大不相同。我也不是说西湖边的城墙拆坏了。湖滨一并排是第一公园至第六公园，公园东面隔着马路，一带相当齐整的市房，这看起来虽然繁复些儿，可是照构图的道理说，还成个整体，不致流于琐碎，因而并不伤美。再说，成个整体也就起回廊的作用。然而玄武湖边的城墙，要是有人主张把它拆了，我就不赞成。不知道为什么，我总觉得那城墙的线条，那城墙的色泽，跟玄武湖的湖光、紫金山复舟山的山色配合在一起，非常调和，看来挺舒服，换个样儿就不够味儿了。

  这回望太湖，在无锡鼋头渚，又在鼋头渚附近的湖面上打了个转，坐的小汽轮。鼋头渚在太湖的北边，是突出湖面的一些岩石，布置着曲径蹬道，回廊荷池，丛林花圃，亭榭楼馆，还有两座小小的僧院。整个鼋头渚就是个园林，可是比一般园林自然得多，何况又有浩渺无际的太湖做它的前景。在沿湖的石上坐下，听湖波拍岸，挺单调，可是有韵律，仿佛觉得这就是所谓静趣。南望马迹山，只像山水画上用不太淡的墨水涂上的一抹。我小时候，苏州城里卖芋头的往往喊"马迹山芋艿"。抗日战争时期，马迹山是游击队的根据地。向来说太湖七十二峰，据说实际不止此数。多数山峰比马迹山更淡，像是画家蘸着淡墨水在纸面上带这么一笔而已。至于我从前到过的满山果园的东山，石势雄奇的西山，都在湖的南半部，全不见一丝影儿。太湖上渔民很多，可是湖面太宽阔了，渔船并不多见，只见鼋头渚的左前方停着五六只。风轻轻地吹动桅杆上的绳索，此外别无动静。大概这不是适宜打鱼的时候。太阳渐渐升高，照得湖面一片银亮。碧蓝的天空中飘着几朵若有若无的薄云。要是天气不好，风急浪涌，就会是一幅完全不同的景色。从前人描写洞庭湖、鄱阳湖,往往就不同的气候、时令着笔,反映出外界现象跟主观情绪的关系。画家也一样,风雨晦明,云霞出没,都要研究那光和影的变化,凭画笔描绘下来,从这里头就表达出自己的情感。在太湖边作较长时期的流连,即使不写什么文章,不画什么画,精神上一定会得到若干无形的补益。可惜我来也匆匆,去也匆匆,只能有两三个钟头的勾留。

刚看过太湖,再来看西湖,就有这么个感觉,西湖不免小了些儿,什么东西都挨得近了些儿。从这一边看那一边,岸滩,房屋,林木,全都清清楚楚,没有太湖那种开阔浩渺的感觉。除了湖东岸没有山,三面的山全像是直站到湖边,又没有衬托在背后的远山。于是来了个总的印象:西湖仿佛是盆景。换句话说,有点儿小摆设的味道。这不是给西湖下贬辞,只是直说这回的感觉罢了。而且盆景也不坏,只要布局得宜。再说,从稍微远一点儿的地点看全局,才觉得像个盆景,要是身在湖上或是湖边的某一个所在,咱们就成了盆景里的小泥人儿,也就没有像个盆景的感觉了。

湖上那些旧游之地都去看看,像学生温习旧课似的。最感觉舒坦的是苏堤。堤岸正在加宽,拿挖起来的泥壅一点儿在那儿,巩固沿岸的树根。树栽成四行,每边两行,是柳树、槐树、法国梧桐之类,中间一条宽阔的马路。妙在四行树接叶交柯,把苏堤笼成一条绿荫掩盖的巷子,掩盖而绝不叫人觉得气闷,外湖和里湖从错落有致的枝叶间望去,似乎时时在变换样儿。在这条绿荫的巷子里骑自行车该是一种愉快。散步当然也挺合适,不论是独个儿、少数几个人还是成群结队。以前好多回经过苏堤,似乎都不如这一回,这一回所以觉得好,就在乎树补齐了而且长大了。

灵隐也去了。四十多年前头一回到灵隐就觉得那里可爱,以后每到一回杭州总得去灵隐,一直保持着对那里的好感。一进山门就望见对面的飞来峰,走到峰下向右拐弯,通过春淙亭,佳境就在眼前展开。左边是飞来峰的侧面,不说那些就山石雕成的佛像,就连那山石的凹凸、俯仰、向背,也似乎全是名手雕出来的。石缝里长出些高高矮矮的树木,苍翠,茂密,姿态不一,又给山石添上点缀。沿峰脚是一道泉流;从西往东,水大时候急急忙忙,水小时候从从容容,泉声就有宏细疾徐的分别。道跟泉流平行。道左边先是壑雷亭,后是冷泉亭,在亭子里坐,抬头可以看飞来峰,低头可以看冷泉。道右边是灵隐寺的围墙,淡黄颜色。道上多的是大树,又大又高,说"参天"当然嫌夸张,可真做到了"荫天蔽日"。暑天到那里,不用说,顿觉清凉;就是旁的时候去,也会感觉"身在画图中",自己跟周围的环境融和一气,挺心旷神怡的。灵隐的可爱,我以为就在这个地方。道上走走,亭子里坐坐,看看山石,听听泉声,够了,享受了灵隐了。寺里头去不去,那倒无关紧要。

这回在灵隐道上大树下走,又想起常常想起的那个意思。我想,无论什么地方,尤其在风景区,高大的树是宝贝。除了地理学、卫生学方面的好处而外,高大的树又是观赏的对象,引起人们的喜悦不比一丛牡丹、一池荷花差,有时还要胜过几分。树冠和枝丁的姿态,这些姿态所表现的性格,往往很耐人寻味。辨出意味来的时候,咱们或者说它"如画",或者说它

"入画",这等于说它差不多是美术家的创作。高大的树不一定都"如画""入画",可是可以修剪,从审美观点来斟酌。一般大树不比那些灌木和果树,经过人工修剪的不多,风吹断了枝,虫蛀坏了干,倒是常有的事,那是自然的修剪,未必合乎审美观点。我的意思,风景区的大树得请美术家鉴定,哪些不用修剪,哪些应该修剪。凡是应该修剪的,动手的时候要遵从美术家的指点,唯有美术家才能就树的本身看,就树跟环境的照应配合看,决定怎么样叫它"如画""入画"。我把这个意思写在这里,希望风景区的管理机关考虑,也希望美术家注意。我总觉得美术家为满足人民文化生活的要求,不但要在画幅上用功,还得扩大范围,对生活环境的布置安排也费一份心思,加入一份劳力,让环境跟画幅上的创作同样地美——这里说的修剪大树就是其中一个项目。

坐羊皮筏到雁滩

初次看见羊皮筏的照片在二十年前。凭这个东西可以在水上行动,像陆上坐车似的,虽然没有什么不相信,总觉得有些儿特别,有些儿异感。再说这个东西的构造也看不大清楚,胀鼓鼓的仿佛一笼馒头,说是羊皮,可不知道怎么搞的。这回到兰州,才亲眼看见羊皮筏,而且坐了羊皮筏过渡到雁滩——雁滩是黄河中的沙洲。

羊皮筏用的是整张的羊皮。我说整张,也许会引起误会,会叫人家想起做皮袄皮袍子的皮料那样的整张。因而必须赶紧说明,并不是那样展开的整张。打个比方,好比蛇蜕下来的皮,蛇爬到别处去了,蜕下来的皮留着,虽然那么瘪瘪的,可还是蛇的形状——是那样保持着原状的整张。宰羊的人剥羊皮(不用说,羊毛先剃光了),让羊皮从肌肉骨骼上蜕下来,整张上只有四个窟窿。前肢在膝盖的部位切断,一边一个窟窿。脑袋去掉,脖子的部位一个大窟窿。两条后肢全去掉,臀部的一个窟窿更大。把三个窟窿拴紧,留下一个吹气(为方便起见,当然在前肢的两个里头留一个），吹足了气也把它拴紧。于是成了个长形的气囊，还看得出羊身体的形状。

四个或五六个气囊并排连成一排，看羊皮的大小而定。又把三排气囊直里连起来，就成个长方形的连接体。一个连接体少则十二个气囊，多则十五六个。在这连接体上平铺一个长方形的木架，用绳子系着。木架的结构像个横写的"册"字——当然只是大略的比拟罢了，"册"字底下没有一画，可是那架子底下有一画，"册"字只有四直，可是那架子有十多直，两直之间的距离比人的脚短些，一只脚可以在两直上踏稳。这就齐全了，羊皮筏的装置尽在于此了。

不知道一个羊皮筏有多重。看来不会太重，因为筏工用一条扁担支着它，把它背在背上，一只手按住扁担的另一头，走起来挺轻松的。有人雇乘了，讲好价钱，筏工就把它放在河沿水面上，让乘客跨上去。

还有牛皮筏，我们没看见。听说牛皮筏是装重载的，支起篷帐，里面住人，顺流而下驶往宁夏。要是把牛皮筏比作运货大卡车，那么羊皮筏就是小汽车，坐这么几个人，在近处兜兜罢了。

我们听过朋友的解说，说羊皮筏非常稳当，绝对保险，虽然看起来有些异样，跟习惯的船只很少相同之点。我们跨上去，有些晃荡，可是不比西湖里的小划子晃荡得厉害。照惯例，乘客应当两只脚踏在两条横木上，身体蹲下来，着力在两条腿上。我腿力不济，没法蹲，只好一屁股坐下来，下面贴着木条和羊皮。我们四个人，加上筏工跟一个附载的挑面粉的，筏上共载六个人。

羊皮筏吃水极浅，所以能贴近沙滩，便于上下。羊皮筏有弹力,碰着滩石就弹开来,不至于撞破,就是撞破了一个气囊,还有其他十几个气囊在,影响并不大。羊皮筏的底跟面一般大小,就是在水势大风浪猛的时候,也不过跟着波浪上落而已,无论如何打不翻。我们坐在羊皮筏上谈着这些个,觉得非常稳当的说法确然属实。还有一层,我们想,要是兰州一带羊肉的消费量不怎么大,恐怕也不会有什么羊皮筏吧。

筏工把扁担插入黄流,悠然划着——扁担的身份改变了,它又是桨,又是舵。雁滩横在前面,林木繁茂,金黄色的斜阳照着,一派气爽秋高的景象。对岸的山峦列在雁滩背后,沉默之中透着庄严。朝左望上游,朝右望下游,虽然秋季水落,还是有浩荡渺茫的气势。身下的羊皮筏太藐小了,不妨看作没有这个羊皮筏,于是我们觉得我们跟大自然更亲密了,我们浮在水面上,我们的呼吸跟黄河的流动、连山的沉默、青天的明朗息息相通。往年在四川乐山,渡江游凌云山、乌尤山,方当水涨,小划子在开阔之极的波面上晃荡,我也曾有过同样的感觉。

没有十分钟工夫就到了雁滩。从前没住人的时候,这河中的沙洲当然是雁栖息之所——雁滩原是个写实的名称。同时又富有诗意画意,古来取雁宿洲渚为题材的也不知道有几多诗篇画幅。现在滩上住着好些人家,都以种菜为业,又有公家的农场苗圃,雁大概不会下来栖息了吧。可是雁滩还是个挺耐人寻味的名称。

我们先往农场。果树上没有什么果子了,可是会客室桌子上陈列着两大盘苹果,色彩不一,又好看又大,几乎可以谩耀人眼睛。招待我们的一位同志说场里苹果的品种很多,盘子里是四种。又说果子都藏在地窖里了,数量不多,还不能普遍供应。又说农场的任务之一是推广优良品种,兰州产瓜果本来有名,再在选择品种上下功夫,前途更光明了。他一边说一边让我们尝苹果,尝了一种又尝一种,把四种尝遍。

最大型的一种叫"大元帅"——这名称大概就从大型而来,皮作红绿两色,红的地方鲜红,绿的地方翠绿,味甜,入口有松爽的感觉。另一种叫"印度",皮纯青色,入口爽脆极了,鲜美极了。第三种叫"青香蕉",跟"印度"一样作纯青色,稍稍淡些,带着香蕉的香味。第四种叫"玉霞",皮作黄色——像半熟的香蕉那样的黄色,口味也挺不错。很难说四种里头哪一种更好,很难想起以往吃过的苹果也有这么好,一时间尝到这些个好品种,真可以说此游一乐。

尝着好苹果,同时想起幼年吃的苹果。那是四五十年前的事了。中秋前后,苏州水果铺里苹果上市了,至少不过陈列这么五六十个,红绿色的表皮上大多印着黄锈的斑痕,大的有铜元么大。无所谓这种那种的分别,只知道这叫作天津苹果,老远地走海道来的。吃这种苹果也无须用刀子削皮。一般人都用大拇指的指甲从果柄的部分刮到结蒂的部分,好比在地球图上画经线,把整个苹果刮遍。于是表皮就可以撕下来。把撕了皮的苹果送到嘴边一口一口地啃,酥极了,宛如吃豆沙包子,舌头上辨得出细沙似的颗粒,咽下去有饱的感觉。我小时候以为苹果就该那么吃,苹果的味道就是那么不爽不利、黏舌腻喉的,老实说,我对苹果没有多大好感。后来在上海吃新鲜苹果,方才领略到苹果的爽脆和鲜美,好就好在这个爽脆和鲜美,小时候的认识完全不是那么一回事。可是历年吃的新鲜苹果也不算少,仿佛全比不上这回在雁滩吃的。

在雁滩谈起瓜,没吃瓜,可是在别处吃了。兰州的瓜太好了,不能不连带说一说。我要说的叫绿瓤甜瓜,属于香瓜一类。香瓜一类跟西瓜一类的主要不同点,瓤和肉可以划然分开,不像西瓜那样肉连着瓤,没有显著的界限。咱们吃西瓜吃它的瓤,吃香瓜不吃瓤,吃它的肉。这些都是大家知道的,不必细说。香瓜一类通常有黄金瓜、翠瓜,大略有些儿香味,不怎么甜,有的绝然不甜,上市的时候,咱们也爱尝一尝,应个景儿,可是总不能成为咱们的嗜好。离苏州三十六里有个乡镇叫甪直(南音陆),我在那里住过好几年,那里出产一种苹果瓜,形状像苹果,小饭碗那么大,青皮绿肉,比一般黄金瓜甜些,苏州一带认为名贵的品种,实际上也不过如此。兰州的绿瓤甜瓜也大略像苹果,有儿童玩的小足球那么大,皮作白色,白里带黄,并不好看,切开来可好看了,嫩绿的肉好像上品的翡翠。咬一口那嫩绿的肉,水分多,味道甜而鲜,稍稍咀嚼几下,就那么和润地咽下去,仿佛没有什么质料似的。吃过一两块,只觉得甜美清凉直透心脾,真可以说无上的享受。这种瓜可以久藏,到春节的时候拿出来,是绝妙的岁朝清赏。

还得说一说哈密瓜。兰州市街在一个拐角处聚集着好些家回民开设的铺子,贩卖新疆的土产特产,哈密瓜就在那里买。哈密瓜也属于香瓜一类,形状像橄榄球,大小也相当。皮作暗绿色,粗糙,有细碎的并不深刻的裂纹。切开来,肉作淡黄色——也可以说淡红色,跟南瓜差不多。甜味似乎比绿瓤甜瓜厚些,不如绿瓤甜瓜的清,水分也比较少些。哈密瓜声名很大,在往时，绝大多数人仅闻其名，不知道究竟是怎么样一件东西。往后交通日益发展，铁路网像蜘蛛网似的结起来，一方面产地讲究培植，提高产量，我想，哈密瓜和兰州的绿瓤甜瓜、"大元帅"之类必然会在各地水果铺里出现，家喻户晓，像广东香蕉、天台柑橘一样。

说得远了，现在回到雁滩。我们吃过苹果，就出来随处看看。这里是苹果树，那里是梨树、桃树。白杨的苗木密密地插在那里，只看见平行的直干子。沙路旁边的槐树伸展着近乎羽状的叶片。垂柳倒挂下来，叶子一动不动，虽然到了深秋时节，仿佛还不预备凋零似的。四围寂然，只听见黄河流动的静静的声音。这雁滩是兰州人游息的地方，尤其在夏天。工作人员逢到假日来这里消磨这么一天半天，好在四围全有树木，无论上午下午都可以遮荫，沙地上坐坐躺躺又是挺舒服的。放暑假的学生几乎把这里看作第二学校，大伙聚在一块儿，看一回书，做一回游戏，开一个什么会，比平时的学校生活还要愉快。兰州夏天本来不怎么热，这雁滩尤其凉爽。在这凉爽的境界里，看那庄严静穆的山峦、浩荡渺茫的黄河，看那山光水色随着朝晚阴晴而变化，简直是精神上洗一回澡，洗得更见清新，更见深湛。好些个农民挑着满担的花菜往河边，搭乘羊皮筏。那花菜是才在地里割的，赶紧挑出去，下一天早晨兰州市上就有"还没断气"的新鲜花菜。

暮色压下来了，压着连山，压着林木，压着黄河，也压着我们的眉梢。于是我们又跨上羊皮筏。

1954 年 1 月 10 日

林区二日记

8月8日立秋，上午10点过，我们在牙克石登火车，往大兴安岭林区。牙克石在大兴安岭西边，我们要去的甘河在大兴安岭东边，相距三百五十公里。先经过草原地带，各种草开各色花，就像是到处飞舞着嬉春的彩蝶。既而两旁有散立的松树和白桦了，有缓缓起伏的冈陵了，冈陵上松树和白桦成林。下午4点光景到陵顶站，看站名就知道这儿是这条线路的最高处。在站上望岭北，满眼是绿，多宽广的林海啊！于是我得到两句诗："连山林绿真成海，满地花鲜胜似春。"

一路上逢站停车，停车的时候往往交车。开过来的车全装木材，截得长短如一，叠得整整齐齐。在岭顶站就见一列车蜿蜒而上，出没在林海之中，像一条龙。从前人赞美出山的泉水，因为泉水出了山就要去沾溉大地。这些出山的木材啊，要送到全国各地，支援各方各面的基本建设，同样值得赞美。而木材不会像泉水那样自己跑出去，这就该转而赞美伟大的人力了。听牙克石的萨书记说，从第一个五年计划时期到如今，大兴安岭林区已经输出木材二千万立方米。

身到大兴安岭，才发觉平时的想象错了，同行的人差不多都有这个感觉。从一个"岭"字，就想象到秦岭那样岩峦磅礴，长江三峡那样峰岩重叠，哪里知道完全不对，就是站在岭顶上，前瞻后顾，也只见缓缓起伏的绿浪而已。别处山上树木杂，长得参差，又兼有一搭没一搭的，就见得山形勾勒分明。大兴安岭的林木，百分之八十以上是落叶松，长得整齐，而且略无缺处，远远望去，漫山遍野铺着绿色的绒毯，使群山的线条显得那么柔和，几乎难分界划。我作了这样一首诗：

母林绿暗幼林鲜，嫩绿草原相映妍，
间以桦林挺银干，画家着笔费精研。

我想同样是绿，要分明暗老嫩，这不太容易着笔。而明暗老嫩的界划不甚分明，又加一重难处。至于白桦林，我觉得那些银亮的笔直的线条，掺杂在各各不同而又非常融和的绿色里头，仿佛很调和似的，用画笔来描绘，要是线条生硬一些，选用颜料欠一些斟酌，怕就表现不出那调和的意味，甚至会显得刺目。当然，这只是外行人替画家担忧的想头。

再说落叶松，平时从没想到松里头也有落叶树，总以为松柏联称，凡是松全都是四季青青的。既然落叶，可以想象凉秋而后，整个林区将会变为挺立着亿万株冲天直干的冰雪世界。改换冬装就改得那么彻底。听说落叶松的球果，每颗是三十二个鳞片，每个鳞片有两粒种子。种子长着翅膀，乘风而飞，能达一百米。靠种子的飞翔自然繁殖后代，也不知道经过了多少年岁。可是现在人们采集了种子种在苗圃里，培育成幼苗，再移植到别处去。人工繁殖当然能够称人的心意，环境安排，日常养护，都可以尽往好的方面做，其结果是得到成长较快质量更好的木材。木材用作煤矿的坑木是一大宗，其他如枕木和电线杆，还有房屋的梁和柱子，也多用落叶松。松树皮可以提炼单宁，在化学工业方面，是一种极重要的原料。

白桦的用处也不小。木材可以制高级的胶合板，中含糖分很多，可以制糖。树皮可以提炼汽油，总之，如果列一张综合利用表，项目要多很多，我弄不明白，只好从阙。那白桦皮非常可爱，像是细银丝编排成的，闪闪发亮。剥去银亮的外层，里层作玉润的象牙色，文理那么匀净细腻，叫你不敢心粗气浮随便把它撕破。无论外层内层，如果取作室内的护壁，我以为比糊上花纸漂亮、雅致。不知道有没有建筑家考虑过。

树木当然不止落叶松、白桦两种，还有榆、柳、青杨、樟子松之类，所占成数不大，只是附庸而已。

火车到达甘河在夜间12点，我们已经入睡了。第二天清早，林业局十几位同志来相迎，到局中小憩，并进早餐。解放之初，就在林区成立三个林业局，工人仅有两千多。逐步发展，到现在已经有二十五个局，三个筹备处，干部工人共有十万二千人。各个局是独立的企业单位，由林业管理局统辖。局在林区分设若干林场，为管理的分支机构。林场又分设若干工段，实做采伐运输培育各项工作。这么多的人深入林区，还有家属，一切生活上的需要都得供应，文化教育上的需要也必须满足，因而一个林业局不仅是一个企业单位，实际上就是一个新的市镇。跟许多矿区垦区水利工程区一样，从前是渺无人烟，仅有自然景物，如今建设起新的市镇，千千万万人在那里安居乐业，为社会主义事业尽力：想想这情景，是多么伟大的转变啊！

进早餐的时候，听说有一位鄂伦春族的青年干部，从鄂伦春自治旗来的，我们就拉他过来，请他边吃边谈。他叫泉博胜，中学毕业，身体壮健，面目清秀，穿一身蓝布制服，说汉话挺流畅。他说鄂伦春族从前过部落生活，每个部落七八户，部落长由大家公推。猎获野兽，平均分配，没有争执。向不定居，哪里有野兽就赶到哪里。麻疹和风湿病是可怕的病患，敬撒满神求治，当然没有什么效果。拿猎获的野货跟外间换一些日用品，受尽人家的欺侮和剥削，不忍细说。新中国成立以后才像登了天。鄂伦春自治旗建立起来了，到今年国庆节是十周年，族人聚居在旗里的有一千多，还有定居在别地的。各方面得到政府的特别照顾，健康情况大好，青少年都上学，已经有受高等教育的了。他说族人的特点是勇敢而和气，打猎从小学会，他自己打猎的本领就很不错，并非夸口。又说他已经结婚，爱人是汉族，在从前当然是不可能的。

早餐过后，我们上小火车，要经过五十公里，到一处地方叫库中。小铁路是林业管理局所修，轨距零点七六二米。管理局还修好些公路。所以林区的交通线真可以用蛛网来形容，主要为的运木材，也便利工人上班下班。我们所乘的车，构造和大小，跟哈尔滨儿童铁路的客车相仿，双人板椅坐两个人，左右四个人，中间走道挺宽舒。车开得相当慢，慢却好，使贪看两旁景色的人感到心满意足。车窗外就是树木，树木外边还是树木，你说单调吧，一点儿也不，只觉得在林绿之中穿行异常新鲜，神清气爽。古人栽了几棵梧桐或者芭蕉，作诗就要用上"绿天"，未免夸大。这时候我倒真有"绿天"的实感，要是掺些想象的成分，竟可以说映人衣袂都绿。既而看见一条河道与铁路平行，一打听知道这就是甘河，水清见底，水草顺着流向徐徐袅动。我又得诗一首：

波梳水草成文理，澄澈甘河天影蓝，
高柳临流蝉绝响，清秋景色宛江南。

我注意到绝未听见蝉声,后来与老舍先生交换看诗稿,不约而同,他也有"蝉声不到兴安岭"之句。究竟是兴安岭上根本没有蝉,还是岭上气候较凉,蝉声早歇,我们二人都不知道。问几位陪我们入林的同志,也没得到确切的回答。

午后12点半到库中,一下车就往左边的原始林跑去。所谓原始林,就是从没经过采伐的,那些树自生自枯,世代相传,占着这块地方,并且逐渐扩大领土。拿落叶松来说,从幼苗到长足要一百年到一百二十年,看年轮就可以知道。而从长足到枯死,到腐朽,又不知道要经过多少年。眼前这些挺得高高的生气蓬勃的落叶松,是开始居留在这里的祖先的第几代后裔呢?脚踏在地上,软软的,陷到脚踝,原来青草和结着浆果的小灌木底下,尽是松针和断枝碎皮,或者已经腐烂,或者将腐未腐,也不知道有多少厚。这些松针和断枝碎皮,是多少世代的生命的残骸呢?边跑边想,总觉想不清楚。

挑定一处地方,在地上铺了几方毡毯,大家坐下来。我学几位同志的样,索性躺下来,伸展四肢,仰而朝天,看明蓝的高天和悠闲的白云。落叶松的树冠并不相互邻接,因而不至于翳天蔽日,阳光漏下来,照得身上微微发汗。望那些树干,挺极了,好像都不是静止的,棵棵都在往上伸,直欲伸到蓝天。忽然听见枪响,就有人说打中了,是一只乌鸡。谁打的?当然是泉博胜。泉博胜证实了他并非夸口,好几个人背着枪捧着乌鸡照相,分享他的成功的欢快。乌鸡大如鹅,全身乌黑,只翅膀边上有几片白羽。

坐羊皮筏到雁滩

在原始林中野餐，在原始林中听歌看舞蹈，全是平生所未经，那新鲜意趣实在难写难描。既而工人为我们表演锯树。一个人一条腿跪在地上，手里的锯离地不到一尺，就树干的这边锯，又就树干的那边锯，大约五分钟光景，一棵落叶松就横倒了。数数年轮，八十多岁。还没长足。又改用柴油锯锯另外一棵。柴油锯不须人力推拉，省力气，锯得快，只消两分钟，树就横倒了。听说还有一种电锯，也锯得快，可是电缆横在地上未免碍事，不及柴油锯方便。

锯树总算看到了，但是没看到一个工段多数工人在那里采伐的热闹场面。刚交秋令，还没下雪，大量木材从冰道上滑下去的情景当然无从看到。大家说，到冬季咱们再来吧。因为林区管冬令叫黄金季节，采伐运输最繁忙，看辛勤的人在冰天雪地里活跃，精神上该会得到极大的鼓舞。

在回到甘河的车中，我回味原始林中的印象，又作一首诗：

株株竞上望如伸，原始林中卧碧茵。
倏见乌鸡应声坠，神枪无愧鄂伦春。

1961 年 10 月 27 日作

游中山陵记

到了南京的第二天,我们去游中山陵。

中山陵在南京城东北钟山的南面,靠山建筑,从远望去,全体像个钟形,常绿树整整齐齐地排列着,受着阳光的照耀,现出可爱的亮绿色。

到了陵下,我们一级级踏着石阶上去。这石阶是很好的工程,又平正,又洁白。每多少级有一个平台,让人休息。我们不要休息,一口气把石阶走完,共四百级不到一点,大家喘得非常厉害,两条脚僵僵的,不像是自己的了。

我们歇了一歇,就走进祭堂。这里建筑得非常精美,地上和墙上都是最好的大理石,正中是孙中山先生的坐像,他的眼庄严地慈爱地看着我们。

祭堂的北墙上,两扇铜门关着,里面就是孙中山先生的墓室了。

第四辑 诚实的自己的话

是谁把这什么弄什么里化成丛墓的呢？是谁驱使这许多人投入丛墓的呢？这些真是极其愚笨的问题。人家出不起独占一所屋子的钱，当然只好七家八家合在一起住。所以，如果要编派处分，谁也怪不得，只能怪住在丛墓里的人自己不好，你们为什么没有富足的钱！你们如果怪房东把房价定得太贵，房东将会回答你们说："我是将本求利的，这房屋的利息是最公道的呢。我并不做三分息四分息的营生。你们不送我个'廉洁可风'的匾额，倒怪起我来了？！"

侮辱人们的人

最近,上海的报纸上刊载一个使我痛心的广告,我想一定有许多人和我同感。这个广告几乎使我不相信自己的眼睛,然而确确实实是印得很大很清楚的字。语句是:"宁可不娶小老嬷,不可不看《礼拜六》。"以下就是《礼拜六》周刊的目录。该刊每期的广告总有几句叫人难受的开场白,这一回是更为突出的罢了——不知道以后还有什么更为突出的话想出来。

这实在是侮辱,普遍的侮辱;侮辱文学,侮辱他们自己,侮辱所有的读者。我从来不肯诅咒人家,现在,我非诅咒他们不可了。无论什么游戏的事总不至于卑鄙到这样地步,游戏也得讲究高尚和真诚。现在既然有写这两句话的人,社会上又很有能够容忍这两句话的人,类似的语句几乎常见于报纸,这不仅是文学前途的渺茫和可虑,而且是整个中华民族奋发前进的渺茫和可虑了。

然而我们有这样的信念：人们最高精神的连锁是文学，使无数弱小的心团结而为大心，是文学独具的力量。文字能揭穿黑暗，迎接光明，使人们抛弃卑鄙和浅薄，趋向高尚和精深。既然如此，我们怎么能任文学的前途真个渺茫和可虑呢？

我国与文艺接触的人实在太少了，我们的希望当然要求逐渐增多。就是少数接触文艺的人，又缺乏辨别能力，不明白他们爱好的东西究竟是什么性质；我们的希望当然要求他们具有辨别能力，明白了解文艺的性质。但是现在的新文学运动能不能影响本来不曾接触过文艺的人呢？能不能使迷途的人辨明正确的趋向呢？实在不能不假思索地回答个"能"字。且不说从来不曾接触过文艺的人；一部分入了迷途的，他们既已接触而且成了爱好，当然要继续接触下去。可是好的正当的非常稀少，力量非常薄弱；坏的荒谬的当然要乘机而起，供应他们的需求了。确实地，好的正当的文艺除了少数几种杂志和丛书以外，还有什么呢？

看了前面所说的那个广告，我们不要徒然伤感，应当格外努力。当然，我们先得着眼于曾经与文艺接触过的人；他们爱好失当，不自觉地认非为是，已成习惯，与我们所谓真正的文艺往往不愿意亲近，这一层障碍首先要打破。我们应当摸清可以打动他们的方法，设想怎样写作他们就愿意亲近了，然后从事写作。这并非迎合迁就，而是"因势利导"，实为是给他们以强烈的讽刺和正确的纠正。他们接触了新的，既然不觉得不习惯，就会屡屡接触，因而潜移默化，进入新的途径。这一层是我们现在极须注意的。同时,从事文艺的人要尽量增多,才能扩大文艺界的范围,供一般人广泛汲取。

我相信前面所说的那种广告总会有绝迹的一天,时间的早晚,全看我们努力的程度如何。

原载《文学旬刊》第5期(1924年6月20日),有修改。

中国人站起来了

中华人民共和国跟中央人民政府成立了。毛主席说的,"我们的工作将要写在人类的历史上,它将要表明:占人类总数四分之一的中国人从此站立起来了"。在这样的光荣的日子,我要诚恳地向诸位说几句话。

诸位,请想一想,"占人类总数四分之一",一个多么巨大的数目!请想一想,"占人数总数四分之一的中国人从此站立起来了",一个多么伟大的光景!大家说二十世纪是人民的世纪,现在咱们中国人开始了人民的世纪,这句话更加有了确实可靠的保证。

咱们立国的精神跟方针政策包容在人民政协通过的三个文件里头,就是《人民政协共同纲领》《人民政协组织法》《中央人民政府组织法》。这三个文件经过六百几十位代表详细研究,反复讨论,才通过的。他们的研究跟讨论,是综合了全国人民的愿望,根据了咱们中国的实际情况的。诸位,咱们要注意,这三个文件里头贯彻着毛泽东思想。换句话说,这是毛泽东思想的结晶。毛主席告诉大家要怎么样才能够站起来，大家认清楚只有照他说的做才能够站起来。全国人民的思想已经跟毛泽东思想融合了，这三个文件就是确确实实的证据。

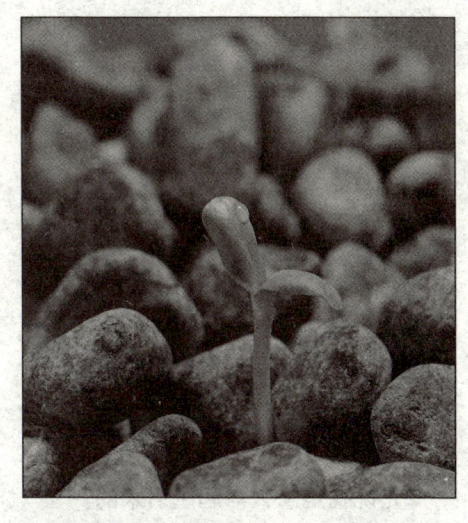

诸位，从今以后，咱们中国将要涌起爱国的高潮，越来越高，越来越高。那种爱国跟以前所谓爱国完全不同，以前的爱国是空空洞洞的。现在，咱们站起来了，国家是咱们自己的，政府是咱们自己的，武力是咱们自己的，资源，财富，文化，教育，全都是咱们自己的。有这么些实实在在的东西在咱们手里，所以咱们的爱国也是实实在在的。不但心里爱，而且懂得怎么样爱，能够用实际的行动去爱。

将革命进行到底，是为了爱国。站在各自的岗位上努力，是为了爱国。在国际间结交够朋友的朋友，是为了爱国。如果有国际强盗来侵犯咱们，就拿起武器，不怕牺牲，像《义勇军进行曲》里唱的"冒着敌人的炮火前进"，也是为了爱国。

就是这么样的爱国主义保证了中华人民共和国的独立，民主，和平，统一，富强。

1949 年

我和儿童文学

先说我是怎么写起童话来的。

我的第一本童话集《稻草人》的第一篇是《小白船》,写于一九二一年十一月十五日,我写童话就是从这一天开始的。接着在十六日、十七日写了《傻子》和《燕子》;隔了两天,在二十日又写了《一粒种子》。不到一个星期写了四篇童话,我自己也不敢相信了。这种情形不止一次,那一年十二月二十五日到三十日,也是六天,写了《地球》《芳儿的梦》《新的表》《梧桐子》《大喉咙》,一共五篇。一九二一年冬季,正是我和朱佩弦(自清)先生在杭州浙江第一师范日夕相处的日子,两个人在一间卧室里休息,在一间休憩室里备课,闲谈,改本子,写东西。可能因为兴致高,下笔就快些。朱先生有一篇散文记下了那些值得怀念的日子,中间提到我写童话的情形,说我构思和下笔都很敏捷。我自己可完全记不起来了,好像从来不曾这样敏捷过。

我写童话,当然是受了西方的影响。"五四"前后,格林、安徒生、王尔德的童话陆续介绍过来了。我是个小学教员,对这种适宜给儿童阅读的文学形式当然会注意,于是有了自己来试一试的想头。还有个促使我试一试的人,就是郑振铎先生,他主编《儿童世界》,要我供给稿子。《儿童世界》每个星期出一期,他拉稿拉得勤,我也就写得勤了。

这股写童话的劲头只持续了半年多,到第二年六月写完了那篇《稻草人》为止。为什么停下来了,现在说不出,恐怕当时也未必说得出。会不会因为郑先生不编《儿童世界》了?有这个可能,要查史料才能肯定。从《小白船》到《稻草人》,一共二十三篇童话编成一本集子,就用《稻草人》作书名,在一九二三年十一月出版,列入《文学研究会丛书》,因为我是文学研究会的会员。

《稻草人》这本集子中的二十三篇童话,前后不大一致,当时自己并不觉得,只在有点儿什么感触,认为可以写成童话的时候,就把它写了出来。我只管这样一篇接一篇地写,有的朋友却来提醒我了,说我一连有好些篇,写的都是实际的社会生活,越来越不像童话了。那么凄凄惨惨的,离开美丽的童话境界太远了。经朋友一说,我自己也觉察到了。但是有什么办法呢?生活在那个时代。我感受到的就是这些嘛。所以编成集子的时候,我还是把《稻草人》这个篇名作为集子的名称。

在以后这三年里,我只写了六篇童话,我记不得了,是一位年轻朋友查到了告诉我的。一九二五年的五卅运动把我的注意力引到了别的方面,直到大革命失败以后,我才写了一篇《冥世别》。当时,无数革命青年被屠杀了,有些名流竟然为屠夫辩护,说这些青年是受人利用,做了别人的工具,因而罪有应得。我想让这些受屈的青年出来申辩几句。可是他们已经死了,怎么办呢?于是想到用童话的形式,让他们在阴间向阎王表白。这篇童话不是写给孩子们看的,所以后来没有编进童话集。我在这里提一下,是想说明有些童话可能不属于儿童文学。给文学形式分类下定义本来是研究者的事。写的人可以不必管它。

一九二九年秋天,我写了《古代英雄的石像》。这篇童话引起好些误解,许多人来信问我,这个石像是不是影射某某某。我并无这个意思,只是说就石头来说。铺在路上让大家走,比作一个偶像,代表一个实际上并不存在的英雄有意义得多。后来续安徒生的童话,作《皇帝的新衣》,我也并不是用这个皇帝影射某某某。一九三一年六月,我的第二本童话集《古代英雄的石像》出版,一共收了这两年间写的九篇童话。写得少的缘故,大约是做了许多年编辑工作,养成了不敢随便下笔的习惯。

直到一九五六年,中国少年儿童出版社要我选自己的童话若干篇,编成一本集子。他们说,这些童话虽然是新中国成立前写的,让现在的孩子们看看,知道一些旧社会的情形,也有好处。我同意了,选了十篇,编成了《叶圣陶童话选》。这十篇中,《一粒种子》《画眉》《稻草人》是一九二一年到一九二二年写的,可以代表一个阶段;《聪明的野牛》是一九二四年写的,不曾收进童话集;《古代英雄的石像》《皇帝的新衣》《含羞草》《蚕和蚂蚁》是一九三一年到一九三三年写的,可以代表另一个阶段;最后两篇是一九三六年年初写的《鸟言兽语》和《火车头的经历》(在这两篇之后,就没有写过童话了)。我把这十篇童话的文字重新整理了一遍,因为这是给孩子们阅读的,不敢急慢,总想做到通畅明白,念起来顺口,听起来顺耳。

打倒"四人帮"之后,中国少年儿童出版社打算重排《叶圣陶童话选》,要我增选几篇。我答应了,从第一本集子《稻草人》中选出《玫瑰和金鱼》《快乐的人》《跛乞丐》三篇,从第二本集子《古代英雄的石像》中选出《书的夜话》和《熊夫人幼稚园》两篇,都经过重新整理,加了进去。为了区别于以前的版本,把书名改成《〈稻草人〉和其他童话》,在去年八月出版。

这几本童话集的插图,我都很喜欢。《稻草人》是许敦谷先生的钢笔画,《古代英雄的石像》是丰子恺先生的毛笔画,《叶圣陶童话选》是黄永玉先生的木刻。丰子恺先生和黄永玉先生是国内国外都知名的画家,许敦谷先生比他们早,现在知道他的人不多了。在二十年代,许先生为儿童读物画过不少插图,似乎到了三十年代,就看不到他的新作了。好的插图不拘泥于文字内容,而能对文字内容起画龙点睛的作用,许先生画的就有这个长处,因而比较耐看。他的线条活泼准确,好像每一笔下去早就心中有数似的,足见他素描的基本功是很深的。丰先生和黄先生的插图,功力也很到家。对儿童文学来说,插图极其重要,是值得研究的一个方面。

除了童话,我写过两本童话歌剧,一本叫《蜜蜂》,一本叫《风浪》,都请人配了谱,在二十年代出版过。可是内容是什么,我完全记不起了,想找来看看,托了好几个人,至今还没有找到。此外还写过一些儿童诗歌,大多刊登在早期的《儿童世界》,有的也配了谱。

在儿童文学方面,我还做过一件比较大的工作。在一九三二年,我花了整整一年时间,编写了一部《开明小学国语课本》,初小八册,高小四册,一共十二册,四百来篇课文。这四百来篇课文,形式和内容都很庞杂,大约有一半可以说是创作,另外一半是有所依据的再创作,总之没有一篇是现成的,是抄来的。给孩子们编写语文课本,当然要着眼于培养他们的阅读能力和写作能力,因而教材必须符合语言训练的规律和程序。但是这还不够。小学生既是儿童,他们的语文课本必得是儿童文学,才能引起他们的兴趣,使他们乐于阅读,从而发展他们多方面的智慧。当时我编写这一部国语课本,就是这样想的。在这里提出来,希望能引起有关同志的注意。

新中国成立以后,我只给儿童写过几首短诗,几篇散文,刊登在哪儿,也记不清了。总是忙。"四人帮"横行的那些年倒是闲了,可是哪有心情写什么东西呢?现在精力不济了,而且又忙了起来,许多事情还必须赶紧去做。儿童文学的园地不久也会万紫千红的,我正在拭目以待,做个鼓掌喝彩的人。

1980年1月17日

莫遗忘

被遗忘的人比没有被遗忘的人多不知多少倍。我们翻开过去的记载，就看见一个个姓名，看见由这些姓名代表的一个个本体所做的事，于是兴起钦仰、怀念、憎恨、鄙薄等等感情。这些虽然颇不相同，而自以为所知不少，足以自慰，却是必然会有的意念。但是，这就真个"所知不少"了吗？试一细思，就知道未必。在通行使用姓名以前，曾经有过多少可以由姓名代表的本体，在通行使用姓名以后，曾经有多少本体连同姓名一齐泯灭了，这是谁也不能确切地回答的。确切地回答诚然不能，但是谁也能想到这一定是个非常大非常大的数目吧。这非常大非常大的数目，有他们的灵魂，有他们的力量，在人类生存的历程中，他们尽了承前启后的责任；或许有一部分还不止于此，他们的努力使人类少走若干弯路，他们的恩泽将遗传到无穷尽的将来。这未必比我们能够记住的那些姓名不重要吧？然而我们遗忘了，遗忘得干干净净，好像从来不曾有过他们似的。我们还能自夸"所知不少"吗？

对于往昔不必多论，我们且来说现在。在报章和文件里常常出现的那些姓名和事迹，排印时须用大号字，谈论时须提高嗓音，当然是所谓"要人"和"大事"了。一个人假若不明白这些，那就只有抿紧嘴唇站在墙角里的份儿，因为他"不知世务"。反过来，能够源源本本，如数家珍的，那就是个"通达世务"的通人。这似乎非常公平，通人与非通人均由自取，正如赛跑者的成绩等等，全凭各自的足力。但是我们有时候不免有点儿怀疑。某人的寿宴有某某等伶人的堂会，某人在西湖上吃醋溜鱼大加称赏，也就是腾于口说，遍载报章的材料。从谈说和登载上看，这些当然是"要人"和"大事"无疑了。然而把通晓这些人和事的人称为"通人"，我们却觉得殊难感服。为什么？因为他通晓的太无聊，而不通晓的又太多了。

现在同往昔一样，而且将来也还是一样，总有极大部分人从不挂在别人的心头，虽然他们确实出生在这世间。这在别人方面自然觉得歉然，而在不挂在别人心头的人本身却没有什么，苟无名心，尽不妨独往独来。可是更有一部分人，他们是值得让人知道的，而且是应当让人知道的，他们的事业是为自己也为大众；然而他们被淹没了，被毁灭了，淹没他们的是愚昧的浪潮，毁灭他们的是残暴的烈焰。这比偶尔被人遗忘残酷得多。同样生而为人，竟至于受到不容向人们透露一点真消息的严惩，不能不说是人间最深刻的悲哀！这种悲哀，我们想，凡是勉为"通人"的定必深致同情，而且极愿意知道经过的一切，不惮从水底里去检查遗痕，从灰烬里去剔寻残屑。本来，单只通晓人世的浮面而不能通晓它的阴暗幽秘的部分，是不配称作"通人"的啊。

诚实的自己的话

我们要知道，这世间有些人，为着自己也为着大众的利益而奋斗，所得的报酬却是毒骂和罪名和死。

我们要知道，这世间有些人，并没有犯罪而以罪名死，死了之后，亲旧友朋都不很方便公然说死者是无罪的。

我们要知道，这世间有些人，所干的事业不便于别一类人，忽然失踪了，他们的形体就此消灭于天地之间——大概死了吧，死也不得公然地死！

我们要知道，这世间有些人，为着自身吃着痛苦，正当抗护，便受罪罚；这罪罚又是秘密的，不容谈及，在报纸的角落里都找不到这类消息，因为一谈及就是煽动之罪。

我们要知道，这世间有不为战争而给排枪打出来的血，凝结在大都市宽广的大路上。

我们要知道，这世间有自己也不知为了什么，却永久被拘囚在牢狱里的人物。

以上说及的这些人，都是被一般人遗忘了或者改装了的。现在我们要知道他们，遗忘当然不至于了，同时也就剥掉了他们被改装的外衣，认识他们本来的真相。这样，似乎可以堂而皇之做"通人"了。其实通不通没有多大关系，得到很多实益却是真的。这些人的人格，这些人的事迹，给予我们的感动是没有限量的。从此，我们可以确定我们的识力，知道应当怎样做人，怎样处世。从此，我们可以调整我们的感情，知道应当怎样去爱，怎样去恨。

莫遗忘，莫遗忘了被圈禁在人世阴暗幽秘的部分的人们！

原载《光明》第一期（1926年6月5日），有修改。

"今天天气好啊!"

"自由谈",这是个幻影似的名词。从前秦始皇的时代,两个人在路上碰见了,停了步,谈一句两句话,就犯死罪;谈的什么话是不问的。后来虽然没有这样干脆简单的法令,但是一方面有示范作式的教条,教训人们谈话应该怎样谈;另一方面又有多少条多少款的律文,规定人们谈话不许怎样谈。在这双方钳制之下,哪里有什么"自由谈"?

我们听到的一些谈论,看到的一些文篇,都是苟存在这双方钳制的夹缝里的。不触着这一边,也不冒犯那一边,才得以说出来,写下来,给我们听到看到。如果超过了这个限度,谈论就只好咽下肚去,让它烂掉;文篇呢,劈版,收毁,禁止投递,它的灾难何止一端?于是我们就无缘听到看到了。

环境如此,人们就变得异样机警,非常圆滑。怎样才能在双方钳制的夹缝里转侧自如,成为立言持论的人的必修科目。对于这个科目修习得太到家了,有时候竟会起一种幻觉,把自己所处的关缝收缩得更窄些。试举一个例子,近来北平有许多学者主张定北平为文化城,撤除军备,免遭日本飞机大炮的蹂躏;但是在他们的意见书里,却只含糊地指称"敌人",绝对不见"日本"二字。他们大概是这样想的:若在这"未雨绸缪"的意见书里交代明白,说为的是日本,未免太使日本难堪了。

想谈张君,恐怕张君生心,不谈。想谈李君,恐怕李君动怒,不谈。谈谈甲事乙事吧,又恐怕跟甲事乙事有关的赵君王君不高兴,也只好不谈。于是谈天气。但是说天气不好还是不行,也许会冒犯了冥漠无言的大自然,忽地来一阵烈风暴雨,吹痛了头脑,沾湿了衣裳。"推头着壁",只有说天气好是唯一妥当的办法。所以,两个人遇见了,往往异口同声地说:"今天天气好啊!"

原载《申报·自由谈》(1932年12月1日),有修改。

从焚书到读书

人类真是奇怪的动物，生来便有所谓"智慧"。以有智慧故，从最初劳动时或惊骇时所发的呼声，进化而为互通情感的语言，由语言而造出文字，用文字记载事物，便又产生"书"这一类东西。

书，又是奇怪的东西：说它可爱呢，它确能把人类过去从奋斗中所得到的经验和理论都告诉了后来的人，做后来人努力的方向。说它可恶呢，自从它把经验理论告诉了后来人，便使阶级化了的人类社会常常感到不安。

在可恶这一点上，二千一百多年前聪明的秦始皇已经觉到了，他便取激烈手段，索性把藏在民间的书统统付之一炬。

但究竟这手段太激烈，不久便有不读书的刘项，起来把妄想传之万世的秦朝打倒。后来的皇帝更加聪明，他们知道既然有了"书"这件东西，要根本毁灭是不可能的，与其"焚"，还不如索性教人家"读"，不过"读"要有一定的范围、一定的方法，于是便找出了几种有利于当时社会的支配阶级的理论的书，定名为"圣经贤传"，其他诸子百家便是"异端邪说"，都在"罢黜"之列，更定下一个"使天下英雄入吾彀中"的科举制度。一般人读了圣经贤传，不难在科举制度下名利双收，否则读着异端邪说的书，便是"非圣无法"，可以使你身首异处。那时奖励青年们读书有四句口号道："天子重英豪，文章教尔曹，万般皆下品，唯有读书高。"

现在科举制度早已废止了，但是科举的精神依旧存在着。

政府的煌煌明令，学者名流的谆谆告诫，都是说"青年应该读书"！读什么书呢？他们没有说，大概便因为有所谓"标准"在，不用细说了。合乎标准的，有文凭可拿，有资格可得。不合乎标准的书籍，便等于从前所谓诸子百家，是异端邪说，教师不敢介绍，书店也不敢刊行，青年们更少有读到的机会了。不过社会究竟在进步，口号和以前不同了："非圣无法"现在简称为"反动"，"……唯有读书高"现在一变而为"读书救国"了。

从"焚书"到"读书"，方法和口号尽管在变换，精神是一贯的。我们不知道教学生埋头读书的学者名流有否想到这一层。

原载《中学生》1932年1月号（未署名）

过去随谈

一

在中学校毕业是辛亥那一年。并不曾作升学的想头；理由很简单，因为家里没有供我升学的钱。那时的中学毕业生当然也有"出路问题"；不过像现在的社会评论家杂志编辑者那时还不多，所以没有现在这样闹闹嚷嚷的。偶然的机缘，我就当了初等小学的教员，与二年级的小学生做伴。钻营请托的况味没有尝过；照通常说，这是幸运。在以后的朋友中间有这么一位，因在学校毕了业将与所谓社会面对面，路途太多，何去何从，引起了甚深的怅惘；有一回偶游园林，看见澄清如镜的池塘，忽然心酸起来，强烈地萌生着就此跳下去完事的欲望。这样伤感的青年心情我可没有，小学教员是值得当的，我何妨当当，从实际说，这又是幸运。

小学教员一连当了十年，换过两次学校，在后面的两所学校里，都当高等班的级任；但也兼过半年幼稚班的课——幼稚班者，还够不上初等一年级，而又不像幼稚园儿童那样地被训练的，是学校里一个马马虎虎的班次。职业的兴趣是越到后来越好；因为后来几年中听到一些外来的教育理论和方法，自家也零零星星悟到一点儿，就拿来施行，而同事又是几位熟朋友的缘故。当时对于一般不知振作的同业颇有点儿看不起，以为他们德性上有污点；倘若大家能去掉污点，教育界一定会大放光彩的。

民国十年暑假后开始教中学生。那被邀请的理由有点儿滑稽。我曾经写些短篇小说刊载在杂志上。人家以为能写小说就是善于作文，善于作文当然也能教国文，于是我仿佛是颇为适宜的国文教师了。这情形到现在仍然不变，写过一些小说之类的往往被聘为国文教师，两者之间的距离似乎还不曾有人切实注意过。至于我舍小学而就中学的缘故，那是不言而喻的。

直到今年，曾经在五所中学三所大学当教员，教的都是国文；这一半是兼职，正当是书局编辑，连续七年有余了。大学教员我是不敢当的；我知道自己怎样没有学问，我知道大学教员应该怎样教他的科目，两相比并，我的不敢是真情。人家却说了："现在的大学，名而已！你何必拘拘？"我想这固然不错；但是从"尽其在我"的意义着想，不能因大学不像大学，我就不妨去当不像大学教员的大学教员。所惜守志不严，牵于友情，竟尔破戒。今年在某大学教"历代文选"，劳动节的下一天，接到用红铅笔署名"L"的警告信，大意说我教的那些古旧文篇，徒然助长反动势力，于学者全无益处，请即自动辞职，免讨没趣云云。我看了颇愤愤：若说我没有学问，我承认；说我助长反动势力，我恨反动势力恐怕比这位L先生更真切些呢；倘若认为教古旧文篇就是助长反动势力的实证,不必问对于文篇的态度如何,那么他该叫学校当局变更课程,不该怪到我。后来知道这是学校波澜的一个弧痕,同系的教员都接到L先生的警告信,措辞比给我的信更严重,我才像看到丑角的丑脸那样笑了。从此辞去不教;愿以后谨守所志,"直到永远"。

自知就所有的一些常识以及好嬉肯动的少年心情,当个小学或初中的教员大概还适宜。这自然是不往根柢里想去的说法;如往根柢里想去,教育对于社会的真实意义(不是世俗认为的那些意义)是什么,与教育相关的基本科学内容是怎样,从事教育技术上的训练该有哪些项目,关于这些,我就与大多数教员一样,知道得太少了。

二

作小说的兴趣可以说因中学时代读华盛顿·欧文的《见闻录》引起的。那种诗味的描写,谐趣的风格,似乎不曾在读过的一些中国文学里接触过;因此我想,作文要如此才佳妙呢。开头作小说记得是民国三年,投寄给小说周刊《礼拜六》,登出来了,就继续作了好多篇。到后来,"礼拜六派"是文学界中一个卑污的名称,无异"海派""黑幕派"等等。我当时的小说多写平凡的人生故事,同后来相仿佛,浅薄诚然有之,如何恶劣却不见得,虽然用的工具是文言,还不免贪懒用一些成语典故。作了一年多就停笔了,直到民国九年才又动手。是颉刚君提示的,他说在北京的朋友将办一种杂志,写一篇小说付去吧。从此每年写成几篇,一直不曾间断,只有今年是例外,眼前是十月将尽了,还不曾写过一篇呢。

预先布局,成后修饰,这一类 ABC 里所诏示的项目,总算尽可能的力实做的。可是不行;写小说的基本要项在乎有一双透彻观世的眼睛,而我的眼睛够不上;所以人家问我哪一篇最惬心时,我简直不能回答。为要写小说而训练自己的眼睛固可不必;但眼睛的训练实在是生活的补剂,因此我愿意对这方面致力。如果致力而有进益,由进益而能写出些比较可观的文篇,自是我的欢喜。

为什么近来渐渐少写,到今年连一篇也没有写呢?有一个浅近的比喻,想来倒很确切的。一个人新买一具照相机,不离手地对光,扳机,卷干片,一会儿一打干片完了,就装进一打,重又对光,扳机,卷干片。那时候什么对象都是很好的摄影题材;小妹妹靠在窗沿憨笑,这有天真之趣,照它一张;老母亲捧着水烟袋抽吸,这有古朴之致,照它一张;出外游览,遇到高树、流水、农夫、牧童,颇浓的感兴立刻涌起,当然不肯放过,也就逐一照它一张,洗出来时果能成一张像样的照相与否似乎不关紧要,最热心的是"嗒"地一扳;面前是一个对象,对着它"嗒"地扳了,这就很满足了。但是,到后来却有相度了一番终于收起镜箱来的时候。爱惜干片吗?也可以说是,然而不是。只因希求于照相的条件比以前多了,意味要深长,构图要适宜,明暗要美妙,还有其他等等,相度下来如果不能应合这些条件,宁可收起镜箱了事;这时候,徒然一扳被视为无意义了。我从前多写只是热心于一扳,现在却到了动辄收起镜箱的境界,是自然的历程。

三

《中学生》主干曾嘱我说些自己修习的经历，如何读书之类。我很惭愧，自计到今为止，没有像模像样读过书，只因机缘与嗜好，随时取一些书来看罢了。读书既没有系统，自家又并无分析和综合的识力，不能从书的方面多得到什么是显然的。外国文字呢？日文曾经读过葛祖兰氏的《自修读本》两册，但是像劣等学生一样，现在都还给老师了。至于英文，中学时代读得不算浅，读本是文学名著，文法读到纳司非尔的第四册呢；然而结果是半通不通，到今看电影字幕还不能完全明白。（我觉得读英文而结果如此的实在太多了。多少的精神和时间，终于不能完全看明白电影字幕！正在教英文读英文的可以反省一下了。）不去彻底修习，达到全通真通，当然是自家的不是；可是学校对于学生修习各项科目都应定一个毕业的最低限度，一味胡教而不问学生果否达到了最低限度，这不能不怪到学校了。外国文字这一工具既然不能使用，要接触些外国的东西只好看看译品，这就与专待喂养的婴孩同样可怜，人家不翻译，你就没法想。说到译品，等类颇多。有些是译者实力不充而硬欲翻译的，弄来满盘都错，使人怀疑外国人的思想话语为什么会这样奇怪不依规矩。有些据说为欲忠实，不肯稍事变更原文语法上的结构，就成为中国文字写的外国文。这类译品若请专读线装书的先生们去看，一定回答"字是个个识得的，但是不懂得这些字凑合在一起说些什么"。我总算能够硬看下去，而且大致有点儿懂，这不能不归功于读过两种读如未读的外国文。最近

诚实的自己的话

看到东华君译的《文学之社会学的批评》，清楚流畅，义无隐晦，以为译品像这个样子，庶几便于读者。声明一句，我不是说这本书就是翻译的模范作；我没有这样狂妄，会自认有评判译品高下的能力。

说起读书。十年来颇看到一些人，开口闭口总是读书，"我只想好好儿念一些书"，"某地方一个图书馆都没有，我简直过不下去"，"什么事都不管，只要有书读，我就满足了"，这一类话时时送到我的耳边；我起初肃然起敬，既而却未免生厌。那种为读书而读书的虚矫，那种认别的什么都不屑一做的傲慢，简直自封为人间的特殊阶级，同时给予旁人一种压迫，仿佛唯有他们是人间的智慧的笃爱者。读书只是至为平常的事而已，犹如吃饭睡觉，何必作为一种口号，唯恐不遑地到处宣传？况且所以要读书，从哲学以至于动植矿，就广义说，无非要改进人间的生活。光是"读"绝非终极的目的。而那些"读书""读书"的先生们似乎以为光是"读"最了不起，生活云云不在范围以内；这也引起我的反感。我颇想标榜"读书非究竟义谛主义"——当然只是想想罢了，宣言之类并未写过。或者有懂得心理分析的人能够说明我之所以有这种反感，由于自家的头脑太俭了，对于书太疏阔了，因此引起了忌妒，而怎样怎样的理由是非意识地文饰那忌妒的丑脸的。如果被判定如此，我也不想辩解，总之我确然曾有这样的反感。至于那些将读书做口号的先生们是否真个读书，我不得而知；可是有一层，从其中若干人的现况上看，我的直觉的批评成为客观的真实了。他们果然相信自己是人间智慧的宝库，无所不知，无所不能，得便时抛开了为读书而读书的招牌,就不妨包办一切;他们俨然承认自己是人间的特殊阶级,虽在极微细的一谈笑之顷。总要表示外国人提出来的"高等华人"的态度。读书的口号,包办一切,"高等华人",这其间仿佛有互相纠缠的关系似的。

四

我与妻结婚是由人家做媒的,结婚以前没有会过面,也不曾通过信。结婚以后两情颇投合,那时大家当教员,分散在两地,一来一往的信在半途中碰头,写信等信成为盘踞心窝的两件大事。到现在十四年了,依然很爱好。对方怎样的好是彼此都说不出的,只觉很合适,更合适的情形不能想象,如是而已。

这样打彩票式的结婚当然很危险的,我与妻能够爱好也只是偶然;迷信一点儿说,全凭西湖白云庵那位月下老人。但是我得到一种便宜,不曾为求偶尔眠思梦想,神魂颠倒;不曾沉溺于恋爱里头,备尝甜酸苦辣各种滋味。图得这种便宜而去冒打彩票式的结婚的险,值得不值得固难断言;至少,青年期的许多心力和时间是挪移了过来,可以去对付别的事了。

现在一般人不愿冒打彩票式的结婚的险是显然的,先恋爱后结婚成为普遍的信念。我不菲薄这种信念,它的流行也有所谓"必然"。我只想说那些恋爱至上主义者,他们得意时谈心,写信,作诗,看电影,游名胜;失意时伤心,流泪,作诗(充满了惊叹号),说人间最不幸的只有他们,甚至想投黄浦江;像这样把整个生命交给恋爱,未免可议。这种恋爱只配资本家的公子"名门"的小姐去玩的。他们享用的是他们的父亲祖先剥削得来的钱，他们在社会上的地位在未入母腹时早就安排停当，他们看世界非常太干，没有一点儿问题；闲暇到这样地步却也有点儿难受，他们于是就恋爱这个题目，弄出一些悲欢哀乐来，总算在他们空白的生活录上写下了几行。如果不是闲暇到这样的青年男女也想学步，那唯有障碍自己的进路，减损自己的力量而已。

人类不灭，恋爱也永存。但是恋爱各式各样。像公子小姐们玩的恋爱，让它"没落"吧！

1930年10月29日

生命和小皮箱

空袭警报传来的时候，许多人匆匆忙忙跑到避难室防空壕里去。其中有些人，手里提着一只小皮箱。小皮箱里盛的什么？不问可知是金银财物证券契据之类，总之是值钱的东西，可以活命的东西。生命保全了，要是可以活命的东西保不住，还是不得活命。带在身边，那就生命和可以活命的东西"两全"了。这样想法原是人情之常，无可非议。

我现在想猜度各人对生命和小皮箱的观念。

也许作这样想吧：——既已有了生命，别的且不管，生命总得保住，直到事实上再也不能保住的一瞬间。敌人的轰炸机来了，当前有避难室防空壕，当然要躲到里头去，因为这是保住生命唯一的办法。待听到了一声拖得很长的解除警报，走出避难室防空壕一看，假如满眼是坍毁了的房屋，翻了身的田园，七零八落的肢体，不免点头自慰，生命过了一道难关了。其时看看手里的小皮箱，好好的，没有裂开一道缝，更不免暗自庆幸。有这个小皮箱在，那么一个地下室毁了还有别的地下室，一个防空壕炸了还有别的防空壕，敌人炸到东边，自己可以逃到西边，旅馆总有的住，馆子里的饭菜总有的吃。有的住又有的吃，不是生命仍然可以保住吗？

也许作这样想吧：——自己的生命是与别人的生命有关联的，自己的小皮箱是与别人的小皮箱"休戚相共"的。仅仅想保住自己的生命，生命难保；仅仅想依靠自己的小皮箱，小皮箱毫无用处。因此，要保住生命就得推广开来保住"四万万同胞"的生命，要依靠小皮箱就得推广开来依靠整个中华国土这个其大无比的小皮箱。（整个中华国土不是我们的小皮箱吗？）敌人的轰炸机来了，当前有避难室防空壕，自然要往里头躲，血肉之躯拼不过炸弹，这是常识。手头有个小皮箱，自然不妨提着走，化为灰屑究竟是可惜的。但是在听到一声拖得很长的解除警报之后，见到自己的生命和小皮箱都还存在，并不觉得有什么可以安慰庆幸之处，只觉得一种责任感压在心头，非立刻再去操心思，流血汗，干那保住大众的生命，守护其大无比的小皮箱的工作不可。

我只能猜度，不能发掘人家的心。重庆人口头惯说"要得""要不得"，提着小皮箱跑进避难室防空壕的人不妨问问自己：哪一种想头"要得"，哪一种"要不得"？还不妨问问自己：自己的想头属于哪一种？

原载重庆《新民报》（1938年2月26日）。

诚实的自己的话

我们试问自己，最爱说的是哪一类的话？这可以立刻回答，我们爱说必要说的与欢喜说的话。我们有时受人家的托付，传述一句话，或者为事势所牵，不得不同人家勉强敷衍几句，固然也一样地能够说，然而兴趣差得远了。语言本是为着要在大群中表白自我，或者要鸣出内心的感兴。顺着这两个倾向的，自然会不容自遏地高兴地说。至于传述与敷衍，既不是表白，又无关感兴，本来不必鼓动唇舌的。本来不必而出以勉强，兴趣当然不同了。

作文与说话本是同一目的，只是所用的工具不同而已。所以在这关于说话的经验里可以得到关于作文的启示。倘若没有什么想要表白，没有什么发生感兴，就不感到必要与欢喜，就不用写什么文字。一定要有所写才动手去写。若不是为着必要与欢喜而勉强去写，这就是一种无聊又无益的事。

勉强写作的事确然是有的。这或由于作者的不自觉，或由于别有利用的心思，并不根据所以要写作的心理的基本。作者受别人的影响，多读了几篇别人的文字，似乎觉得颇欲有所写了，但是写下来却与别人的文字没有两样。至于存着利用的心思的，他一定要写作一些文字才得达某种目的。可是自己没有什么可写，不得不去采取人家的资料。像这样无意的与有意的勉强写作，所犯的弊病是相同的，就是模仿。我这样说，无意而模仿的人固然要出来申辩，说这所写的确然出于必要与欢喜；而有意模仿的人或许也要不承认自己的模仿。但是有一种尺度在这里，用着它，模仿与否将不辩而自明，就是这文字里的表白与感兴是否确实作者自己的。从这衡量就可见二者都只是复制了人家现成的东西，作者自己并不曾拿出什么来。不曾拿出什么来，模仿的讥评当然不能免了。至此，无意而模仿的人就会爽然自失，感到这必要并非真的必要，欢喜其实无可欢喜，又何必定要写作呢？而有意模仿的人想到写作的本意，为葆爱这种工具起见，也将遏抑利用的心思。直到他们确实有自己的表白与感兴才动手去写作。

　　像那些著述的文字，作者潜心研修，竭尽毕生的精力，获得一种见解，创成一种艺术，然后写下来的，自然是写出自己的东西。但是人间的思想情感往往不甚相悬，现在定要写出自己的东西，似乎他人既已说过的就得避去不说，而要去找人家没有说过的来说。这样，在一般人岂不是可说的话很少了吗？其实写出自己的东西并不是这样讲的；按诸实际，又绝不能像这个样子。我们说话作文，无非使用那些通用的言词；至于质料,也免不了古人与今人这样那样运用过了的,虽然不能说绝没有创新,而也不会全部是创新。但是要注意,我们所以要说这席话,写这篇文,自有我们的内面的根源,并不是完全被动地受了别人的影响,也不是想利用着达到某种不好的目的。这内面的根源就与著述家所获得的见解和创成的艺术有同等的价值。它是独立的,即使表达出来恰巧与别人的雷同,或且有意地采用了别人的东西,都不受模仿的讥评,因为它自有独立性。这正如两人面貌相同性情相同,无碍彼此的独立,或如生物吸收了种种东西营养自己,却无碍自己的独立。所以我们只需自问有没有话要说,不用问这话人家曾否说过。果真确有要说的话,用以作文,就是写出自己的东西了。

更进一步说,人的思想情感诚然不甚相悬,但也绝不会全然一致。先天的遗传,后天的教育,师友的熏染,时代的影响,都是酿成大同中的小异的原因。原因这么繁复,又是参伍错综地来的,就成各人小异的思想情感。那么,所写的东西如果是自己的,只要是自己的,实在很难遇到与人家雷同的情形。试看许多文家一样地吟咏风月,描绘山水,会有不相雷同而各极其妙的文字,就是很显明的例了。原来他们不去依傍别的,只把自己的心去对着风月山水;他们又绝对不肯勉强,必须有所写才写;主观的情思与客观的景物糅和,组织的方式千变万殊,自然每有所作都成独创了。虽然他们所用的大部分也只是通用的言词,也只是古人与今人这样那样运用过了的,而这些文字的生命是由作者给予的,终究是唯一的独创的东西。

诚实的自己的话

讨究到这里，可以知道写出自己的东西是什么意义了。既然要写出自己的东西，就会连带地要求所写的必须是美好的。假若有所表白，这当是有关于人间事情的，则必须合于事理的真谛，切乎生活的实况；假若有所感兴，这当是不倾吐不舒快的，则必须本于内心的郁积，发乎情性的自然。这种要求可以称为"求诚"。试想假如只知写出自己的东西而不知求诚，将会有什么事情发生？那时候，臆断的表白与浮浅的感兴，因为无由检验，也将杂出于我们笔下而不自觉知。如果终于不觉，徒然多了这番写作，得不到一点效果，已是很可怜悯的。如果随后觉知了，更将引起深深的悔恨，以为背于事理的见解，怎能够表白于人间，贻人以谬误；浮荡无着的偶感，怎值得表现为定形，耗己之劳思呢？人不愿陷于可怜的境地，也不愿事后有什么悔恨，所以总希望自己所写的文字确是美好的。

虚伪浮夸玩戏都是与诚字正相反对的。有些人的文字里却犯着虚伪、浮夸、玩戏的弊病。这同前面所说的一样，有无意的，也有有意的。譬如论事，为才力所限，自以为竭尽智能，还是得不到真际，就此写下来，便成为虚伪或浮夸了。又譬如抒情，为素养所拘，自以为很有价值，但其实近于恶趣，就此写下来，便成为玩戏了。这所谓无意的，都因有所蒙蔽，遂犯了弊病。至于有意的，当然也是怀着利用的心思，借以达某种目的。如故意颠倒是非，希望淆惑人家的视听，便趋于虚伪；谀墓献寿，必须彰善颂美，便涉于浮夸；作书牟利，迎合人们的弱点，便流于玩戏。无论无意或有意犯着这些弊病，都是学行上的缺失，生活上的污点。如果他们能想一想是谁作文，作文应当是怎样的，便将汗流被面，无地自容，不愿再负担这种缺失与污点了。

我们从正面与反面看，便可知作文的求诚实含着以下的意思：从原料讲，要是真实的，深厚的，不说那些浮游无着不可征验的话；从态度讲，要是诚恳的，严肃的，不取那些油滑轻薄十分卑鄙的样子。

我们作文，要写出诚实的自己的话。

1924 年

寒晓的琴歌

西北风吹来非常紧急,我的皮肤当着也不感觉什么,因为是麻木了,光秃的杨枝如狂地舞动,似乎可以听得他们憔悴的衰飒的哀声。白蒙蒙的晓雾笼罩着杨树的顶部,只见很模糊的稀疏而槎丫的枝痕,仿佛是用淡墨描的。太阳还没升高呢,斜射的淡薄的光凝滞和无力,穿不透浓雾,单给东面的雾略微增一些光亮。

这里是一大片旷野。四围尽是杨树,但现在都沉没在浓雾里,我不停地向前走,只有逐渐近我身旁的一两棵可以看见。在我的右面是一个营垒,约略可以看见雉堞式的围墙。营里早已没有兵卒驻扎了。离巢的乌鸦,不知他们为什么不飞到浓雾之外去扑一扑翅膀,却栖止在营墙上乱叫;这种声浪在西北风里扩散开来,就含有凄苦的况味。

这是十二月里的朝晨,我竟没遇见一个行人。寂寞和惆怅的心使我忘了自己,直到脚下踏着了小桥的石级,才知那一片旷野走完了。我无心地靠着桥栏下望,那河水流动得好急,一条波纹涌着一条波纹，显出高低不平的无数阶级。那后生的波纹特别有一线的白痕做标记，流到桥下，便同化于深蓝色的水波；那一线白痕又去做更后生的波纹的标记了。

"何来胡琴的声音？"我这么想：这是不会拉的人拉的：弦音尖厉而艰涩，旋律的进行屡屡间断，而且时常发出散音。我不待思索，我的脑子里立刻有一个念头回答我自己的疑问："这条小桥边原有几家歌女——我平常经过时见他们门上的题名，所以知道——他们夜间应人家的征召，当然没有练习的工夫；此刻是清晨，征召他们的人睡了，他们才得在那里预备他们的功课。"

我望这几家沿河的楼窗，都紧紧地关着，窗上的明瓦零落了，有的糊着新闻纸，已是破碎，经了风只管往里吹；更看不见别的。但是我的想象力可以看见他们的屋内。那发出胡琴声音的一所屋里，有一个女孩子执着生疏而可怕的胡琴在那里练习。伊或者因为没有好好儿睡眠，困乏极了，或者因为手指寒冷，不能灵活自如，或者因为对于教者的威权恐惧而希望躲避，使伊的琴音更为恶劣，几乎不成音调。咿咿唉唉的声音连续送到我的耳管里，我如听疲者的哈欠，冻者的抖颤，弱者的心跳。而我心底的眼睛看见伊蒙眬欲睡的倦态，缩瑟不堪的蜷缩，惊慌无奈的神情，——一幅难以描绘的图画。

和着琴音有低微的歌声了。何尝是歌声？这是个细小，怯弱，干枯，颤动的叫声。但我可以确定这是从一个十二三岁的女孩子的喉间发出的。伊的声音传出一切弱者柔软的灵魂，一切被侮辱者心底的悲哀。然则这正是很好的歌，不过不是供人家取乐，听着开开心的罢了。

可惜这时候人们都睡着了，这个歌声只我一个人听见。倘若在广大的都城里，聚集了成千上万的听众，教伊当众唱出这很好的歌，该会增进人们彼此之间的了解。但是我更有所忧虑，果真教伊当众唱出，伊哪里敢这样真切地唱呢！

我听了一会儿，一种奇异的感觉来袭我心，也辨不出是什么滋味。不要听罢。回首望刚才经过的旷野，依旧给沉默的滞重的浓雾笼罩着。

1921 年 3 月 31 日

丛墓似的人间

上海有种种的洋房，高大的，小巧的，红得使人眼前晕眩的，白得使人悠然意远的，实在不少。在洋房的周围，有密叶藏禽的丛树，有交枝叠蕊的砌花，凉椅可以延爽，阳台可以迎月。在那里接待密友，陪伴恋人，背景是那样清妙，登场人物又是那样满怀欢畅，真可谓赏心乐事，神仙不啻了。但是我不想谈这些人和他们的洋房，我要引导读者到狭窄的什么弄什么里去。

在内地有这么一个称谓，叫作"上海式房子"，可见这种房屋的式样是起源于上海而流行到内地去的。我想，再减省不得再死板不过的格局，要数上海式的房子了。开进门去，真是井一样的一个天井。假如后门正开着，我们的视线就可以通过客堂，直望到后面一家人家的前门。客堂后面是一张峭直的扶梯，好让我们爬上楼去。最奇妙的，扶梯后面还不到一楼一底的高度，却区分为三，上是晒台，中称亭子间，下做灶房。没有别的了，尽在于此了。倘若要形容家家相同的情形，很可以说就像印版文字那样，见一个可以知道万万。住在这种房屋里的人们，差不多跟鸽子箱里的鹁鸽一样，一对对地伏在里边就是了，绝说不到舒服，说不到安居，更说不到什么怡神悦性的佳趣。但是，假如一对夫妇能占这么一所房屋，他们就是十二分的幸运者，至少可以赠给他们"准贵族"的称号了；更有无量数的人，要合起好几对来，还附带各家的老的小的，才得以占这样一所房屋，他们连鹁鸽都不如呢！

　　最大的限度，这样一所房屋可以住七八家人家。待我指点明白，读者就不会以为是奇闻了。客堂以及楼面各用板壁划分为二，可以住下四家，这是天经地义，所以平淡无奇。亭子间可以关起门来自成小天地，当然住一家。各家的饭都在自己的领域里做，那么灶房里也可以住一家。在晒台顶上架起些薄板，只要像个形式，不管风来受冷，雨来受淋，就也可以住一个单身汉或者一对孤苦的老夫妇。再在楼板底下，客堂后半间的上面，搭成一个板阁，出入口就开在扶梯的半腰里，虽然出进非爬不可，虽然陈设不下什么床铺，两三个"七尺之躯"还容得下，所以也可以住一家。这不是八家了吗？

　　情形如此，我们还称这是一所房屋，似乎不很适当了。试想夜深入睡的时候，这里与那里，上层与下层，都横七竖八躺满了人，这不是与北城郊外，白杨树下，新陈错杂的丛墓相仿佛吗？所不同的，死人是错乱纵横躺在泥土之中，这些睡着的人是错乱纵横躺在混浊不堪而其名尚存的空气之中罢了。

　　丛墓里的死人永远这样躺着，错乱纵横倒还没有什么关系，这些睡着的人可不然，他们夜间的墓场也就是白天的世界。一到晨梦醒来，竖起身子，大家就要在那里做种种活动；图谋生活的工作，维持生活的杂务，都得在这仅够横下身子的领域里干起来。他们只有身体与身体相摩，饭碗与便桶并列，坐息于床铺之上，烧饭于被褥之侧：今天，明天，今年，明年，"直到永远"！

在这个领域里实在也无从整理，当然谈不到带着贵族气息的卫生。苍蝇来与他们夺食，老鼠来与他们同居；原有的窗户因为分家别户不免少开几扇，一部分清新的空气就给挡驾了，于是疾病之神偷偷地溜了进来，这家煨破旧的泥炉，那家点无罩的煤油灯，于是祝融之神默默地在那里相度他的新领土。小孩在这个领域里产生出来，生活过来，不是面黄肌瘦，软弱无力，就是深深印着这么一个观念，杂乱肮脏就等于生活，于是愚蠢者卑陋者的题名册上又要添上许多名字。总之，这活人的丛墓前面清清楚楚标着这样几个无形的大字，就是"死亡，灾难，愚蠢"。

是谁把这什么弄什么里化成丛墓的呢？是谁驱使这许多人投入丛墓的呢？这些真是极其愚笨的问题。人家出不起独占一所屋子的钱，当然只好七家八家合在一起住。所以，如果要编派处分，谁也怪不得，只能怪住在丛墓里的人自己不好，你们为什么没有富足的钱！你们如果怪房东把房价定得太贵，房东将会回答你们说："我是将本求利的，这房屋的利息是最公道的呢。我并不做三分息四分息的营生。你们不送我个'廉洁可风'的匾额，倒怪起我来了？！"你们如果去怪市政机关没有限制，没有全盘的规划，市政机关会回答你们说："就因为我们没有限制，你们才有个存身之处。有了限制，你们只好住到郊野去了！至于空阔舒畅的房屋尚没有人住的，某处有一所美国式的洋房，某处有一所带花园的别墅，某处某处有什么什么，你们为什么不去买来或租来住呢？"他们都不错，只有你们错，你们为什么没有富足的钱！

为千错万错的人们着想，只有两条路。其一，恢复到上古的时代，空间跟清风明月一样，不用一钱买，在山巅水涯自由自在地造起房屋来。其二，提倡货真价实到二十四分的精神生活，尽管七家八家挤在一起，但是天理可以胜人欲，妙想可以移实感，所以大家能优游自适，无异处高堂大厦。

假如既已出了轨的世运的车是继续向前奔驶的，那么恢复到原来的轨道是没有希望了，第一条路通不过去了。假如理学不昌，生活不能不依赖物质，那么七家八家死挤，总是莫大的悲哀，第二条路又通不过去了。

这似乎颇有点绝望。但是也不尽然。平心而论，同是一个人，所占空间应该是同样大小，没有一个人配特别占得多，也就没有一个人该特别占得少。你能说出谁配多占谁该少占的理由吗？能够做到所占均等，能够做到人人得有整洁舒适的居所，那么，丛墓就恢复为人间了。这绝不是开起倒车，退到歧路那儿，然后郑重前进的办法所能办到的。这须得加速度前进，飞越旧的轨道，转上那新的轨道。

什么事情的新希望都在于转上新的轨道。困在丛墓中而感到悲哀的人们，就为这一点悲哀，已经有奔向新的轨道的必要了。

1924 年 7 月 19 日

我们与绅士

一

知人论世，立身处世，都必须取一种态度并用一种方法。

我们所取所用的是这样子，别人所取所用的也可以这样子。谁能够要求"专利权"呢？这样，可以说在某一桩事件某一个问题上，我们与别人步调相同；但不能说谁附和了谁，谁利用了谁。这道理浅显不过，不用申说。

但是，在苏州颇有人传说，我们《苏州评论》社的人包围苏绅的某派，同时立言持论都为某派张目。证据呢？某派不满从前的教育行政人员，而我们也攻击从前的教育行政者；某派似乎有澄清苏州的意趣，而我们也号召"改善苏州"。

这就是说我们要想在某派的旗帜之下，达到我们的目的；说得坏一些，就是我们想借这一种势力摧败那一种势力；说得更坏一些，就是我们想迎合着某派，借此图点私利。

我们不希望有人从更坏的一层意思来说我们，因为他们这样做徒然自己表白他们的"小人之心"而已。至于我们想不想在任何派绅士的旗帜下达到我们的目的,以及借这一种势力摧败那一种势力是否有点儿好处,就在后面说。

二

现在先论绅士之分派别。绅士者,或者世家子,或曾做官,或登从前的科第,或得晚近的学位如时人所称为"洋翰林"者,或营盛大的商业,或有一二百亩乃至几千亩的田产。

总之绅士是地方的特殊阶级,与一个小学教师、布店伙计固然不同,与一个泥水匠、机织工尤其不能比类。他们因利害的关系,亲疏的关系,历史的关系等等,这几个人团结在一起发议论办事情,那几个人又另行团结在一起发议论办事情:这就分派别了。两派当然不能一致,于是不免彼此攻击。

绅士阶级出面谋事,当然也会得到福利,但是这福利只属于绅士阶级。至于地方上,即有沾润,亦微细极了。然而绅士偏欢喜说为地方上谋福利。我们不愿存"小人之心",不妨相信他们良心上的确如是想。但是,他们的立脚点不对啊!

立脚点是绅士阶级,无论如何不能为地方上谋得充分的福利。

小有好处,他们就板起施与者的面孔来。谁甘愿受施与呢?事关公众,他们往往代当了家。谁委托了他们呢?他们那种不自觉的傲慢,没来由的守旧,就可以给人家造成不少的损失。

如或存心鱼肉别人,那更不堪问了。

回过来说我们《苏州评论》社。比方苏州绅士有两派,我们想同他们鼎足而三吗?或者有三派,我们想充"三缺一"里头的"一"吗？不，决不。第一个原因，自然在我们并不是绅士。第二个原因呢？以下详说。

我们结社，我们纠合同志，在别人看来自然也成为一派。

但是这个派与绅士之某派某派的性质根本不同，所以不得与他们等列齐观。他们的立脚点是特殊阶级，我们的立脚点是一个市民，一个苏州的市民。我们希望泥水匠、机织工、布店伙计、小学教员，乃至所谓绅士等，各以一个市民的资格来图谋苏州的事业，把苏州改善，因而各得其应享的福利。这当然不是立刻就办得到的事。所以我们要鼓吹我们的主旨，使它渐渐成多数人的意思。直到大家都相信应该这样的时候，我们的希望就实现了。一个地方，唯有做到这样，方是个永久长进的地方，十分健全的地方。一个市民，唯有努力促成这样，方是个爱地方的市民，真爱自己的市民。

试问，绅士的某派某派，也作如是想吗？

试问，在任何派绅士的旗帜之下能够达到我们的目的吗？

借这一种势力摧败那一种势力会有什么好处吗？

如其相信我们是言必由衷的，一定知道我们是决不愿意去走那些无益的路径的。

三

看了我们上一节的文章，须知我们所不满意者不是姓张姓李的个人，乃是姓张姓李的个人以绅士的资格来图谋地方的事。姓张姓李的如其舍弃了绅士的资格，他们的市民资格还在。他们若以市民资格来图谋地方的事，我们就绝无不满意。这是应

兰花

该注意的一点。

在全体市民尚未一致起来的时候，地方事情当然还在绅士手里。这当儿，自信无他而确想服役于地方的绅士，实在很有可以用力之处。他在社会的眼光里是绅士，可得到许多的便利；但是他自认只是一个市民，就避免了阶级的过恶；这样，成绩自然不会差。如其有这样的绅士，我们也相当地赞许。这是应注意的又一点。

四

但是所谓"自信无他"这句话太没凭证了，利用社会眼光里的地位也未免欺人。贤人政治是反社会的，已不适于人类思想既经解放到社会本位的现代。

所以我们又这样说：从市民这方面，绝不该希望有"其心无他"的绅士出来，把大家的担子都挑了去，让大家躲在一旁专待他赏赐福利。市民只该及早觉悟，地方的事非市民起来图谋不可，于是真个起来，用自己的力量，求得地方与自己的种种福利。

1926年8月31日发表于《苏州评论》

谈成都的树木

前年春间,曾经在新西门附近登城,向东眺望。少城一带的树木真繁茂,说得过分些,几乎是房子藏在树丛里,不是树木栽在各家的院子里。山茶、玉兰、碧桃、海棠,各种的花显出各种的光彩,成片成片深绿和浅绿的树叶子组合成锦绣。少陵诗道:"东望少城花满烟,百花高楼更可怜。"少陵当时所见与现在差不多吧,我想。登高眺望,固然是大观,站到院子里看,却往往觉得树木太繁密了,很有些人家的院子里接叶交柯,不留一点儿空隙,叫人想起严译《天演论》开头一篇里所说的"是离离者亦各尽天能,以自存种族而忆,数亩之内,战事炽然,强者后亡,弱者先绝",简直不像布置什么庭园。为花木的发荣滋长打算,似乎可以栽得疏散些。大概种树栽花离不开绘画的观点。绘画不贵乎全幅填满了花花叶叶。画面花木的姿态的美,加上所留出的空隙的形象的美,才成一幅纯美的作品。满院子密密满满尽是花木,每一株的姿致都让它的朋友搅混了,显不出来，虽然满树的花光彩可爱，或者还有香气，可是就形象而言，那是毫无足观了。栽得疏散些，让粉墙或者回廊作为背景，在晴朗的阳光中，在澄彻的月光中，在朦胧的朝曦暮霭中，玩赏那形和影的美，趣味必然更多。

根据绘画的观点看，庭园的花木殊如野间的老树。老树经历了悠久的岁月，所受自然的剪裁往往为专门园艺家所不及，有的竟可以说全无败笔。当春新绿茏，生意盎然，入秋枯叶半脱，意致萧爽，观玩之下，不但领略他的形象之美，更可以了悟若干人生境界。我在新西门外，住过两年，又常常往茶店子，从田野间来回，几株中意的老树已成熟朋友，看着吟味着，消解了我的独行的寂寞和疲劳。

说起剪裁，联想到街上的那些泡桐树。大概由于街两旁的人行道太窄，树干太贴近房屋的缘故，修剪的时候往往只顾保全屋面，不顾到损伤树的姿态，以致所有泡桐树大多很难看。还有金河街河两岸以及其他地方的柳树，修剪起来总是毫不容情，把去年所有的枝条全都锯掉，只剩下一个光光的拳头。我想，如果修剪的人稍稍有些画家的眼光，把可以留下的枝条留下，该会使市民多受若干分之一的美感陶冶吧。

少城公园的树木不算不多，可是除了高不可攀的楠木林，都受到随意随和的摧残。沿河的碧桃的芙蓉似乎一年不如一年了，民众教育馆一带的梅树，集成图书馆北面的十来株海棠，大多成了畸形，表示"任意攀折花木"依然是游人的习惯。虽然游人甚多，尤其是晴天，茶馆家家客满，可是看看那些"刑馀"的花树以及乱生的灌木和草花,总感到进了个荒园似的。《牡丹亭·拾画》出的曲文道"早则是寒花绕砌,荒草成窠"。读着很有萧瑟之感,而少城公园给人的印象正相同。整顿少城公园要花钱,在财政困难的此刻未必有这么一笔闲钱。可是我想,除了花钱,还得有某种精神,如果没有某种精神,即使花了钱恐怕还是整顿不好的。

1945年3月5日作

原载1945年3月《成都市》创刊号

"瓶子观点"

一个空瓶子,里边没有东西。把什么东西装进去,就不是空瓶子了。装得满满的,就是实瓶子了。

不知道从什么时候起,我们爱把受教育的人看成瓶子。瓶子里短少些什么,就给装进些什么。譬如,发觉思想政治教育不够好,立刻想到恢复政治课,发觉学生的劳动观点不怎么强,他们不怎么热爱劳动,立刻想到在语文课里补充些"劳动教材"(有关劳动模范、先进生产者之类的文章)。这样做法,目的很明显,愿望很单纯。把政治课装进瓶子,思想政治教育就见成效了,把"劳动教材"装进瓶子,学生就加强劳动观点,热爱劳动了。

仔细想想,恐怕并不是这么一回事。

说唯有政治课能收思想政治教育的成效,言外之意就是其他学科跟思想政治教育不大发生关系,至少收不到什么成效。依我的想法,其他学科跟思想政治教育都有关系,只要教得好,都能收思想政治教育的成效。不着眼在其他学科上,光把希望寄托在政治课,政治课也会像其他学科一样,收不到思想政治教育的成效。

认为多读几篇"劳动教材"就可以加强劳动观点,热爱劳动,倒过来说,不就是学生所以不爱劳动,在乎少读了几篇"劳动教材"吗?天下事有简单到这般地步的吗?依我的想法,读几篇"劳动教材"固然没有害处,可是也起不了多大作用。我相信这是习惯的问题,是生活实践的问题。学生劳动的习惯,应该而且可能在各学科的学习中养成,在课外的各种活动中养成,逐渐养成,不断实践,这才能够终身以之。

正因为把学生看成瓶子,"装进些什么"的想头不召而自来。怎么"装"?一方面讲一讲,一方面听一听,在一讲一听之间,东西就装进了瓶子。东西既然装进了瓶子,瓶子里既然装进了东西,不是立刻会起作用吗?这诚然是个好意的愿望,可惜这样的愿望不免要落空。

瓶子是装东西的,当然不会独立思考。我们且不要责备学生不怎么善于独立思考,先得反省反省,我们的"瓶子观点"是不是学生不怎么善于独立思考的原因之一。

瓶子是装东西的,东西装在瓶子里,东西自东西,瓶子自瓶子,不起什么混合作用或是化合作用。两种作用都不起,还有什么旁的作用呢?于是巴望起作用的愿望落空。

我们有个好传统,求知识做学问要讲"躬行实践",要讲"有诸己"。知识学问不是装饰品,为了充实生活,为了做社会里一个有意义的人,为了社会的进步和发展,所以我们要求知识做学问。小学生中学生学的东西虽然浅，道理也一样。因此，什么东西都不能装了进去就算，装了进去考试能得五分也未必就好，必须使所学的东西融化在学生的思想、感情、行动里，学生的思想、感情、行动确实受到所学的东西的影响，才算真正有了成效。这不是"装"的办法所能做到的，这必须用名副其实的教育。讲一讲，听一听，固然也有必要，可是一讲一听不就等于教育。运用种种方法，使学生能够把所学的东西化为自身的东西（这就是"有诸己"），能够"躬行实践"，才是名副其实的教育。

我们现在有"学以致用""联系实际"的说法，就是从我们的好传统来的。"瓶子观点"跟这些说法不对头，换句话说，名副其实的教育不是这么一回事，可是"瓶子观点"时时露脸，很活跃似的。不免杞忧，于是写这篇短文。

1957年5月24日作

苍蝇

住在这里里,第一件不如意的事要数苍蝇的纷扰了。晨光才露,我们还没有起来,就听见昏昏的嚷嚷之声。等到一开门,又扑头扑面地飞进许多新客,它们与隔宿留在这里的旧客合伙,于是嚷嚷之声使你心烦意乱,不知如何是好。

市上的苍蝇拍脆弱得可怜,用不到两三天便纱穿柄脱,只剩三四分的效用了。妻不愿意再买,自己去买了一方铁纱,手制成三个苍蝇拍;那铁纱颇结实,拿着虽觉重一些,而所向必能奏功,那是不待试验的。于是妻一个,母一个,孩子也是一个,捕蝇队居然组织起来了;别的都不管,一心一意只在于拍,拍,拍,差不多半天工夫才停手。地上的蝇尸足有一酒杯的容积,若在夸耀武功的人,这也足以"取其鲸鲵而封之,以为京观"了。又把吃饭的桌子储菜的橱子以及地板都用水冲过抹过,以免招引未来的新客。这时候耳根特别清静,脸上手上也没有刺得痒痒的感觉,大家很安适。

但是,我家没有富翁准富翁家里所有的铁纱门窗。出进是不得不开门的，为要透气，窗又不得不开着；不多一会儿工夫，不招自至的新客又从门外窗外飞进来了。起初只略见几个在眼前掠过，继而就成轻微的营营，终于是不可堪的骚扰了。

于是捕蝇队继续努力，不休不歇，只是拍，拍，拍。

这样经过了三五天，妻觉得无聊了；几个人什么也不做，却一天到晚不得空，只是拿着这劳什子拍，拍，拍，算个什么呢！她提议改用捕蝇纸，以为这是以逸待劳，而且或许可以一网打尽的办法。那一天我到租界去，就买了几张捕蝇纸回来。

捕蝇纸上确乎粘住不少苍蝇，到处横飞的现象也似乎觉得好些。至于一网打尽，却还远之又远。那些苍蝇不飞到铺着蝇纸的地方去，犹如野兽在没有陷阱的地方逍遥，就奈何它们不得。有些已经走近了那纸的胶质，用口器或前脚轻轻去探一探，就振翅飞去了。看它们那样轻捷的姿态，似乎故意表示警觉与狡狯。捕蝇纸对它们自然是失败了。为补救这等缺点起见，捕蝇队还是不能退伍，还是要常常拿起这劳什子来拍，拍，拍。

这个里在去年还是一片荒地，是粪尿废物的积聚所。苍蝇曾在这一片地上有过一段繁盛的历史，那是可想而知的。自从房屋落成，道路铺好以后，我想去冬未死的老苍蝇定有今昔之感了。幸而还有几个垃圾桶，它们可以在那里长养子孙，绵延族类。里中住户大概是"多一事不如少一事"之流，他们开了桶盖，倒了垃圾，转身就走，桶盖就让它开着。他们家里吃了饭或是瓜果，所有骨壳皮核渣滓之类就随手向门外丢，省却一番洒扫的麻烦。这对于苍蝇实在是无上功德：它们在垃圾桶里闷得慌，桶盖开着，就可以自由自在出来看看广大的世界；它们没有可口的东西吃，无谓游行也未必有趣，骨壳之类遍地，就无往而不写意了。安知那营营的声音里，它们不是在唱"被人类劫夺了的领土，现在光复了"的得胜歌呢。

我们觉得苍蝇可厌，希望它们不要来骚扰我们，根本的办法，自然在于做到这里里没有苍蝇。简单想想，似乎这一点不难办到。凡是苍蝇的发祥地，如垃圾桶之类，都给它倒些杀虫药水；垃圾桶盖每开必关，骨壳之类一定要倒在垃圾桶内，以免游行的苍蝇饱吃和追逐；捕蝇拍和捕蝇纸家家必备，有飞进门来的，总不让它侥幸生还；这样，不消半个月工夫，就可以做到一个苍蝇都没有了——这算得难办的事吗？

怎么能约齐家家户户一起合作呢？这似乎不成问题；我们想起了这办法，就由我们向邻居传说，这是最方便不过简单不过的。除尽了苍蝇，大家舒服，不光是我们一家受到好处，哪会有不赞成的道理？

但是，我们的经验开口了："不然，大不然。你劝他们把垃圾桶盖关了，他们说偏不高兴关，你怎么样？你劝他们不要把骨壳等物丢在路上，他们说偏爱这么丢，你怎么样？你劝他们扑灭苍蝇，买拍子，买灭蝇纸，他们说没有这等闲钱闲工夫，或者爽性回答你一句，他们不怕什么苍蝇，你又怎么样？所以约齐家家户户一起合作，不过是个梦想罢了！"

经验的那种老练的腔调每足使希望的心爽然若失；它这样说，我们的办法不就等于无法吗？"这个里将永远是苍蝇的世界，"我们想，"澄清既无望，还是搬到别处地方，没有苍蝇的地方去住吧。"

但是，这实在是腐败的不道德的思想！我们搬走了，不是就有一家搬来住吗？我们怕苍蝇，所以要搬走，却让给了后一家，难道他们就命该受苍蝇的累吗？譬如吃一样东西，我们尝了一点儿，发现这是含毒的，就吐掉嘴里的，丢掉手里的，自顾自走开了。人家不知道，拣起地上的东西，无心地大嚼起来，结果不是牺牲一命，就是沉疴三月；这不是我们的罪恶吗？所以凡是尝到了毒物，最正当的办法是先把毒物消灭净尽，再进一步，想法制成无毒有益的东西供大家吃；倘若舍此不图，就是腐败，就是不道德！而搬到别处去住的思想正与随手丢掉毒物的情形相仿佛，这怎么能要得！由此类推，住在上海地方的人说上海太污浊，须得离开它；住在中国地方的人说中国太不堪了，须得抛弃它，也同样是腐败的不道德的思想。唯其污浊，唯其不堪，我们一定要住在这里；使它干净，使它像样，是我们最低限度的责任；改造成个灿烂的上海，涌现出个庄严的中国，是我们进一步的努力。到了那个时候，情形又不同了；高兴住的当然住下，想换换空气的就不妨离开，因为与道德不道德的问题没有关系了。

话说开来了，现在回过来：总之，搬到别处去的办法是要不得的。那么，装起铁纱的门窗来，行吗？我们并不主张还淳返朴，现在固然未必装得起，可是确乎希望有一天家家户户装起铁纱门窗来。然而，即使家家户户装起了铁纱门窗，若不从扑灭苍蝇这方面下手，苍蝇还是要猖狂的；它们进不进我们的居屋，就在路上扑头扑面地飞舞；偶尔闪了进来，就像进了养老院，终身隐居于此了。

至此，我们可以制定一句格言："我们嫌苍蝇讨厌，只有一法，就是扑灭它们。"

而单独扑灭之不能收效，我们的经历已经证明了；所以上面的格言还得修正为以下的说法："我们嫌苍蝇讨厌，只有一法，就是联合邻里共同扑灭它们。"

这真像苏州城外坐马车，绕了一个圈子，仍旧回到原地方了。我们的经验不是已经说过，这是个梦想吗？

不错，我们的经验确曾这么说。但是，一切梦想如能不致发生，发生之后如能马上消散，那自然没有什么；设或不能，梦想在前头诱引着，我们在这里可望而不可即，总是一种莫甚的懊丧。这只有奋力向前，终于跨进梦想的实境，把经验先生的见解修正一下，才能彻底排除这种懊丧。除此之外，再没有丝毫的办法，唯有终于懊丧而已。

所以我们要扑灭苍蝇，想联合邻里通力合作，虽然被经验先生嗤为梦想，我们却只有走这一条路。怀着梦想的既是我们，当然先由我们向邻里们一一传告。这当儿，"偏要这样，不高兴那样"的回声是必然会有的，但这算得了什么！给孩子们吃药，不是总回你个哭脸吗？我们还是凭我们的真诚与理由，锲而不舍地向他们陈诉。总有一天，他们会觉得垃圾桶是非关不可的，骨壳等物是非当心收拾不可的，买蝇拍灭蝇纸并非浪费的开支，拍拍苍蝇并非无聊的消遣；总而言之，他们也觉得苍蝇是必须扑灭的了。于是通力合作，处处注意，不消半个月，苍蝇就可以销声绝迹。于是在这原先苍蝇猖狂的里中，也得享受没有一个苍蝇的欢乐。

诚实的自己的话

这当然是大众的舒服。然而我们的得以享受这舒服，不得不感激邻里们的明达与努力；因为他们是我们仅有的伙伴，如果他们不明达不努力，灭尽苍蝇依然只是我们的梦想。

说了一大堆话，苍蝇还是三三五五在眼前飞舞着。但我们的路是决定了，其要旨如上述，今后就照此做去。

末了想蛇足地说一句：扑灭苍蝇是如此，扑灭类似苍蝇的任何事物，也是如此，唯有去找我们仅有的伙伴，唯有靠着伙伴们的明达与努力。

再蛇足一句：一个人如其不能够扑灭里里的苍蝇，再也不用抱着扑灭类似苍蝇的东西的梦想了——因为无非徒然抱着个梦想而已。

1924 年 8 月 29 日

暴露

暴露，我不知道为什么要不得。

通常说的暴露，该不与揭发隐私、攻击个人同其意义。至少在文艺家的心目中，他设想的对象是整个的社会，社会若有什么毛病，经他看出来了，他就像医师发现了人体的毛病一样，不能不宣告出来。这就是暴露。在宣告出来的当儿，他也许连带提供治疗的方案，也许只指出毛病的迹象和根源，让大家来研讨治疗的方案。无论如何，他的暴露是存着一腔悲天悯人的心肠的。

《诗序》解释个"风"字说，"言之者无罪，闻之者足以戒"，我以为正好移作暴露的解释。就动机而言，或者就后果而言，暴露都不犯刑法上的罪名。这是所谓"言之者无罪"。暴露出来的那个毛病，犯着的也许是我，也许是你，也许是咱们一伙儿。不知道有毛病，当然不着急，谁听说有毛病，谁就会提起神来，想尽种种方法，务必去掉那毛病。这是所谓"闻之者足以戒"。

刚强磊落的人如果犯了什么毛病，该不怕暴露，因为他唯

诚实的自己的话

镜泊飞泉

恐自己有毛病，暴露正可以使他迁善改过。"子路人告之以有过则喜"（见《孟子·公孙丑上》）。就是为此。民胞物与的人自己不犯什么毛病，就也不会厌恶人家的暴露，因为他有己溺己饥的胸襟，从人家的暴露中间，他可以知道那"溺"与"饥"的底细，当然只有欢迎，不会厌恶。我们读了历代的描绘时弊的好作品，不免慨然深念，也可以算个例证。虽然我们不至于这样狂妄，便自认为民胞物与的人。

厌恶暴露的人似乎可以推阿Q做代表。阿Q头皮上有几处癞疮疤，当然是缺点，可是没法掩盖，他就发明了个"讳"字诀，"讳说'癞'以及一切近于'赖'的音，后来推而广之，'光'也讳，'亮'也讳，再后来，连'灯''烛'都讳了。一犯讳，不问有心与无心，阿Q便全疤通红地发起怒来，估量了对手，口讷的他便骂，气力小的他便打"。一切厌恶暴露的人的手段离不了阿Q的方式，讳，对于犯讳的骂或者打。

代阿Q设想，你嫌头皮上癞疮疤难看，就该去找美容院的技师想办法，或者换上一块头皮，或者栽上一些头发。你不这么干，即使"讳"字诀克奏全功，可是癞疮疤依然存在，未庄的人谁不看见？

遏止了暴露，就以为天下太平，社会美满，那是愚人的想头。杨震回答纳贿的对手道，"天知，神知，我知，子知，何谓无知？"（《后汉书·杨震传》）这个话最为通达，其意就是俗语说的"若要人不知，除非己莫为"。暴露的文字和言语可以遏止，可是事实既经成立，就不容抹掉，也就无法教人不知道。事实本身的存在就是一种最有力的暴露。

至于文艺家，他并不是新闻记者，他的责任原不在报告事实的种种迹象。不过他看见了不如意的种种迹象，因他的理解与怀抱，不由不悲天悯人，由近思远。于是取其精华，去其糟粕，把他观察所得用文艺形式表达出来。虽然厌恶他的人就将跳起来说："这是暴露啊！要不得！"或者更用什么力量来遏止，他却宁可惹人家的厌恶，在遏止得最凶的时候宁可搁笔，绝不肯违心地说些吉祥言语，讨人家的喜欢。假如违心地说些吉祥言语，讨人家的喜欢，他就是清客，是帮闲，不成其为文艺家了。

真正到了天下太平、社会美满的时候，表现在文艺家笔下的自然气象全异。但在从现实的迹象取精去粕，用文艺形式表达出来这一点上，还是没有两样。依广义而言，那也未尝不可以叫作暴露。

粗浅地打个比喻，暴露犹如镜子的现形，是美是丑，在乎事物本身，不关乎镜子。

暴露，我不知道为什么要不得。

立志自学

　　高中毕业生只有一小部分进大学,这种情形在本世纪内大概不会有根本的改变。进不了大学没有多大关系,有志气的青年可以自学。进大学固然可以学到知识,可不能说不进大学就无法学到知识。学习是自己的事。自己要学习,在任何环境里都能够自学,都能够学到切实有用的知识,何况如今社会各方面正在努力为青年们提供各种形式的自学条件。如果自己不要学习,进了大学也未必真能够学到什么,甚至可以说肯定学不到什么。花上四五年取得一张文凭,只是有了一张文凭而已,在实际工作中却抵不上一个真肯学习又真会学习的中学毕业生,这样的例子并不是没有。

　　知识无穷无尽,古人就有"知也无涯"的话。大学分院分科分系,一个人进了大学,学到的知识只是很小的一个角落,深度和广度都还不够。从消极方面说,还不足以充分适应工作和生活的需要;从积极方面说,还不能有所创造,有所前进。所以大学毕业之后还是要自学,在工作和生活中自学,根据工作和生活的需要自学。许多真有成就的人,他们的知识绝大部分是自己学来的,并不是坐在课堂里听来的。

老师对学生是极有帮助的。所谓帮助,主要不在于传授知识,而在于引导学生自己去求得知识,也就是引导学生自己去发现问题,自己去解决问题。这种自己求得知识的本领,有老师指引固然容易长进,没有老师指引,也可以在不懈的探索中练成。光是自己探索当然要多费力气,然而是值得的,因为自己探索得来的往往更为深刻。

我不是说进大学不管用,只是说进了大学,学习还得靠自己;毕了业还得努力自学,永不休歇。在立志自学这个问题上,进不进大学并无不同。

1981年10月28日作